U0477822

有一种力量,叫文学;
有一种美好,叫回忆;
有一种感动,叫青春;
有一种生命,在鲁院!

鲁迅文学院「百草园」书系

终极博弈

张和平 ◎ 著

这是三个饱含情感的故事，无论是从故事的情节描写、还是人物性格的刻画，都颇具个性和魅力，给人以耳目一新的感觉。

江西高校出版社
JIANGXI UNIVERSITIES AND COLLEGES PRESS

图书在版编目（CIP）数据

终极博弈 / 张和平著. -- 南昌：江西高校出版社，2021.9
（鲁迅文学院"百草园"书系）
ISBN 978-7-5762-1760-5

Ⅰ.①终… Ⅱ.①张… Ⅲ.①中篇小说—小说集—中国—当代②短篇小说—小说集—中国—当代 Ⅳ.①I247.7

中国版本图书馆CIP数据核字(2021)第165380号

出版发行	江西高校出版社
社　　址	江西省南昌市洪都北大道96号
总编室电话	（0791）88504319
销售电话	（0791）87919722
网　　址	www.juacp.com
印　　刷	北京一鑫印务有限责任公司
经　　销	全国新华书店
开　　本	700mm×1000mm　1/16
印　　张	16.5
字　　数	233千字
版　　次	2021年9月第1版 2021年9月第1次印刷
书　　号	ISBN 978-7-5762-1760-5
定　　价	48.00元

赣版权登字-07-2021-1142

版权所有　侵权必究

目录 Contents

的哥之死……………………………………… 1
接头暗号……………………………………… 51
终极博弈……………………………………… 134

的哥之死

懒汉出山

王东方几经思考，终于下定了决心，到山外去拼上一把，哪怕是一年也好，自己忒需要钱了。

核桃沟是名副其实的深山区，在青龙县的东面，距离县城足有一百五十公里。

在此以前，尽管王东方也曾多次动过出山的念头，但始终没有现在这么强烈，恨不得马上就去实现自己的梦。八年了，自己没有真正地出过山，只是偶尔坐公交车到城里简单地转一转。除此之外，他每天只从电视上了解山外的情况，由于自己性格内向，平常连话也不会说，在家里都是媳妇当家说了算，家里的大事小情都是媳妇做主，媳妇咋说，自己就咋办。久而久之，自己习惯了，表面上落下一个"怕媳妇"的名声。

王东方也明白，居家过日子，夫妻两个不能都是强者，有一个强就行了，另一个只能做副家长。结婚前自己还能在家里指手画脚的，但自打把如花似玉的玉梅娶回家，自己就只落得个受气的份儿了，难怪父母骂自己是窝囊废。

王东方一年里前三季白天伺候着庄稼，晚上伺候着媳妇玉梅，享尽天伦之乐。到了冬天猫在山里，每天除了玩玩麻将，就是喝点酒，也落得个逍遥自在。王东方有自己的处世逻辑，一方水土养一方人，山里人嘛，无非种点儿地，卖点山货，将就着过日子。但后来，随着核桃沟的男人都出去见世面去了，王东方心里也开始痒痒的，但痒痒归痒痒，媳妇不让走呀！玉梅怕他出山后变心。

自打女儿美娟上了学后，这个安静的家开始不安分起来，首先是美娟二年级的时候生了场大病，夫妻俩东挪西借地借了五千块钱，交了押金到现在也没有缓过劲儿来。接着没过多长时间，玉梅又在做人流的时候赶上出血，折腾出去一万多块钱，折腾得都快吐血了。

春季的核桃沟孕育着阵阵的不安。

王东方翻过来掉过去，就是睡不着。特别是同学牛有才说的话勾起了他的强烈欲望，一个月就拿回了两千块钱，看来在城里赚钱太容易了。自己呢，光种地卖山货，每年拼死拼活，也只能有两三千块钱的收入，刚够美娟的开销，更何况美娟马上就要上三年级了，哪样不需要钱？想到这儿，王东方更睡不着了，他点根劣质香烟，猛吸了几口，不料，被呛住了嗓子，他猛咳了几下，后来实在憋不住了，干脆下了炕，端起茶缸子牛饮了起来。

昨天下午，牛有才从县城回来了，虽然刚出去半年，却也算衣锦还乡了，还真是"士别三日当刮目相待"。上学时很不起眼儿说话都结巴的牛有才不知怎么居然走了狗屎运，赚到了大把大把的银子，买回来红红绿绿的衣裳，牛有才媳妇一天换三次衣服还不够，成天捯饬个没完，害得玉梅也产生了几分妒意。

今天下午，王东方到村口的小卖部去买酒。碰巧牛有才也在小卖部与老板娘神侃，王东方买了两瓶劣质的白酒，刚要走，牛有才说话了："老同学，每天就喝这个呀！"

王东方苦笑一下红着脸说道："山里人嘛，能喝上这个就不错了，再说美娟还要上学呀。"

牛有才拍了拍王东方的肩膀："真是的，我发现你上学时就这样，一根筋，这么多年了，你还一点儿没改。走，到我家聊聊去。咱哥俩好长时间没聚了。"

王东方想了想，反正自己没事儿干，不如到牛有才家看看去，于是对售货员说："给我来点下酒菜。"

"不用，我家什么都有，还用你花钱？走！"牛有才拉起了王东方的胳膊，朝家走去。

进了牛有才家的深宅大院后，王东方更觉得不是滋味儿。自己哪点比不上牛有才了？上学的时候牛有才初中都没毕业，自己好歹也算得上高中生，他凭什么过得比自己好？

"大兄弟来啦！"牛有才的媳妇迎了上来。

牛有才把东西放在了桌子上，瞪了媳妇一眼："去，弄俩菜，我和东方喝两盅。"

酒过三巡，牛有才开始口若悬河，滔滔不绝地讲起了城里的生活。从城里小孩子上学一直讲到男男女女的花花事儿，讲得王东方直咽吐沫。听了牛有才的话，王东方心里感慨道：自己真是白活了三十年，一定要去看看，混出个模样，争上一口气，让大家看看，我王东方确实不是孬种。

回到家，王东方转弯抹角地把自己的打算和玉梅讲了。

不料，玉梅这次异乎寻常地痛快："去吧，以前是我耽误了你考大学；前几年呢，我怕你花花肠子，出去后被狐狸精迷住了；这会儿呢，反正都老夫老妻了，你看着办吧。到了城里，如果能挣钱就挣，不能挣就回来，反正咱们是受罪的命。"紧接着，她开始含着眼泪给王东方收拾行李。

王东方到父母屋里，说了自己的想法，父亲沉吟了片刻："只要玉梅没有意见就行，我没意见。年轻人嘛，其实，你早就应该出去闯闯，见见世面，别老是窝在家里，光靠着几亩地也不是办法。如今美娟也大了，能离开手儿了，放心去吧，再说，家里还有我们呢。不过呢，你没有出过远门，有几句话你还是要记住的：到了县城，多和咱这边的人联系，要抱把儿，我和山外的人接触过，特别是城边的人，很势利，不实在，光耍嘴皮子；再有呢，就是稳重点儿，为人处世多长个心眼儿，不能做对不起玉梅的事，要不然，小子，我可不饶你。"

第二天一早，玉梅如同送夫参军一般，把王东方送到了村口。临别时，突然掏出了五百块钱，说道："千万别忘了俺们娘仨。"说完，她鼻子一酸，忍不住流下了泪。

板儿爷

青龙县县城东关。

随着社会的发展，这里已经变成了名副其实的城中村。当地原为农村，后来随着城市的扩张，都转为了居民户口。外来人员看中了这里，开始租房做生意，当地人看到了发财的机遇，开始无休无止地建房，把一个宽敞的街道弄得弯弯曲曲的，这里的外来人口多于当地居民。出了东关村，便是高楼大厦，一派繁荣景象。

近两年县城的板车雨后春笋般地发展了起来，已经独成一景。板车，也就是普通的货运三轮车，上面绷了层棉被，既可以拉人，也可以载货，而且价格便宜，正好弥补了县城出租车的不足。由于板车速度慢，出入居民区、菜市场方便，很受当地居民的欢迎，特别是到了夏季，几个人往板车上一坐，既可以看景，也可以闲逛。县城虽然不足五万人，但不出二年，板车却发展到了两三千辆。

蹬板车的大多是县城周边的农民，也不乏外来打工的人。

王东方几经周折，才租到了一间房，说是一间房，还不如说是一张床。一个四合院，住了足有十家人，天南海北的都有，有蹬板车的、卖小商品的，还有几个女子嗲声嗲气的，一看就像是电视里介绍的那种做皮肉生意的。

王东方租住的是北房的一间，是厨房改造的，满墙的瓷砖都被熏成了灰黄色。租好房后，收拾好房间，正好牛有才也收车了。牛有才说道："走，你好不容易进城，咱俩喝两盅去。"

牛有才带着王东方来到一家小酒馆，简单点了几个菜，要了一瓶白酒，对饮起来。王东方开始向牛有才请教外出打工应注意的事项，哪些该干，哪些不该干。牛有才也不含糊，喝了两盅酒后，嘴已经没了把门儿的：“啥叫打工？大家在给我打工，在给我送钱，你想呀，我凭什么伺候他们呀，大家都是平等的！”

王东方望着有些得意的牛有才，有些不解。因为他才走出大山，还不知道其中的奥秘。

一直喝到半夜，俩人才醉醺醺地回到了临时的家。

当王东方打开房门，不禁大吃一惊，刚才的酒醒了一半儿。

自己的包儿被弄得乱七八糟的，很显然是进来贼了。王东方懊悔不已，真是大意呀！他仔细回忆着今天的每一个细节：不会呀，自己没有离开这个屋呀！就是刚要锁门的时候，邻居叫了自己一声，有人找。王东方出去瞧了瞧，没有人。他没有多想，就锁好门，和牛有才出去喝酒了。

王东方把这个情况告诉了牛有才，牛有才一笑：“算了，别找了，你被偷了。我也遇见过，上次我的手机就是这么丢的，想不到，你刚到青龙就走了背字儿。”

"那我怎么办呢？玉梅给我的五百块钱没了，我拿啥做生意，看来城里还真不是咱们待的地儿，明儿个我回去吧！"

牛有才瞪了他一眼："屁话，这么回去，还不让核桃沟的人笑话死了。"

"那怎么办？"王东方无可奈何。

牛有才点了支烟，沉思片刻："兄弟，别着急，让我想想办法，你好不容易进城，先睡个懒觉，我帮你想想辙，明天晚上我来找你，东方明天你先花这个。"牛有才甩出了两张百元钞票。

"这……"王东方又一次睁大了眼睛。"只要不让玉梅知道，我挣了钱，会还你的。"王东方一片感激之情。

第二天，王东方一直睡到中午，简单吃了一袋方便面，开始等，一直等到天黑了，牛有才才来。

"走，跟我走。"牛有才把王东方拉到了门外。

牛有才向街口指了指，王东方抬眼望去。一个长毛男子正站在一个板车旁，打量着王东方。

牛有才拍了一下长毛男人的肩膀，说道："一手交钱，一手交货,给你五十块钱,车归我,你走人。"

长毛男子一副可怜巴巴的样子:"大哥,您能不能多给十块,我也不容易呀!"

牛有才甩出一张五十元的钞票,两眼一瞪:"就这么多,再多说,我就报警了。"

长毛男子顿时怕了,拿过钱跑了。

"兄弟,这车归你了。"牛有才点了根烟。

"这?"王东方有些疑惑不解。

牛有才笑呵呵地说:"明天你先熟悉一下城里的街道,先当板爷吧。对了,这是哥帮你联系的一辆二手车。"

王东方把三轮车推进了院子,借着灯光看去,这辆车足有八成新。"怎么才五十块钱?"王东方问。

"你傻呀,新车八百多呢,八成新的车五十块钱,谁卖给你呀!这是哥帮你联系的一个外地毛贼。"

"别让人家认出来。"王东方小心翼翼地说道。

"放心,没人能认出来,来,咱俩先改造一下。"牛有才从院里找到一根铁管,"当啷"一下,把车的大梁敲了一个坑。王东方立刻心领神会,忙碌了起来,不到一个小时,原本八成新的车变成了五成新。

第二天天刚蒙蒙亮,王东方推着车上街了。

王东方从来没有骑过三轮车,心想骑三轮车没什么难的,和骑自行车差不多。但刚一骑,就感觉满不是那么回事儿,老是朝沟里跑。他练了足有一个多小时,才基本掌握了骑三轮车的技巧,此时他已是满头大汗了。

"板车,去新兴小区。"一个姑娘在向他招手。"好嘞。"王东方不敢怠慢。

"多少钱?"姑娘问道。

毕竟是第一次拉活儿,王东方颤巍巍地说:"五块。"

"啥?从这儿到新兴小区才几步道,你要五块钱?你也忒黑了吧!"姑娘杏眼圆睁。

王东方低着头嘟嘟囔囔地说:"那,您看着给吧。"

"这还差不多。"姑娘露出一丝微笑。

王东方蹬着板车刚要走,那姑娘又呵斥道:"哎,朝这边儿走,你不认路呀?"

说实在的,王东方久居深山,还真的不知道新兴小区在哪里。他苦笑道:"真不好意思,您说咋走咱就咋走。我是外省市的,刚来,还不熟悉。"王东方撒了个谎。

不知咋的,王东方蹬着板车到了路口,顿时心虚起来,慌了手脚不知如何是好,明明是红灯,却冲着交警而去。

"站住!"交警立刻跳下岗台,冲着他大声喊了起来。

好险,一辆小轿车从王东方的板车前飞驰而过。

"哎,看着红绿灯,你不懂交通规则呀?"姑娘又大声呵斥道,口气仿佛在教训一个小孩似的。

王东方也吓了一身冷汗,一个劲儿地说好话,才没有被罚款。

王东方按照姑娘的指点,来到了新兴小区。

"真是晦气,吓死我了。"姑娘面含愠色,瞪了王东方一眼,但还是甩给了王东方三块钱。

王东方拿着带着姑娘体温的三块钱,感动不已。原来城里挣钱真的这么容易,但仍有点儿惴惴不安。

一个上午,王东方拉了十个活儿,挣了四十块钱,他真的兴奋到了极点。中午,他简单吃了碗刀削面,又开始忙活了起来。

城里的夜就是比山里来得晚。一直到了晚上十点,王东方才意犹未尽地收了车。回到住所,王东方仔细一数,一共赚了七十五块。

哎呀,看来城里挣钱确实很容易。王东方喝了半斤白酒,躺在床上,仰望着天花板,开始盘算起来,一天按五十块计算。一个月下来,就是一千五百块。一年下来,可就是一万八千块。这样一来,不仅美娟上学的钱够了,再过两年,自己还可以把家里的那两间土房翻盖一下。让玉梅过上舒心的生活,也省得她说自己是窝囊废。

这样想着,王东方慢慢进入了梦乡。

陡然,王东方被一阵敲门声惊醒,他扒着窗子看去,街门被打开,来了足有十个警察,个个荷枪实弹,把西房团团围住,连房顶上都站了人。为首的那个指挥着警察冲进西屋，不一会儿带出了一男一女，王东方认识，那个女的叫小丽，是个洗发女，平常只有一个人住，每天很晚才回来，怎么平地冒出个男的？只见那男的前胸后背都文着身，戴着手铐也不老实，一脸凶相，恶狠狠地骂着："婊子，是你出卖的老子，等老子出去，非活剥了你不可。"

听到叫骂声，院子的住客全都跑出来看热闹，王东方也走出了房间。几个警察狠狠地摁住那个男的，很快给他带了个黑色的头套。

"王东方，你怎么也在这里？"为首的警察冲着王东方喊了一句。

王东方定睛一看，原来是同学薛冰。他赶忙把薛冰拉到了一旁："想不到是你，你这是？"

薛冰悄声说："那个男的是个杀人犯，我们跟了他两天了，想不到他竟窝在了这儿。"

"那个女的呢？"

"是个小姐。"薛冰上下打量着王东方："你怎么也在这儿？"

"没啥本事，蹬板车赚几个钱，比不上你，国家干部。"王东方自我解嘲道。

薛冰递给王东方一支烟，说道："在这里住着，你可得小心了。这儿比不上咱们山里，这个村外来人口特别多，什么人都有，记住，千万别惹事儿。"

"我能有啥事儿呢？"王东方满不在乎地说道，说完后也有些后悔了，他一抬头，看到了自己的那辆三轮车。

"有事儿找我。"薛冰给王东方留了一个电话。然后和其他警察押着那一男一女出了院子。

乡　党

王东方来县城已经半年了。经过半年的洗礼，王东方已经适应了城里的生活。不仅适应了城里人对蹬板车的吆五喝六，而且有了心计，懂得怎样才能赚更多的钱。打工的嘛，赚钱是硬道理。于是，王东方白天蹬板车拉活儿，晚上开始奔走于拆迁工地和垃圾场，找点儿钢筋头、废品什么的，卖给废品收购站，这也是一笔不小的收入。

一个偶然机会，王东方碰到了李青山。

那天，王东方蹬着板车在建材城附近转悠，准备看谁来买建材，帮助拉活儿。一辆轿车在建材商店门前停了下来，下来了一对戴太阳镜的男女，俩人下车后，径直进了建材商店，王东方尾随了进去，准备搭讪着说话。

王东方蹑手蹑脚走进瓷砖店，没有看到那个胖子，只见那个妙龄女郎在挑选瓷砖。

王东方凑了过去，搭讪道："老板，挑好了吗，我帮您运？"

"一边儿去，乡巴佬儿。"妙龄女郎转过身瞪了王东方一眼。

王东方讨了个没趣儿，刚要离去。胖子带着商店的老板快步走了过来。一眼认出了王东方："东方呀，老同学！"

王东方同时也认出了胖子，原来是老同学李青山。

"进城办事儿？"李青山递过一支烟。

"我能干什么呢？蹬板车。不像你，老子是局长，啥都不用愁。"王东方自惭形秽地说道。

李青山微微一笑："这年头，光靠老子算什么本事，我这是靠自己打拼才这样的。"

李青山的老家榛子岭紧挨着核桃沟，但只和王东方一块儿上完了初中，便被在县城当水利局局长的父亲接到了城里上高中。十年过去了，想不到，李青山胖得快有点儿认不出来了。

王东方羡慕地看了看李青山，问道："你现在做什么生意呢？"

"他呀，当大老板喽，天龙源大城堡呀，咱县最大的饭店就是他开的。"商店老板介绍道。

"看来咱们同学你最有钱？"王东方不无羡慕地说。

李青山看了一眼王东方："要说有钱，咱同学最有钱的是老外，那孙子现在在做房地产生意，快赚一个亿了。"

一个亿，这在王东方看来，简直是天文数字，他想都不敢想。王东方赶忙收回了思路："你这是？"

"李老板又娶了一房太太，置办新房呢。"商店老板笑着说道。

李青山瞪了商店老板一眼："去去去，狗嘴吐不出象牙。原来的离了，房子归人家了，总得有个窝儿呀！这不，刚买了套房子。来，艾妮，我给你介绍一下。"李青山喊道。

刚才那个妙龄女子走了过来。

"这是我的发小儿王东方，这是你弟妹。"

"知道啦！"妙龄女子很不情愿地走了过来，依偎在李青山的身边，不时摇动着腰肢。透过变色镜，王东方看到了艾妮眼里显露出的不屑一顾的神色。

刚才挨了艾妮一顿凶，王东方不敢与艾妮对视。"那你先忙。"王东方起身要告辞。

李青山一把拉住了王东方："别介，东方，我正好有事儿拜托你，这个板车你就先别蹬了，帮我照应着装修房子吧，饭店七事八事的，杂事忒多，我脱不开身。"

"老同学，说实话，我真干不了这个。"王东方推托道。

李青山笑呵呵地说："东方，你不知道，这帮做装修的孙子都是外地的，咱用的都是好料，别让这帮孙子偷着给卖了，拿次品糊弄咱，你给我把料看好了就成了。"

亲不亲，家乡人。

王东方兢兢业业地帮助李青山装修着房子，手把牢笼地看着施工的材料，不敢有丝毫的懈怠。两个月后，李青山的新房装修完毕，李青山给了王东方五千块钱。

王东方接过装满钱的信袋，心中感激之情难以言表。

这两个月对于王东方来讲，如同进入另一个世界，自己活了这么多年，才知道什么叫有钱人的生活。李青山的新房如同金銮殿，家具都镀着金子，好不气派。最让王东方羡慕的还不是李青山的新房，而是他结交的那些朋友。房子刚刚开始装修，就有大小车辆载着红男绿女前来参观，到完工时，参观的男男女女每天都有十来口子。车一辆比一辆高级，身份一个比一个高贵。不仅有政府官员、警察、城管，还有县城有名的痞子。这些人有的文质彬彬，有的开口就骂街。

用施工人员的话讲，李青山在县城算个人物，可以手眼通天。王东方彻底服了李青山了，这才叫人呢。

特别是李青山庆贺乔迁之喜那天，好像县城在办喜事儿一般。

那天，王东方也去了，尽管李青山一再嘱咐，你千万别花钱，只管吃就行了，同学一场，为了装修房子没少卖力气，王东方还是咬咬牙，拿了三百块钱份子。

李青山包了县城最有名的度假村，足足办了五十桌酒席。

李青山别出心裁，大厅里一边是高朋满座，推杯换盏，一边是歌舞表演。乍一看哪里是办酒席，分明是一场文艺演出。

酒席宴上，王东方遇到了牛有才，俩人被安排在一个桌。

自己有一个多月没有见到牛有才了，他从心眼里感激这位恩人，还是同学好呀。

酒过三巡，牛有才端着酒杯开始四处敬酒。说是敬酒，不如说是四处吹嘘，自己和李青山是同学，让各位照顾照顾自己。

也许牛有才忒兴奋了，或许是喝得忒急了，酒席还没结束，便醉得吐了一地，几个服务员赶忙上前把牛有才扶起来。

王东方也已经喝得八分醉，安顿好牛有才后，自己感觉头一阵阵发晕，便一头扎在床上。

等到王东方醒来的时候，已经是晚上九点多了，准确地讲，他是被服务员推醒的。他艰难地抬起头，看到李青山正笑吟吟地看着自己，顿时感觉自己好像做错了什么，他努力想回忆起喝酒时的情景，头脑有些麻木。

不能这样丢人现眼的，他挣扎着爬了起来，踉踉跄跄走了几步，又跌坐在床上："老同学，实在不好意思，我，喝多了。"

李青山依旧笑呵呵地说："没事儿，今晚你和牛有才就住在这里吧。一会儿泡个澡儿，醒醒酒。"

王东方抬眼望去，牛有才还像死狗一样在酣睡。

王东方再次醒来的时候，已经是天光大亮。他和牛有才洗了个热水澡，顿时感觉浑身的酒气皆无。

自打王东方外出打工挣回第一笔钱开始，玉梅就感觉自己扬眉吐气的时候到了，但由于穷怕了，玉梅不敢乱花钱，只是给美娟买了几件新衣服，然后把钱攒起来，准备等钱够了，把房子翻盖了，然后供美娟和桃儿上大学，别像自己和东方那样没出息。

美娟和桃儿上学去了，玉梅插好街门，脱了个精光，打开土太阳能热水器，拿起喷头，冲洗着自己白皙的肌肤。尽管已经是孩子的母亲了，但此时的玉梅还不到三十岁，身材依然保养得很苗条，只不过多了几条浅浅的妊娠纹。多少年来，她做梦都想像城里人一样生活。只不过自己的命苦，哥哥又是个瘫子，哎。

"嫂子在吗？"墙外传来牛有才的声音。

玉梅赶忙收回自己的思绪，穿好衣服，边用毛巾擦着湿漉漉的头发，边打开了街门。

牛有才西装革履地出现在玉梅的面前。

"他三叔回来啦！"玉梅把牛有才让进屋里，递上了烟。

牛有才也不客气，点燃了一支烟。沉吟了半晌，才笑嘻嘻地说道："玉梅，看我给你带回什么好消息了。"

玉梅兴冲冲地问："东方他在城里咋样了？"

"被城里的娘们儿看上了，迷上了。"牛有才开始没正经的了。

玉梅满脸绯红，半晌才说："迷就迷上吧，大不了俺们娘儿仨单过！"

牛有才盯着玉梅："不吃醋？"

玉梅笑了笑："呵呵，不吃醋。算了，他三叔，别卖关子了，说说他在城里咋样。"

牛有才继续卖着关子："还能咋样，挣钱呗！"

"看，这是什么。"牛有才从怀里拿出一沓子钱："这是东方让我带回来的，三千块，点好喽！"

"这个东方，都半年了，才回来一趟，每次都让你往回带钱，就知道挣钱，也难为他了。等下次东方回来了，请你喝酒，我做菜。"玉梅喜笑颜开。

玉梅刚刚洗过澡，犹如出水芙蓉，满面绯红，再加上刚才的兴奋劲儿，样子煞是可爱，牛有才有点想入非非了。

牛有才得意扬扬地说："东方是我带出去的，一下挣了这么多钱，光请客不行，你得好好谢我才行。"

玉梅笑了笑："那咋谢你才对？"

"你说呢？"牛有才一边色眯眯地看着玉梅，一边开始动手动脚了。

玉梅顿时明白过味儿来，但刚一转身，就被牛有才拦腰抱住，牛有才扳过玉梅的脸，重重地凑了上去。

"啪"玉梅重重地抽了牛有才一记耳光。

牛有才没想到貌似天仙的玉梅下手竟然如此重，疼得眼泪都快下来了，他顿时欲火皆无，捂着腮帮子嘟囔道："不愿意拉倒，干吗下手这么狠。"当他再看到玉梅时，只见她杏目圆睁，胸脯一鼓一鼓的，脸儿都气白了。

看到牛有才疼得龇牙咧嘴的样子，玉梅一想，自己也有点儿过了，是不是下手忒重了。再说东方确实是跟着牛有才出去才赚到钱的，才出去没几个月，要是把牛有才惹急了，别再找东方的麻烦。想到这儿，玉梅拉下脸皮，埋怨道："他三叔，千万别这样，都是乡里乡亲的，你这样对我，让我咋见咱村里人。"

听了这话，牛有才感到脸上一阵阵发烫，找了个借口溜走了。

三步走

王东方在上学的时候就学过三步走的理论，高中毕业后便渐渐忘记了。用他自己的话讲，自己也完成了三步走，就是：回村劳动，结婚，做父亲。

自打进城以后，他三步走的想法陡然又复活了，而且越来越强烈。

他每天用板车把那些城里的人拉来拉去，耳朵里早已灌满了三步走的理论：谁谁经过三步走，从普通职员变成了局长；谁谁经过三步走后，由打工的摇身一变成了大老板。

有了这个想法，每天收了活儿，王东方总是仰望着天花板，盘算着如何走好第二步。第一步是走出山沟，经过半年的打拼，连蹬板车，带小偷小摸的，自己已经攒了两万多块钱，也告别了厨房改造出的单间，租上了两间房。他想第二步就是把玉梅接出来，在城里扎下根，自己和玉梅找个体面的活儿，为美娟和桃儿将来在县城上学打下基础。男人嘛，一家之主，考虑要长远些。

傍晚时分，王东方把牛有才约到了小酒馆，王东方把自己的想法和牛有才讲了。牛有才拍着手，说道："有出息，都懂得三步走了，比兄弟我强呀，兄弟我再帮你想想辙，你现在有多少钱？"

王东方道："两万。"

牛有才看了一眼王东方："想不想开四个轱辘的车？"

王东方不好意思地笑了笑："咋不想？我做梦都想有一辆自己的车，可是就怕玉梅不同意呀！"

牛有才想了想，说道："这样吧，咱们也来个三步走。第一步，你先学个驾驶证；第二步，我帮你物色辆车；第三步，我和你一块回家去求嫂子，不就齐啦！"

说学就学，不到一个月，王东方就把驾照拿到了手。然后，他搭着牛有才的车回到了核桃沟，和牛有才一起去游说玉梅。

王东方把红红绿绿的衣服往外一拿，美得玉梅喜眉笑眼的，抱着王东方一个劲儿地啃。

晚饭时分，王东方先把父亲请了过来，又给牛有才打了个电话。

饭菜做好了，美娟和桃儿也放了学，见到了王东方，欣喜若狂。

玉梅给公公、王东方、牛有才斟满了酒，自己也端起一杯："来，今天咱们喝个庆功酒。"说着一饮而尽。

三杯酒下肚，玉梅已经是满面桃花了。

"我想买辆车。"王东方说出了自己的想法。

父亲一听东方要买汽车，顿时急了："啥，你要买汽车？我说东方，咱差不多就拉倒吧，你一天到晚不着家，家里里里外外全靠你媳妇，你也不替她想想。"

"叔，东方哥在县城省吃俭用的，就是替玉梅着想。再说了，买了车可以挣大钱呀，到时候在县城买了房子，把您老接到城里享享清福，多好。"牛有才说着瞄了玉梅一眼。

"我不做这个梦，只希望一家人在一起，太太平平的。"父亲意味深长地说。

玉梅想了想，说道："其实呢，买车不是不可以，只是你能开吗？"

"那你看看这是什么？！"王东方亮出了驾照。

"你真行呀！"玉梅不无惊奇地拿起驾照，端详起来。

玉梅倒了满满一杯酒，说道："他三叔，感谢你对东方的照顾，东方嘴笨，不会来事儿，今后呢，在城里还希望你多多照顾他，来，嫂子敬你一杯。"说完一饮而尽。

牛有才也站了起来，本能地看了一眼玉梅，心有余悸地把目光转到了王东方身上，干笑了一下："没说的，咱们都是山里人嘛，又都是同学，相互帮衬着。"说完也把酒干掉了。

这天晚上，玉梅喝多了。在王东方的怀里，一会儿哭一会儿笑，搞得王东方不知所措。直到后半夜了，玉梅才睡着，看到玉梅绯红的脸颊和白皙起伏的胸脯，王东方心中产生了一丝懊悔，这半年也难为玉梅了，他俯身在玉梅的脸颊上轻轻地亲了一口。

玉梅一翻身，把王东方压在了身下，她已经焦渴好久了。

王东方如愿以偿地买了一辆半新的面包车，车是牛有才帮助联系的，才五千块钱。用牛有才的话讲："先买一辆旧车开着，拿它练练手，等驾驶技术娴熟了，挣到钱了，再买一辆好车。"

接下来的事情就再简单不过了，王东方每天忙忙碌碌地跑车，每天有一百来元的进项，多的时候能挣二百多。两个月下来，不仅还上了买车的钱，还略有盈余。

这天一大早，王东方刚刚到了公交车站，准备招徕生意，一个四十岁左右的中年人看了王东方一会儿，说道："去一趟白城县，多少钱？"

王东方估量了一下路程，说道："三百元。"

中年人道："这么贵呀！"

王东方一副苦相说："从青龙到白城一百五十公里呢，再说现在油价这么贵，我没多要呀！"

"好好，就依你，咱先说好，到了地儿我再给钱。"中年人怕王东方不放心，还掏出一沓子百元钞票在王东方眼前晃了晃。

王东方和中年人在路上边走边聊，不知不觉到了白城县。在中年人的指点下，王东方开车准备进城，结果刚到白城县城的入口，从路边蹿出几个穿城管制服的人。

王东方刚想打方向盘绕开，不料中年人伸手一下把车的钥匙拔了下来："小子，咱们到站了。"

中年人下了车，把钥匙交到了城管人员手里："我的任务完成了。"

穿城管制服的人来到王东方车前，说道："下车吧。"

城管冲着王东方诡秘一笑："你是哪里的？"

王东方道："青龙县的。"

城管追问道："青龙县的车怎么到白城来拉活儿，你的营运证呢？"

王东方不解地说："没有。"

城管笑道："你这是无证运营的黑车，是我们打击的重点，走吧，到队里接受处罚。"

王东方被带到了城管大队部，一个干部模样的城管打量了王东方一会儿，说道："叫什么名字？"

王东方低垂着头说："王东方。"

王东方恨死刚才那个中年人了，但身在矮檐下，不得不低头，只得央求道："大哥，我不是故意的，刚买的车，不懂规矩，您抬抬手，我就过去了。"

城管一愣眼："抬抬手？美得你！你这是无证运营，交两万块罚款！"

"什么？交两万块，这车买的时候才五千块钱。"王东方转念一想，干脆这车不要了，算自己倒了八辈子霉。

干部模样的城管大概看出了王东方的心思，笑道："明天带两万块钱来取车,你甭要小聪明,如果你胆敢不交罚款,我们就到法院起诉你。"

王东方只得乘坐公交车返回青龙县,路上,王东方哭的心思都有了。回到青龙县城,他马上找到了牛有才商量对策。

牛有才听后,沉吟了片刻:"你这是遇到钓鱼的了,我早就说过,白城县的城管在创收,罚一个无证的能提一千块,那个中年人就是钓鱼的。你以为还是在咱青龙县呢,有李四喜护着你,你说你为什么要到白城去呢?真是财迷心窍。"

王东方知道,哪儿的城管都不好惹!前几天,王东方的车被城管的人扣下了,开口也是两万块,还是在城管的乡党李四喜出面周旋,最后罚了一百块。可谁会想到,白城县的城管会到青龙县来钓鱼。

难道就这样白白地交两万块罚款?牛有才也没了主张。

当晚,由牛有才出面,把李四喜叫到饭馆,几杯酒下肚,王东方说出了自己的难处:"老同学,上次的事还没谢你呢,你看这次还得麻烦你。"

李四喜笑道:"东方,咋回事儿呀?"

"东方的车被白城的城管扣了,要罚两万呢!"牛有才给李四喜上了支烟。

李四喜深深吸了口烟,说道:"你还别说,白城县的城管我还真说不上话。不过,东方你也别急,我找一下我们队长,兴许他有办法。"

王东方赶忙讨好道:"谢天谢地,要不然,非得把我急死。"

李四喜夹了口菜,笑道:"没说的,都是乡里乡亲的,你忘了,上学的时候,你老是替我做作业,我这也叫回报呀,呵呵。不过,以后千万别到白城那边跑车了,白城不同于咱们青龙。"

一周后,李四喜从白城把王东方的车开了回来,据说一分钱也没有罚。回来后,王东方花五百块钱请了李四喜一顿。

打那儿以后,王东方一下子沉闷了许多,但他还在想他的三步走,在想着早一天把玉梅接出来,要美娟和桃儿到县城来上学。

王东方又找到了牛有才,牛有才狡黠地看了一会儿王东方,说道:"现在趴活儿和以前不一样了。据说县城有三千多辆出租车,谁不想挣钱呀,现在开出租想挣钱,有三个办法,一是在县医院外面,二是找个单位包车,三是在城隍庙街趴活儿。"

王东方仔细一盘算,在县医院门前趴活儿,那里的出租司机因为生意经常打架,最好离那儿远点,哪怕少挣点钱;让人家包车,自己的车况不太好,谁能看上呢?他把目光瞄在了城隍庙街。

城隍庙街在县城算是有名的地方了,那是新旧城的交汇地带,一边是新建的豪华超市,一边是平房区,当地居民自己住上了楼房,几乎家家户户都把院子租了出去,把路边的房子建成了门脸儿房。一些外地人看中了简单的门脸房,于是按摩中心、休闲中心、发廊、足疗馆的招牌遍布半条街,来这里消费的大多是闲散人员,也不乏外地民工。

王东方很早就听牛有才说起过城隍庙街,说那里的小姐如何如何,每每说起城隍庙街,牛有才总觉得那儿有一种说不出的神秘感。一次牛有才喝多了,才说出他也经常光顾那些发廊,还和一个叫小丽的按摩女好上了。

王东方白天拉了一天的活儿,简单地吃了几口饭,晚上十点多,开车来到了城隍庙街,在一家发廊前停了下来。发廊内,两个涂得满脸胭脂、穿着暴露的洗发妹正在和一个外地口音的胖子撒娇,那话语十分肉麻,王东方都有些魂不守舍,他点燃一支烟猛吸了两口,闭上眼睛,拼命地想玉梅,把持住自己。

"出租车,你过来。"

王东方抬眼看去,只见外地口音的胖子和洗发妹簇拥着出现在车前,拉开了车门。

王东方顿时明白了怎么回事儿,把车开到了郊外。

一路上,王东方从后视镜看到,那个外地男人的手已经在洗发女的乳罩里摸来摸去,洗发妹哼哼唧唧的喊叫让那个外地男人欲火难耐。

车子在玉米地边停了下来,王东方拔掉车钥匙,下车到一旁抽烟去了。王东方的车变成了那对男女的床。

……

临了,外地男人给了王东方一百块钱。

王东方变成了城隍庙街的常客,每到晚上,王东方都要到城隍庙街转一转,拉上一两对男女。到了后来,王东方甚至与几个洗发女互留了电话,相互照顾起生意来。

当然,对于那些洗发妹,王东方是始终不敢染指的,一是王东方不想自己堕落下去,二来自己要对得起玉梅,充其量只是逗一逗,说几句过分的话。有几次,洗发妹竟然说可以白干,但他还是拒绝了,他不光是嫌那些洗发妹脏,更主要的是在考虑自己的三步走。

乡党代表大会

王东方在县城跑了半年的出租车,足足赚了七万块钱,到了年根儿,把自己的旧车一卖,花十万块钱买了辆崭新的伊兰特。

王东方准备实施自己的第三步。正在这时,一件事情使他感到了自己的渺小。

那天一早,王东方刚把车停到公交车站,一个老者就来敲车门,王东方抬眼看去,正是樱桃沟的老书记李老根,只见李老根穿着早已过时的衣服,身边放着四五个编织袋子,见到王东方后,急切地敲着玻璃:"你不是核桃沟的王东方吗?"

王东方摇下了车玻璃:"李大叔,您这是……"

"快,先把东西放在车上,别让警察看见,咱先上车再说!"王东方把四五个编织袋子放到了后备箱,然后把车发动了。

李老根掏出了烟,给王东方一支,然后自己点燃一支烟:"你的车我包了,要多少钱,我给多少。"

王东方问:"您这是?"

李老根笑呵呵地说:"我今天进城,就是一件事情,送礼。"

"这……"

李老根笑道:"你们年轻人都出来了,可是你们的家总得有人管吧，我这是替你们的子孙后代着想。"

"这……"王东方感觉自己的脸很是发烧。

王东方知道，樱桃沟虽然距离核桃沟只有十里地，但村主任李老根却是全乡出了名的能耐人。李老根在村里当了二十年村干部，名扬十里，各村的干部换了一茬又一茬，唯有李老根不倒。王东方还知道，李老根不倒的原因，在于他的与时俱进。二十世纪九十年代，他带头治理山沟，成立经济沟合作组，开发经济沟种果树，县里高度重视，连县长都来视察过。本世纪初期，他针对樱桃沟的特点，带领村民种起了樱桃，并把路边的泉水拦截筑坝，养起了柴鸡、鱼和鸭子，开发了民俗旅游，而今樱桃沟在全县已经是响当当的养殖基地，这次他来县城做什么呢？

王东方说："李大叔，今天您去哪儿，我送到哪儿。"

李老根有些憧憬地说道："我这次进城，主要是送礼，感谢有关部门多年来对樱桃沟的照顾。另外，这两年我也没闲着，托关系跑了个项目，是北京的一个大公司，准备在咱们那里建一个休养院，咱们村用土地入股，这样一来，全村的人不就都有得干了，省得天天没得干，打麻将。"

真是咱山区的带头人，王东方内心感慨道。同时也有一种莫名其妙的感觉，都五十多岁了，还折腾个啥，真是个山乡的老党员。但嘴上又不能说，他随口问道："今天咱们先去哪儿？"

"看见没有，后边装的是野鸡，保护动物，我是好不容易搞到的，全是野生的，让警察看见准得没收。今儿个先去县委的王主任家，呵呵，这两年他对咱们山里人照顾得不错，村里人都想着他呢，然后去工商局和规划局，最后去供电局，养老院不是要增容改造嘛！"

王东方赞叹道："你真伟大！"

李老根笑了笑："呵呵，我就这点能耐。"

王东方载着李老根，先去了县委王主任家，那是个县委办公室退了休的老领导。王主任的老伴儿接过李老根送来的一对野鸡，十分感谢地说："看，老王没给您帮上什么忙，您还是一趟一趟老往这儿跑，真是不好意思。"

李老根搭讪着笑道："已经帮不少忙了，我代表全村乡亲们谢谢他，您看呀，前几年县里的领导老是关注我们，还不是王主任协调的！现在虽说是二线了，还这么关注我们，帮我们跑项目，瞧着吧！等过了年，养老院建好了，我会安排您和王主任长期疗养的。"

从王主任家出来，李老根又去了工商局的王副局长家和供电局的李主任家。到了下午四点多了，李老根给规划局规划科的科长刘凤云打了通电话，不料刘凤云科长支支吾吾地说没在县城，在市里开会。

李老根挂了电话，骂了一句："放屁，他是个闲人，整天没事干，我知道他在哪儿，咱们去天龙源大城堡。"

王东方忽然想到，天龙源大城堡不是李青山开的吗？于是他拨通了李青山的电话，李青山说刘凤云正在洗澡。

关于天龙源大城堡，全县的人都知道，一方面是县政府的招待所，另一方面也是全县最奢华的饭店。

天龙源大城堡坐落在县城最繁华的建国路，夜间霓虹闪闪，好不威风。天龙源大城堡的一层、二层是饭店，三层以上是客房，后院是泳池和会议中心，地下一层是歌厅。

尽管李青山几次邀请王东方过来玩，但王东方从来不敢涉足这个地方，他知道自己几斤几两。

李老根对这里的一切倒十分熟悉，带着王东方绕到后楼，直奔三楼李青山的办公室。到了总裁办公室门前，两个保镖见到李老根后，满脸堆笑："老先生，我给您通禀一声。"

李老根摆了摆手："不用。"说完便推门而入。

办公室内，李青山正在怒斥几个副经理，见到李老根和王东方进来后，立刻变得和颜悦色，安排就座。

李老根也不客气，端起刚沏好的茶喝了一口，开口说道："刘凤云呢？"

"刘科长下午喝多了，刚泡完澡，我帮你喊他去。"李青山恭维道。

"我不想和你磨牙,走,我自个儿去找他,不就是那个小姐嘛,上次在樱桃沟,还是我接待的,大白天的就敢在山坡上干,有人不怕受了风,真是的,要不是看在他爹的面上,我就……"

"呵呵,现代人嘛。"李青山无所顾忌地说。

"噈!"李老根率先出了门。

豪华的总统套间内正响着爵士乐,刘凤云正和一个穿着三点式的女子翩然起舞,套间内床上散乱的衣物说明了刚才发生的一切。

看到李老根走进屋,那女子赶忙跑进了里屋,刘凤云慌忙穿好衣服,然后毕恭毕敬地给李老根点了支烟。

李老根也不客气,猛吸了两口烟,说道:"刘大科长,够滋润的,什么时间给我增容呢?"

刘凤云道:"老叔,也不是您个人的事情,再说我也得请示呀,您也知道,我只是个科长。"

李老根一拍桌子:"我个人的事情,我绝对不会找你的,我在为樱桃沟三百个乡亲着想,才舍下这老脸求你,你想想,你小的时候,我是怎么对你爹和你的。明天你如果不给我办,有你好看的,噈!"

刘凤云追了过来:"老叔,您别生气,这样吧,您和东方先住下,咱爷儿俩好长时间没见面了,喝两盅。"

"噈,我从老家给你带了四只野鸡,在东方的车上,两只给你爹,两只算樱桃沟的乡亲送你的。"李老根站了起来。

在李青山专用的小餐厅内,李青山端起一杯酒:"我知道您恨不得马上让樱桃沟富裕起来,但光靠您一个人也不行呀,这样吧,我给您出个主意,您看咋样?"

"啥主意?"李老根夹菜的手停了下来。

"我有一个大胆的想法,咱们乡出来的人,和曾在咱们乡待过的人,有很多是成功人士,有的在县城,有的在省城,还有的在北京,咱们可以召开一次乡党大会,有钱的出钱,有主意的出主意,集思广益嘛!"

李老根高兴地说道:"这个主意好,我先代表樱桃沟的乡亲们谢谢你。"

经过一个月的精心准备，太子沟乡共谋发展大会召开了。

会场设在天龙源大城堡。大红的横幅上写着"太子沟乡共谋发展大会"，到会的足有五十多人，都是在县里、省里乃至在北京工作、曾经在太子沟乡生活过的官员、企业家。太子沟乡政府及有关单位也派代表参加了会议，县电视台还录了像。会上，李青山慷慨陈词，发表了热情洋溢的演说。

曾经在太子沟乡居住过的各路成功人士不仅为了樱桃沟的发展提出很多建设性的构想，而且成立了樱桃沟发展基金会，一下子募集资金五百万元之多。会上选举出李老根为樱桃沟发展基金会主任，李青山为副主任兼秘书长，牛有才为副秘书长，基金会与北京泰达集团商谈关于樱桃沟村综合开发的有关事宜。

看到牛有才拿到大红的聘书，王东方简直有些嫉妒了，他隐约感到，自己出来闯荡这么长时间，但从人际交往看，确实不如人家牛有才，牛有才光靠两片嘴皮子，就忽悠了很多人慷慨解囊，比抗震救灾捐款还踊跃。

北京泰达集团的代表来了，一共五个人，下榻在天龙源大城堡，李青山免费招待。

王东方拉着李老根，带着客人到樱桃沟考察了一个星期，详细考察了樱桃沟的地形地貌、风土人情，最后取了水样，准备回北京进行化验。

送别宴会依旧在天龙源大城堡举行。

为了增加气氛，这次李青山把主管县长也请来了。

李老根依旧是山里人的打扮，他端起酒杯，感慨地说："我代表樱桃沟三百名村民，感谢北京泰达集团，感谢县里、乡里对樱桃沟的关心，我先干了这杯。"

接着，县领导、乡领导也一一敬酒，并表示，一定在政策上对樱桃沟度假村给予照顾。

泰达集团的代表也做了回敬，并表示，等水样化验结果出来了，马上签订合作协议。

就在把北京泰达集团的领导送走的当天，李老根准备收拾一下回樱桃沟的时候，他刚走几步，就一下栽倒了，王东方赶忙把李老根送到了医院。李老根摔的这一跤倒没什么，却检查出来一个令人吃惊的结果，医生告诉王东方，李老根得的是胃癌，已经到了晚期，并建议马上住院。

李青山和王东方一商量，决定暂时保守这个秘密，老书记为樱桃沟的发展操劳了一辈子，不能让他过早知道这个不幸的消息。

拘　留

那是一个金色的季节，群山以最艳丽的颜色吸引着人们的目光，紧依着盘山，宽敞的水面上几页小舟在荡漾，依山而建、错落有致的别墅掩映在五彩的树叶之中，充满了无限的魅力。

王东方和玉梅在五彩的山坡上尽情地嬉戏打闹着，玉梅爽朗的笑声回荡在山谷间，引得来此旅游的人投来好奇的目光。接着，玉梅嬉笑着向水边跑去，头上的红纱巾随风飘动着，引得王东方不顾一切地追了上去，玉梅却引着王东方向五彩的山上跑去，一直跑到山顶，来到悬崖边，玉梅飘然而去，而王东方望着远去的玉梅，又看了看眼前的万丈深渊，正在犹豫间，不知何时，牛有才走了过来，一把拉住了王东方。

"玉梅！玉梅！"王东方大喊了起来。

王东方惊醒了，原来是一场梦，他惊魂未定地从床上爬起来，点了支烟慢慢吸着，玉梅是不是要出事儿了。王东方看了看表，才深夜两点钟。他掏出手机，给玉梅打了个电话，告诉玉梅做了个梦。玉梅听完后，扑哧一下笑了，在电话那头说："想人家就想了呗，还编啥故事，先睡吧，明天还要跑车呢，过两天，我去看你。"

王东方挂断电话，还是有些不放心。

王东方跑了一天的活儿，刚刚回到家，两个警察就找上门来。

"你叫王东方吗？"为首的警察说。

"是。"

"去年，你是不是买了一辆三轮车？"

"这……没有。"王东方一想，坏了，买三轮车的事情犯了，他眼珠一转，想搪塞过去。

"没有？院里的那辆三轮是你的吗？"警察瞪起了眼睛。

王东方喃喃地说："是。"

警察又问："怎么来的？"

"买的。"王东方说话已经没了底气。

警察追问道："从哪儿买的？"

王东方眼皮不抬地说："一个不认识的人。"

警察问："我问你，这车花了多少钱？"

王东方的脸腾地红了："三百块钱。"

"算了吧！别编了，跟我们走一趟吧。"警察亮出了手铐。

到了派出所，王东方才知道，那个偷车贼今年又在青龙偷了好几辆三轮车，被警察抓住后，把卖给王东方三轮车的事儿招了出来。

王东方被拘留了。

玉梅是从牛有才那里知道王东方被拘留的消息。

那天她正在娘家帮助做家务，牛有才风风火火地赶来了，把玉梅叫出了娘家门，告诉她王东方出事了。玉梅一听就急了，问究竟是怎么回事。牛有才涨红着脸，吭哧半天，才告诉玉梅，王东方是因为购买赃车才被抓起来的。

"这可咋办呢？！"玉梅急了，"不行，我得去看看他，就和警察说，是我买的，和东方没关系。"

牛有才道："可是东方已经被关进去了，你是进不去拘留所的。"

玉梅焦急地问："那可咋办呢？"

牛有才想了想："这样吧，你硬要去也行，咱们找一下薛冰，他是我和东方的同学，兴许能说上话。"

玉梅简单拿了几件衣服，就和牛有才出发了。路上，玉梅又回想起昨天晚上王东方给自己打电话的事情。

牛有才和玉梅跑了整整一天，也没有把事情办妥，拘留所不让看人,他们又给薛冰打电话,结果薛冰正在外地办案,过几天才回来呢,不过薛冰告诉玉梅,只管放心,王东方是因为购买赃车,被拘留七天。

"在拘留所里不会挨打吧?"玉梅小心翼翼地问道。

"哪能呢,都是外边瞎传的,你放心吧,王东方没事儿的,在里面只是接受教育。"薛冰在电话里说道。

回到王东方租住的房子,玉梅感觉浑身一点力气都没有,都快散架了。

"薛冰不是说了吗,东方不会有事儿的,咱出去吃点饭吧!"牛有才安慰道。

玉梅这才意识到,两个人跑了一天了,还没有吃饭,她看了看牛有才:"走,今儿个嫂子请你!"

牛有才带着玉梅来到一个饭馆。牛有才要了个单间,点了几样菜。玉梅给牛有才倒满酒,自己也倒了一点,端起酒,说道:"你们哥俩在县城无依无靠的,真的不容易呀。来,嫂子敬你一杯。"说着喝了一小口。牛有才则端起满满一大杯酒一饮而尽。

几杯酒下肚,牛有才渐渐激动起来:"别看我和东方回村风风光光的,那是给村里人看的,实际呢,心里难受着呢,这次我哥出了点事儿,我心里很不是滋味儿,我哥是我带出来的,我对不起嫂子。"

说着一饮而尽,又倒上酒。

不知不觉,牛有才和玉梅把一瓶白酒全喝了,牛有才又要来了啤酒。一口气喝了多半瓶,此时他的眼睛全红了,说话开始语无伦次起来,玉梅从来没有看到牛有才这个样子,担心他喝多了惹事,赶忙结了账,然后搀扶着牛有才离开了酒馆,拦了辆出租车。

牛有才的住处在村子的另一头。玉梅本打算把牛有才送到家后,自己回到王东方的住处。不料,牛有才刚一进门,就给玉梅跪下了。痛哭流涕道:"嫂子,我对不起你呀,是我害了东方。"

玉梅看到牛有才一把鼻涕一把泪地动了真情,也很感动:"快起来,这话从何而说呢?我和东方感谢你还来不及呢,等过几天东方放出来，咱们再说，啊!"

"我要是不带东方出来，他也不会被抓起来，全是因为我呀!"牛有才开始用手抓头发，接着用头撞墙。

玉梅顿时吓得不知所措，她生怕牛有才把头撞破了，赶忙紧紧抱住了牛有才。牛有才挣扎了几下，便不再挣扎了，他紧紧抱住了玉梅。

玉梅预感的事情终于发生了。这次她没有拒绝，眼含着泪珠，任凭牛有才拼命地用力，她相信命，发生的一切全是命里注定的。

第二天一早，玉梅醒来后，一边整理着凌乱的头发，一边看着仍在酣睡中的牛有才，心中很不是滋味儿，自己这算啥呢？简直就像村里人们所说的破鞋。想到这儿，眼泪又扑簌簌地下来了，牛有才被玉梅的哭声惊醒了，醒来后，很尴尬地看着玉梅，又看了看自己，低下头说道："嫂子，你别多心，我昨天醉了。"说着竟打了自己一个耳光。

玉梅又哭了："我能不多心吗？你把我当成什么啦？我咋回去见人呢?!"牛有才又紧紧抱住了玉梅："都怪我，都怪我。"任凭玉梅捶打他的肩……

玉梅在牛有才租的房子足足住了一个星期，这七天，牛有才什么客人也不拉，白天开车拉着玉梅逛公园、吃大餐，晚上看电影，成双成对俨然是一对夫妻。为了讨玉梅的欢心，牛有才真是煞费苦心，变着法地陪着玉梅玩，给玉梅买了项链、耳环，花了足足几千块钱，还陪着玉梅把头发做了。

做完头发后的玉梅俨然一副城里人的打扮，楚楚动人，连自己都不认识自己了，原来自己打扮起来这么漂亮。

和牛有才密切接触的这几天，最让玉梅疑惑不解的是牛有才为什么有那么多钱。一次牛有才竟然说要在城里给玉梅买一套房子，然后让她和王东方离婚，玉梅当时不信，但牛有才拿出的存折上赫然写着二十万块。

王东方终于被放了出来，看到城市人一样打扮的玉梅和牛有才站在一块儿，王东方感觉到，玉梅好像不是自己的媳妇，和牛有才成为一对才般配。

他悻悻地上了牛有才的车回家。

手机短信

王东方出拘留所的第一件事情，就是去看李老根。

在王东方看来，李老根确实是个值得尊敬的长辈，都这么一大把年纪了，还在为改变家乡的面貌忙碌着，每每想起这些，自己都有些惭愧。但人总得要生活，谁不想过好日子呢？自己生活的核桃沟没有什么产业，除了每家每户分到的核桃树以外，确实没有什么，去年村委会改选的时候，王东方也曾想毛遂自荐竞争一下，体现一下自己的价值。但王家的势力没有李家大，他只得作罢。这些年，李家牢牢地控制着核桃沟的权力。李家的哥儿几个虽说没有给核桃沟带来什么项目，但对待乡亲们总算还可以，没有做出过出格儿的事情来。但把核桃沟的村干部与李老根比较起来，立刻分出了上下。

王东方赶到医院病房，正赶上天龙源大城堡的人也在那里，正与医生理论什么。王东方一打听，才知道李老根不见了。李青山派来的人正在向医院要人："这个病人是我们李总特地交代的，押金一分钱没少，你们的医生把人给看丢了，我不问你要人问谁要？你们是干什么吃的！"

几个医生也满腹委屈，一个劲儿地道歉："谁知道呢，昨天晚上，老头还好端端的，今天早上就没影了。"

王东方道："你们要知道，这个老头不是一般的人，是对山区建设有突出贡献的人，你们把人弄没了，得给我找回来，不然的话，我就到县里告你们去。"

吵闹声把医院领导也惊动了。但由于病人的失踪确实是医院的责任，他们除了道歉之外，也没有别的办法。

医院找了李老根可能去的每一个地方，都没有找到他的下落，作为一个癌症患者，难不成他蒸发了？

"我知道他在哪里。"王东方陡然想起了一个地方。

王东方带着县医院的救护车狂奔了两个多小时,最终在大洋河的河谷中见到了李老根。

那是一片茂盛的松树林,前瞰潺潺的大洋河,后倚五彩的山峦。一片苍松翠柏深处,是解放战争时期留下的烈士墓。此刻李老根正面色憔悴地坐在烈士墓前,石桌前摆放着李老根刚刚买来的供果、白酒。王东方知道,在解放四海的战斗中,李老根的哥哥牺牲了,那时的李老根还不到十岁,在带领北京泰达集团领导考察的时候,还提起过好几次,说这辈子要对得起自己的哥哥。

李老根看到了疾驰而来的救护车,好像什么事都没有发生一样,依旧对着烈士碑,自言自语着什么。

王东方和医生们不忍心打扰李老根此时的心境,让李老根静静地焚烧着纸钱,默默地倾听着李老根对青山的诉说。

李老根烧完了纸钱,又把酒瓶中残留的酒倒在了燃烧的纸钱上,然后走向了急救车。

一个星期之后,北京泰达集团的领导来了,发布了一个令大家振奋的消息:大洋河的水样完全符合标准,经过董事会研究,决定立刻签订协议,并且带来了第一笔启动资金,整整一千万元。

启动仪式那天,李老根是乘坐王东方的车去的,下车后,王东方搀扶着李老根,穿过乡亲们充满敬意的目光,走上了主席台。

这天的启动仪式十分隆重,不仅县里的主要领导来了,就连市里的领导也来了。启动仪式由乡长主持,乡长在介绍樱桃沟美好自然风光的同时,对李老根多年来的工作给予了高度的评价,县领导也对李老根多年来为改变樱桃沟落后面貌做出的努力给予了高度评价,并号召全县的干部向李老根学习,共同改变家乡的落后面貌。

最后,主持人把话筒交到了李老根的手里。李老根颤巍巍地说道:"各位父老乡亲,我李老根在樱桃沟当了三十年的村干部,做梦都想让乡亲们早一天致富。这些年,县里、乡里,还有我们大家,都在考虑,山里人怎样在自己的家门口致富。如今我们与北京泰达集团签订了协议,共同建设樱桃沟度假村,我想,我们今天所做的一切,可以对得起我们的先人了。"伴随着噼里啪啦的爆竹声，樱桃沟度假村奠基了。

樱桃沟度假村奠基后的一个月，李老根病逝了。

李老根的骨灰也是王东方送回来的，尽管人们常说，运送死人不吉利，但王东方管不了那么多，他认为，李老根够爷们儿，是山里人的骄傲。

从樱桃沟回来，王东方一连好几天没有出门。

这些日子，王东方经历的事情忒多了，他想好好调养几天，然后再进城去跑车。这天，王东方喝了一点儿酒，便仰在床上看着电视，玉梅回娘家去了，说是为自己的哥哥办理残疾人证。

"叮咚，叮咚。"耳边传来手机短信的声音。王东方抬眼望去，是一个粉红色的手机，那是玉梅的手机，前几天刚买的。对于玉梅买手机，王东方并没有阻拦，现在生活宽裕了，买个手机也无所谓，再说了，女人嘛，都爱显摆。王东方本不想考虑这些问题，但那个手机却接二连三地响了起来。出于好奇，王东方拿起了玉梅的手机，浏览起信息来。

当王东方看完玉梅手机存储的短信后，简直气不打一处来。除了一些公用信息外，其余全是牛有才发来的，而且内容相当露骨，什么情呀爱的。从短信的内容分析，自己显然已被戴了绿帽子。王东方联想起牛青山和玉梅接自己出拘留所时的情景，难道他们俩早已经那个啦？今天说是去给他哥办残疾证，是不是去幽会了？他不敢想下去。

王东方决定要抓奸。他不动声色地把玉梅的手机装回到她的包里，然后给玉梅娘家打了个电话，电话很快通了，接电话的是美娟，说和妈妈马上回家。果然时间不长，玉梅带着美娟，边走边哼着小曲儿回来了。

山乡的夜异常寂静，但王东方无论如何也睡不着了，他在想玉梅为什么背叛了他，究竟到了什么程度，他不得而知。

王东方决定，不管信息是真是假，一定要把玉梅带在身边，别再发生什么事。

包　车

回到县城，王东方依旧跑着出租车。

他把玉梅也接进了城，美娟和桃儿暂时由父母看管。

这天，一个穿着考究的老者乘坐王东方的车，老者称要去开发区，车子刚到开发区的门前，客人下车，恰好李建国的车也到了跟前，李建国见到老者，赶忙下了车，毕恭毕敬地站在了老者的面前："老领导，您怎么打车过来了呢，您打个电话，我派车去接您不就行了。"

被称为老领导的老者一边与李建国握着手，一边说道："客气，客气，这样挺好，再说啦，明天我就退二线啦，不好意思再要车啦。"

李建国满脸赔着笑："走，咱们楼上谈。"

老领导要给王东方钱。李建国这才看到王东方："原来是你！"王东方这时才认真端详起李建国。

此时的李建国已经发福不少，头发整整齐齐，满脸泛光，依然带着那副近视镜，不同的是眼镜框比原来更加考究了。其实上次太子沟乡发展大会李建国也来了，只不过那时王东方在四处张罗别的，没顾得上和李建国说话。

"原来你在开出租？"李建国的话语打断了王东方的思绪。

王东方木讷道："嗯，师母还好吧！"

李建国头也不回地说："好，好，这样吧，我先接待王局长。"忽然，他好像想起了什么，掏出了一张百元钞票。说道："不用找了。"

"这哪儿成。"王东方拿着钱嚷道。

"明天下午六点，打这个电话，我找你有事儿。呵呵。"李建国把一张名片递给了王东方，说完头也不回地走了。

望着李建国的背影，王东方又看了看李建国的名片，满腹狐疑。

李建国原来是王东方的语文老师，正儿八经的北京大学毕业生，也是山里人，大学毕业后，主动回到家乡教书育人。王东方上学那阵儿，李建国对王东方的印象相当好，指望着王东方能考上大学，谁想到，他头一年没考上，第二年竟结婚了，气得李建国把王东方大骂了一顿，骂王东方是窝囊废、没骨气。王东方回村的第二年，李建国也工作调动了，凭着自己有点文字功底，到县委办公室信息科工作，结果没过多久，先是到乡镇当了两年副乡长，后来回县开发区当了主任。

　　开发区主任是有名的肥差，李建国立刻就变成了赫赫有名的人物，王东方听说了李建国的很多故事，什么给他送礼的人都排着队，什么包工头为了从他那里拿到工程，甚至带着拉杆箱去赌博。

　　第二天下午，王东方按照李建国名片上的电话号码，试着打了过去，电话通了，接电话的正是李建国。李建国也听出了王东方，说道："现在忙，今晚八点，在'乡巴佬酒馆'见面，记住，你千万别开车。"

　　乡巴佬酒馆在郊外，原本是一个建筑公司的厂房，饭馆老板独具慧眼，看中了这里僻静，把酒馆别出心裁地装修了一番，都隔成了单间，从而形成了森林中特有的建筑，特别是大门做成了古树的形状，更增添了几分幽静。

　　王东方打车来到了乡巴佬酒馆，下车后，点了支烟，在大门前徘徊着，心里琢磨：李建国这是要干什么呢？

　　正踌躇间，一个年轻人上前问道："你是王东方吗？"

　　王东方答道："对。"

　　年轻人道："请跟我来。"

　　年轻人带着王东方七拐八拐，来到一个独立的不起眼的木质房子前。年轻人满脸堆笑地说道："你去吧，李主任在等你。"

　　王东方推门走了进去。

　　房间足有三十平方米，装修得金碧辉煌，不仅有沙发、电视、卫生间，里间还有双人床。李建国正坐在沙发上闭目养神，见到王东方后，眼皮抬了一下："坐吧。"又指了指桌上的中华烟，说道："在这儿你随便。"

王东方诚惶诚恐地点了根烟，然后说道："老师，您找我有啥事？"

李建国睁开了眼睛："这个嘛，按说也没啥，昨天你问起你师母，让我很感动，我在你的心中还是原来一样。"

王东方道："那是，上学那阵，你对我费尽了心血，只是我没能考上大学，没有为您争气。"

"呵呵，那些都是过去的事情了，我不是也出了学校嘛，有些事情是不能强求的。"接着李建国问起了王东方家里的一些情况，玉梅在家做什么、孩子多大等。

王东方一一如实回答。

服务生把饭菜端了上来。都是山里人的家常菜，炸香椿芽、炸小鱼、小鸡炖蘑菇、咸鸭蛋什么的，李建国斟满了两杯五粮液酒："来，你也不是外人，咱俩干了。"说着一饮而尽。

不知不觉，王东方和李建国喝了一瓶五粮液。李建国的话开始多了起来，讲到樱桃沟开发的一些事情，讲到了李老根。

李建国慷慨陈词道："李老根是咱们太子沟乡的骄傲，我们几个已经建议组织部发一个文，号召全县的干部向李老根学习，他是新时期农村优秀干部的表率，现在正在建设社会主义新农村，我们就需要这样的干部。"

尽管县城很多人都在说李建国的坏话，但今天看来，李建国不像人们说的那样坏呀！

李建国点了支烟："东方呀，别出去趴活儿了，你的车我包下了，每月三千块钱，干不？油钱我出。"

简直是天上掉馅饼，不是在做梦吧？王东方有点不相信自己的耳朵。但听了李建国后来的话，他相信了。

家家都有一本难念的经。原来，李建国表面上在社会上风风火火，但家里的生活却很糟糕，有一个智障的儿子，后来李建国和文化局的一个叫李梅的好上了，便离了婚，但那个智障的儿子被法院判给了他。傻儿子十五岁了，李建国再婚后，女方不愿意和李建国的傻儿子一起生活，李建国只得让傻儿子和自己的父母住在一起。可祸不单行，没过多久，李梅得了尿毒症，不仅换了肾，而且每周要做透析治疗。按照李建国的说法，之所以要找王东方，是出于多方面考虑：用单位的车不方便，人多嘴杂，人言可畏；用朋友的车，特别是那些大大小小的包工头，千方百计和自己套近乎，时间长了，怕是落下后遗症，自己毕竟是个清官；而李建国了解王东方，更主要的是父母年纪大了，常有一种怀旧的感觉，李建国想让王东方用车带着两位老人经常回山里看看，城里一般的人谁也不会想到自己与王东方有任何关系。

李建国问："你最近和牛有才还经常来往？"

王东方笑了笑："嗯，我是他带出来的，乡里乡亲的，他给我帮了不少的忙。"

李建国突然严肃地说："东方，你既然在我这儿干了，有两条你要千万记牢：第一，对谁也不要说是我包了你的车；第二，你的主要工作，就是带你嫂子看病，家里的一切你都不要管。对了，你把玉梅接过来，帮老太太做做家务，陪着李梅说说话，美娟上几年级了？"

王东方道："五年级。"

李建国道："来县城上学吧，我帮你办。"

王东方给李建国跪下的心思都有了，自己和玉梅一年四季忙来忙去的，为的是什么？还不是为了美娟和桃心。听了李建国的话，赶忙作揖道："恩人，我替她们谢谢您了，我这辈子算是遇见好人了。"

"谁让我是你的老师呢。"李建国点了支烟，看着王东方道，"还有最重要的一条就是，别和牛有才提起咱俩的事情。"

看到王东方不解的样子，李建国补充道："牛有才早晚得吃官司。"

王东方打电话把李建国包车的事情和玉梅说了，玉梅兴奋得差点跳了起来，但王东方隐瞒了关于牛有才的事情，他要看牛有才的笑话，谁让他勾引自己老婆呢？

新 家

王东方对李建国的能力简直佩服得五体投地，只一个电话，就给美娟办好了转学手续。

王东方在新兴小区租到了一套两居室的楼房。摇身一变，一家三口变成了名副其实的城里人。有了体面的工作，少去了昔日的担惊受怕，王东方一家人在逐步城市化。王东方开始注重起打扮来，每天笔挺的西装一穿，精神了许多，而玉梅每天化了淡妆，更增添了几分的妩媚。

王东方夫妻每天的工作很简单，就是照顾好李建国一家子的生活。玉梅每天给李建国的父母以及现在的家做家务，王东方每周拉着李梅去医院做透析。除此之外，王东方还要带着李建国的父母出去兜风，当然这都得躲开李梅，因为李梅不想让李建国的傻儿子进这个家门。

李建国的父母住在郊外的风景区，距离县城有五公里。开始的时候，李建国在城里给两位老人买了房子，但老人感觉十分吵闹，不如乡下清净，于是李建国便在郊外买了两居室的房子。

李建国的父母得知玉梅是太子沟乡来的，高兴得不得了，拉着玉梅的手问这问那，玉梅得体的打扮更是让李建国的父母高兴得合不拢嘴："多么俊俏的闺女呀。"

玉梅在李建国的父母家每天上午把房间收拾一遍，然后是中午饭和晚饭，除此之外，就是陪着两位老人聊天。经过几天的磨合，玉梅便了解了李建国父母的心理，于是把山里人经常吃的饭菜翻着花样做，两位老人自然十分开心。

最难伺候的是李建国的媳妇，按照玉梅的话讲，简直就是一个泼妇。玉梅头天上班，李梅就给她来个下马威。当李建国带着玉梅来到家中，介绍说是找来专门伺候李梅的保姆时，李梅的眼睛竟然直了，大骂李建国无情无义，想把自己气死，搞得玉梅很不自在，但玉梅转念一想，李梅毕竟是个病人，于是她没有过多地说什么，红着眼圈儿小心翼翼地走进厨房，先是打扫卫生，然后准备做饭，王东方则拉着李梅到医院做透析治疗。直到傍晚时分，两个人才回来，李建国也下班了。玉梅把做好的饭菜端到饭厅，正准备离去。被李建国拦下了："难为你们了，今天咱们一块儿吃饭。"

王东方和玉梅推辞不过，只得坐下。

李建国打开一瓶酒，给自己倒了一杯，要给王东方和玉梅倒上，王东方赶忙说一会儿还要开车，玉梅说一会儿要接孩子。

李建国一边喝酒，一边说起了单位的一些事情，还不时接打着电话，在王东方看来，李建国确实是个大忙人，到了家里也不轻松。

大概玉梅的饭菜做得符合李梅的胃口，李梅的表情好了许多，便有事没事地和玉梅说着什么。

王东方一家人的生活渐渐稳定了下来，玉梅每天奔走于李建国的两个家，而王东方除了每周带李梅到县医院做透析治疗以外，大多数时间也在李建国的父母家里。有时李建国也坐王东方的车到外面应酬，按照李建国的话讲，这是因为坐公家的车太招摇，影响不好。王东方一直以为李建国是个为了群众鞠躬尽瘁的干部，但刚刚过去两个月，王东方对李建国的印象便发生了根本性的变化。

那天，王东方拉着李梅做完透析，玉梅刚好也把饭菜做好了，两个人便离开了李建国的家，回家给美娟做饭。没想到，王东方刚端上碗筷，李梅便打来了电话，让王东方过去一趟。

当王东方风风火火赶到了李建国家，进门一看，顿时大惊失色，原来李梅把家里的电脑砸了，桌子也掀翻了，鱼缸也砸了，几只红色的血鹦鹉鱼正在地板上一跳一跳的。

王东方不解地问："李姐，您这是？"

李梅没好气地说："我要死啦！"

王东方问："这是怎么啦，我老师惹您生气啦？"

李梅恶狠狠地说："他不配做你的老师。"

"这……"王东方有点儿摸不着头脑。

"东方，我早晚得被他气死，还不如早点儿死，这是我买的安眠药。"李梅扬了扬手中的药瓶，脸色煞白。

"您这是何苦呢，有什么话可以直说。"王东方赶忙把安眠药抢了过来。

"他一天到晚把我圈在家里，自己在外面折腾，这日子可怎么过呀。呜呜。"李梅伏在沙发上哭了起来，肩膀一耸一耸的，看得出来十分难受。

王东方不语了，李建国在自己心中高大的形象顿时发生了变化。从李梅刚才的话语中，王东方隐隐约约感觉到，李建国可能做了对不起李梅的事情。但他还是安慰道："李姐，您想开一点儿，明天我让玉梅和您多说说话，您说呢？"

李梅想了想，顿时软了，抽泣道："别您您的，东方，我是被这病拖累的，你回去吧，明天带我到山里走走吧，我的心里乱成了一团麻。"

李　梅

第二天一早，王东方带着李梅出了城。

李梅昨天夜里睡眠充足，今天的情绪好了许多，又经过精心的化妆，便显得妩媚动人，丝毫看不出是有病的样子。

正值立秋时节，大自然把一年最美的景色呈现在世人面前，五彩的群山与淙淙的溪流勾勒出山乡最美的画卷，人行走在山水间，如同游在画中一般。王东方陪着李梅在群山中尽情地徜徉着，并不时给李梅拍着照片。

大概由于山色过于吸引人，李梅的脸颊渐渐有了红色，也兴奋了起来，不时更换着外套，让王东方拍摄。陡然，李梅一下子紧紧抱住了王东方："东方，我有些晕。"王东方赶忙把李梅扶住，说道："李姐，咱们回吧。"他知道，李梅毕竟是个病人，是经不起山风的。

李梅艰难地抬头，看着王东方，缓了好久才说道："东方，亲我一下好吗？"

王东方顿时感觉懵了，毕竟是师母呀。自己的一切都是李建国给的，无论如何也不能做出对不起老师的事情，于是他说："李姐，咱们回吧。"

"我求你了。"李梅央求道。

他抬眼望去，看到的是李梅渴求的目光。

王东方犹豫了，一面是自己的老师，一面是李梅渴求的目光，左思右想，下定了决心，只此一次。

他托起李梅的脸颊，轻轻地吻了一口。

谁料想，李梅竟然紧紧地抱住了王东方的腰，狂吻了起来。

王东方也在发热，脸在发烫，心在怦怦地跳动！一种共同的渴求，就这样燃烧，燃烧。两个人久久地抱在一起，倒在了五彩的山中。

李梅仰起脸深情地看着王东方，手开始伸向王东方的腰带扣。王东方顿时急了："李姐，不能这样。"

李梅撒娇道："我就要嘛，就要你。"

王东方死死地护着自己的腰带，他知道，李梅得的是尿毒症，是不能放纵自己的。

李梅的手终于松开了，一屁股跌坐在地上。

王东方紧紧地拥着李梅，什么话都没说，他渐渐感觉到，李梅一定是在感情上受到了很大的伤害。

三年前李梅大学毕业后，被分配到县文化馆工作，负责群艺工作，就是帮助全县各单位培训文艺骨干。她在开发区的年终团拜会上认识了李建国，当时李梅代表制药厂文艺队参加文艺表演，那天李梅自编自演的独舞《孔雀》表演得非常成功，引出阵阵掌声。紧接着，李梅领舞的《西班牙女郎》激情四射，动感十足，彰显着野性的美丽，吸引了所有在场人的眼球，晚会结束后，开发区工会设宴招待了这些演员。

酒席间，李建国在一帮人的簇拥下，端着酒杯走了过来，笑嘻嘻地对演出的成功表示祝贺。李梅在此以前，很少喝酒，这次经不住李建国的再三劝说，喝了一小口。

李建国笑呵呵地问："大艺术家，结婚了吗？"

"瞧您说的，还没对象呢。"制药厂厂长介绍道。说得李梅满脸绯红。

"呵呵，看来咱们开发区真是藏龙卧虎呀。"李建国红光满面地说。

那次演出后，接踵而来的事情让李梅着实兴奋不已。不久，县总工会举办工间操比赛，开发区聘请李梅作为教练，指导开发区职工组队参加县总工会举办的健身操大赛。

这次李梅没有多想便答应了。但毕竟因为参加工作不久，她提议让李建国和文化馆打一个招呼，免得有做私活儿之嫌。李建国也不含糊，当着李梅的面给文化馆长打了个电话，说开发区是青龙县的门面，一直重视体育健身运动，为了在县里的工间操比赛中拿上名次，特聘请李梅作为教练。文化馆长说："我们一定支持，全力保障，具体事宜，您可以与李梅同志谈，我们会全力保障的。"

由于李建国使用了免提键，李建国与馆长的一问一答李梅听得十分明白。李建国的霸气和文化馆长的懦弱，让李梅听起来很不自在。

那天是李建国派车把李梅送回了家。临下车时，李建国拉着李梅的手，塞给她一个信封，李梅知道，这是小费，也没有推辞。当她回到家中打开一看，一下惊呆了，竟有五千块之多。李梅早就听说过，李建国在青龙是个炙手可热的人物，花钱如流水，且据说他正在竞争副县长的位置。

李梅认真研究了县总工会的比赛规则，精心设计了一套适合开发区职工的健身操，又精心选拔了一批职工认真培训，结果在全县健身操比赛中一举获得第一名。

颁奖晚会上，作为团体第一名代表的李建国和荣获创作奖的李梅同时上台领奖，李梅有一种巨大的成就感和一种莫名其妙的冲动。

颁奖后不久的一个中午，李梅接了个电话，电话是李建国打来的，李建国说很欣赏李梅的文艺细胞，十分感谢她在健身操比赛中的贡献，想请她过去坐一会儿。李梅一想，健身操练习的时候，李建国只露过一次面，肯定是开发区集体性的答谢，便答应了。谁料想，李建国是亲自开车来接她的，李梅拉开车子的后门，本想坐在后座上，而李建国称，坐在前面可以说说话，李梅也没有多想，就坐在前排副座上，车子出了城直奔郊区而去。

李梅打量着车外流动的景致，心中有一种说不出的愉悦感觉，李建国的目光则不时扫过李梅的胸脯。

"都说搞艺术的人浪漫，是吗？"李建国问她。

她笑眯眯答道："差不多吧，搞艺术的人大多情感丰富，充满幻想，也可以说浪漫吧。对了，李主任，我听说您以前当过老师，是吗？"

李建国道："对，我是教语文的，年轻时还发表了几首诗呢！按说我也算半个文人，也是个搞艺术的。只可惜，这两年没时间写喽。"

在青龙县与白城县接壤的地方，便是充满异国情调的青龙峡度假区，这里依山傍水，上千套别墅散落在半山坡上，已经独成一景，以至于青龙、白山两个县的人都把在青龙峡度假区购房视为财富的一种象征，来这里买房的大多是省内的成功人士。这里三面环山，一面临水，设计者别出心裁地设计出曲水流觞的样子，几条小溪纵贯小区，小溪所到之处，不仅有东方的水车，更有西方风格的大风车相伴，景色煞是迷人。小区保安则是清一色的美国西部牛仔打扮，更增添了异国风情。

李建国的奥迪车在一套别墅前停下。

李梅望着这里的一切，有些好奇："李主任，您这是？"

"咱们先休息一下。"李建国一边打开了别墅的房门，一边说道，"你对我们的贡献太大了，一会儿我还要重重地谢你呢。你先参观一下。"

怎么重重地感谢呢？李梅怀揣十八只小兔，随着李建国打量室内的一切。

这是一套刚刚装修完毕的别墅，还散发着油漆的味道，一楼是客厅和厨房，二楼是主卧室，三楼是珍藏室，室内都挂着清一色的欧式油画，体现出浓厚的艺术氛围。

艺术院校毕业的李梅对西方艺术非常崇拜，甚至幻想有一天，在自己的居室内挂满西方大师的作品。更加让她意想不到的是，李建国作为一个政府官员，竟然也有如此高雅的艺术品位。通过二楼的窗户，李梅看到窗外的景色简直就是一幅浓墨重彩的山水画。

"在想什么呢？"李梅收回目光，才发现李建国正站在自己的侧面，盯着自己的胸。李梅问道："李主任，这房子是您的吗？装修得真漂亮，您的夫人呢？"

李建国不语，半晌才说："换个话题吧！"接着两个人又谈起了文学，谈到了明星们的奇闻逸事，最后谈到了性。

"梅……"李梅抬起眼时，恰好碰到李建国火热的目光。

李建国一下把李梅抱住，容不得她有半点反抗。"梅！"李建国的嘴贴在她的耳朵边低声呻吟着，由于激动，声音有些颤抖。

"这个房子你喜欢吗？如果真的喜欢，这个别墅就是你的了，如果不喜欢，我把它拆了，给你重盖。"

李梅顿时明白了李建国此行的真正目的。

李梅笑道："你是把我当作情人，还是？"

李建国一本正经地说："我要娶你。"

"是吗？"李梅深情地注视着李建国，"李主任，你是结了婚的，我可还是……"

"放心，我自有办法。"李建国信誓旦旦地答道。

李梅不放心地说："你可比我大二十岁。"

李建国呵呵一笑："放心吧，杨振宁八十二岁了，还娶了二十八岁的翁帆呢，难道我还不如他？"

李梅彻底被眼前的一切所迷醉、所征服了。在上大学时，她就听同学们说，将来要找一条人生的捷径。靠自己的智慧找一个有权有钱的男人当靠山，就是最有效的捷径，不需要你辛辛苦苦地去打拼，不需要花费很长的时间去积累，就可以过上理想的生活，就可以拥有你拼搏几十年都得不到的财富，难道李建国所说的一切是真的？李建国真的是自己的靠山吗？

接下来的日子，一切都好像是李建国设计好了的。他和前妻很快办理了离婚手续，又低调地和李梅结了婚。当时李梅曾想大操大办一下，毕竟是初婚，但李建国说自己要竞争副县长，怕产生不好的影响。

李建国没能当上副县长,李梅却突然尿中带血,再一查,竟然是尿毒症。

听医生说了女人得了尿毒症不能怀孕的消息后,李建国顿时泄了气,毕竟自己的第一个孩子是智障,现在第二个妻子居然不能怀孕,便想再与李梅离婚,并开出了条件,给李梅一套房子和一百万现金,李梅死活不同意,说耗也要耗死李建国,李建国一气之下,便很少回家,李梅落得每日守空房。

李梅恶狠狠地说:"我要报复,让他不得好死。"

王东方看着李梅的面孔,不知所措。

人心不足

深夜时分,王东方的手机响了起来。王东方一激灵,还以为是李建国的电话,拿起电话一看号码十分陌生,便扔在了一边。谁知,后来电话竟响个不停。王东方又拿起电话,一看是薛冰的号码,马上接了电话。电话中传来一阵阵哭声,牛有才的媳妇哭泣着说道:"牛有才被人害了,我正在刑警队呢。"

王东方顿时心里一怔,想了想,便对玉梅说:"我出去一趟。"

玉梅不放心地问:"这么晚了,你去哪儿?我和你一块儿去。"

王东方一想,反正牛有才已经死了,便带着玉梅出了门。

自从发现了牛有才发给玉梅的短信后,王东方就多了个心眼儿,一方面在玉梅面前拼命说牛有才的坏话,另一方面在家的时候拒接牛有才的电话,这一切玉梅自然看在眼里,特别是王东方的车被李建国承包后,王东方一家三口住进了楼房,已有半年没有和牛有才聚会了,也不知他在忙什么。有几次,牛有才打电话,说要与几个乡党聚一下,王东方都推辞了,说车让人家承包了,没有时间。牛有才追问是谁包的车,王东方总是闭口不谈。

牛有才好端端的,怎么会死了呢?

刑警队里，牛有才媳妇早已哭成了一个泪人。

薛冰站在了一旁，薛冰的爱人在一旁安慰着。

据牛有才媳妇讲，昨天晚上，牛有才从县城回到核桃沟，晚上八点，接了个电话，就开车走了。临出门时，说要去办一件大事儿，办完事后，就带着自己去省城。但牛有才媳妇在家里左等右等他也不回来，给牛有才打电话，一直无法接通。今天早上，警察找上门来，告诉她牛有才已经被害了，尸体被运回了县公安局。

薛冰讲，警察接到当地一个村民报案后迅速赶到了现场，现场在太子沟乡至县城的公路上，牛有才的出租车撞在一块大石头上，车头严重变形，出租车已经报废，死者牛有才在司机的位置上，警察是从牛有才的电话本上找到家中电话的。于是给牛有才在核桃沟的家打了电话，辨认尸体。

警察问："牛有才还有别的住所吗？"

牛有才媳妇答道："有，在东关村。"

牛有才媳妇带着警察来到他在东关的住所。

警察检查的结果使在场的人大吃一惊，在牛有才的皮箱内竟然发现了一张五十万元的存折。

警察看了看牛有才的媳妇，又看了看王东方。这五十万元是从哪里来的？一个出租车司机能挣这么多钱？

牛有才媳妇见到了钱，顿时痛哭流涕："他从三年前出来就没有向家里交一分钱，说要在县城买房，把我接出来。"牛有才媳妇想把存折要回，但被警察制止了。

"牛有才有手机吗？"警察问。

牛有才媳妇道："他有两个手机呢！"

牛有才媳妇的一句话，使所有在场的警察都感到一怔，因为在现场没有发现手机。

牛有才媳妇被通知协助警察进行调查。

临了，薛冰把王东方叫到了一旁："东方，听说你在给李建国开车？"

王东方看到薛冰的目光有些异样，解释道："哦，玉梅给他家当保姆，他媳妇得了尿毒症，包了我的车，每周去医院做两次透析。"

薛冰道："作为老同学，我提醒你一句，遇事多个心眼儿，别整天傻乎乎的，我只能和你说到这儿。"

从刑警队回来，王东方和玉梅各怀心事，一路无语。

李梅甩给王东方一张存折："东方，我求你一件事，这件事情，只有你知我知。"

王东方瞥了一眼存折，上面有十万块钱。

"我是个将死的人了，你帮我查一下，李建国除了利用赌博收钱以外，还和哪些女人有瓜葛，即便有一天我死了，也要闹个明白。"

"这……"王东方犹豫了。让自己做私人侦探，去调查自己的老师，他是无论如何也做不到的。平心而论，他很同情李梅的遭际，但一面是自己的老师，自己现在的一切都是老师给予的，自己不能做埋没良心的事情；一面又是老师的妻子，他感到左右为难。

李梅喝了口水，又给他讲当前的形势："改革开放，日新月异，中国已基本解决了温饱问题，相当一部分的人家进入小康生活。但在发展中不可避免地出现了一些丑恶现象，什么三陪女、包二奶都出来了，一些官爷们、款爷们，为了女人，一掷千金，虚荣，享受，排场，但是他们哪来的那么多钱？只能收受贿赂，你那个敬爱的老师就是其中杰出的代表。你也知道，开发区是全县最牛的单位，每年光工程款就有两个多亿，那些包工头为了把工程搞到手，送什么的都有，金钱、房子、女人，你的老师牛气得很呀！说不定他现在正在哪个骚货的床上呢！东方，我求你，帮我查一查，这十万块钱是暂时的费用，等查清了，我还会有更大的报答。"

王东方不明白，李梅为什么和李建国有如此深仇大恨。李梅随后的一句话却让王东方彻底铁了心。

李梅道："东方，你还蒙在鼓里呢，你知道吗，你和玉梅每月的五千块工钱是哪里来的？都是开发区给你们出的。"听了李梅的话，王东方顿时感到一阵阵后怕，如果有一天李建国被抓起来了，会不会牵连到自己？

李梅大概看出了王东方的心思，依偎着王东方道："东方，即使有一天李建国倒台了，也不会影响到你我的。"

王东方问："真的吗？"

李梅看了一眼王东方："真的。我和李建国结婚五年来，没有共同的固定财产，我的就是我的，他的就是他的。"

王东方问："你的又是怎么得来的呢？"

李梅媚笑道："傻瓜，慢慢我会告诉你的。"

王东方很快搞清了李建国在外面的情人。李建国一共有三个固定的情人，分别是王晓纯、李爱霞和雨虹，特别是那个雨虹，李建国几乎每天晚上都和她在一起，正紧锣密鼓地准备和她结婚呢。

已经是深夜两点了，王东方接到了李建国的电话，让他开车到郊外的一个小区去，王东方知道，那是李建国的第三套住房，当他开车赶到靠山居的时候，门外停放着一溜高级轿车，一共四辆，王东方不敢贸然进院，只是把车停在了一边，给李建国发了个短信。

不一会儿，李建国走出了院子，后面跟着一群人，王东方一看这些人的打扮就知道是包工头，其中一个人还拎着一个很重的袋子。王东方见状，赶忙打开了后备箱。那个人把袋子放进后备箱，又不放心地看了看后备箱，才和李建国道别。

路上，李建国只是一个劲儿地抽烟，什么话也没说。车子进了城，李建国扔掉烟蒂，说道："你先在这里等一下，我把刚才朋友送的土特产给我亲戚送去。"

王东方下了车，望着李建国开车远去的影子，凭直觉，王东方感觉到，这绝不是简单的土特产，要不然，刚才那个人为什么不放心地看着后备箱呢？说不定是巨款呢。他想起了自己刚到县城时听到的关于李建国的传说，看来李梅说得没错，李建国不仅在大肆收钱，而且包养着情人。

从车子的行走方向看，王东方判断，一定是去雨虹那里了。他掏出手机，想给李梅打个电话，按完号码后，又止住了。

半个小时过后，李建国回来了，面带微笑地说："让你半夜三更等了半个小时，真不好意思。"

"没什么。"王东方敷衍道。

二连浩特

王东方被薛冰叫到了刑警队。薛冰告诉他一个消息,牛有才是被人杀害的,那个交通事故现场是伪造的,希望王东方能够提供一下线索。

据薛冰讲,他们根据牛有才媳妇提供的手机号码,调查了牛有才其中一个手机的通话记录,没有一点儿有价值的信息。问王东方能不能提供一下牛有才第二个手机的号码以及半年来和牛有才的交往情况。薛冰还说,关于牛有才五十万块的存款,已经查清了其中的十万,是天龙源大城堡经理李青山赞助给樱桃沟开发区的第二笔款子,另外的四十万还没有查清来历。

王东方点了一支烟,道:"都是山里人,差不多就行了,牛有才已经死了,入土为安吧。"

薛冰笑道:"老同学,我知道你和牛有才不错,但是,正因为这样,咱们才要尽快抓到杀人凶手,让他入土为安。不然的话,还会出现第二个牛有才。对了,李建国对牛有才的死有什么看法?"

薛冰这么一提醒,王东方本想把李建国最近的反常表现向薛冰讲了,但又一想,万一薛冰向自己要证据呢!多一事不如少一事,便改口道:"李老师在我的面前直说牛有才死得可惜、可怜,别的倒没说什么。"

薛冰也没说什么,只是说,如果想起什么线索,及时和他联系。

从刑警队出来,王东方就感觉到一种不安,他驱车来到了李梅家,把刚才薛冰的话同李梅讲了。

李梅听了这话,肯定地说:"一定是李建国派人把牛有才杀了。"

王东方一怔:"李建国为什么要杀牛有才呢?"

李梅若有所思地说道:"牛有才是个很精明的人,他刚进城的时候,就找到我家,对我和李建国毕恭毕敬,李建国凭着手中的权力,给了牛有才一些工程,但牛有才一没施工队,二不懂建筑,就把这些工程转包给了别人。这些施工队干的活儿根本不符合要求，李建国要终止与牛有才的合作。不料，牛有才竟威胁起李建国来了，说如果李建国胆敢终止合作，就把李建国受贿的事情抖出去，你想李建国能不急吗？李建国表面上文质彬彬的，但心毒手黑，办事从来不自己下手，身边有好几个地痞呢！所以你以后也得防着点。"

王东方亲了一下李梅："你也要小心。"

李梅抚摸着王东方的脸，笑道："放心吧，我是他明媒正娶的，他不敢把我怎么样，再说了，我攥着他的小辫子呢。"

不知什么原因，李建国回家的时间近日多了起来，回家后，整天黑着脸，好像满腹心事。但他对李梅却突然好了起来，还让王东方拉着他俩郊游了一次。

看着李建国和李梅亲昵的样子，王东方有些不自在，瞅了个空子，问李梅是怎么回事儿，李梅只是一个劲儿地笑，悄声对王东方说："你就瞧好戏吧！"

王东方眼皮跳得很厉害，不会有什么事吧？

这天，王东方刚陪李梅做完了透析，待玉梅把饭做好，正准备回去，李建国回来了，见到王东方后说："你俩先不要走，我想跟你们商量个事儿，让东方和我去一趟省城，这几天，玉梅就搬到我这里住，行吗？"

李梅道："去省城，怎么不用单位的车，让东方去省城，谁拉我去做透析？"

"我这次去省城，不是公差，而是办私事儿，用单位的车不好！你不能总让我在现在这个位置上待着吧。放心吧，一个星期就回来。"说着还在李梅的脸上亲了一口。

第二天一早，李建国来到父母家，向父母辞行，王东方看到，李建国的眼睛好像有些湿润，不觉有些奇怪，不就是去一个星期吗？怎么会这样，上次李建国出了半个月国，临行前都没有和父母辞行。

李建国和王东方出发了，这次李建国带了好几个大包，王东方不知道包里装的是什么，心想可能到省城去送礼吧。

当王东方驾车出了青龙县，李建国让王东方在一个镇子的饭店前停下，李建国走进饭店。隔着玻璃，王东方看到，一个戴着墨镜的女郎正在大堂里焦急地看着手表，见到李建国后，两个人在耳语着什么，不一会儿，两个人出了饭店，女郎手里多了一个拉杆箱。

王东方把拉杆箱放进后备箱，女郎上车后，把墨镜摘了，王东方认出，那女的便是雨虹。

李建国道："咱们去二连浩特。"

王东方问："不是去省城吗？"

"先去二连，回来再到省城。"李建国厉声说道，不容置疑。

王东方一边开着车，一边在心里嘀咕，这对狗男女说不定是到内蒙古度假呢！

车子在飞驰着，王东方从后视镜上看到，雨虹依着李建国睡着了，这是一个冷艳的女人，鹰钩鼻子，猩红的口红，渗透着夺人魂魄的魅力。王东方在前两年那些城隍庙街风尘女子的表情中读懂了一些东西。李建国好像心事重重，有些心神不定，眼睛不时地打量着车窗外。

经过一天颠簸，傍晚时分，王东方驾车到了张家口，休息了一晚上，第二天一早又出发了。当车子出了化德县，看到草原了，李建国长长出了口气。

那是一望无际的大草原，犹如一块绿色的绒毯，一片绿色的海，漫过山峦，漫过人们的视线，一直涌向无际的天边。成群的羊犹如白色的音符，在人们的视线中飘动。

车子在一个路口停下，一群身着蒙古服装的领导迎了上来，王东方明白那是当地领导接待客人的礼节。当地的领导向李建国等人献上哈达，几个蒙古族姑娘唱着祝酒歌，排成一行前来敬酒。李建国此时也显得有些激动，说了一些关于投资的话题，然后上了车，一个车队浩浩荡荡向旗政府驻地而去。

当晚，王东方被安排到了蒙古包里，王东方看到，此时的李建国行色匆匆，雨虹也不再和李建国黏糊，而是出出进进忙个不停，从只言片语中，可以知道，雨虹好像在办理边防证。

第二天一早，王东方拉着李建国和雨虹到了二连浩特，整整一个白天，李建国和雨虹一直待在宾馆内。第三天早上，雨虹把王东方叫到了李建国的房间。

进了屋，王东方看到，李建国正在室内吸着烟，从茶几上堆满的烟头来看，李建国好像一夜没有休息，看到王东方走进房间后，苦笑道："东方，咱们俩的关系咋样？"

"很好呀，我现在的一切都是老师给的。"王东方不知道李建国葫芦里卖的是什么药。

李建国叹了口气："哎，我是个不称职的老师。别的我就不说了，李梅可能也告诉了你一些我的情况，她不能生育了，怀疑我在外面干这干那，可能说我贪污受贿。说实话，她说的一点都没错，现在呢，市委要调查我，我只能走这一步了。"说着，李建国拖过拉杆箱，并打开。

王东方惊愕了，里面全是一沓一沓的百元大钞。

李建国拿出了几十沓："老师对不起你，一会儿带着钱回去吧！记住，无论是谁问起我的下落，你都说不知道，你把我忘了吧，权当没有我这个老师。"

王东方劝道："老师，难道没有别的办法了？"

李建国摇了摇头："东方，你不知道，晚了，都怪我一时糊涂呀！"说着揪扯起自己的头发。

王东方想起了牛有才的死，试探着说："事已至此，我可以问一句话吗？"

李建国道："啥话，说吧。"

王东方小心翼翼地问："老师，牛有才的死和您有关系吗？"

此时，李建国眼中噙满了泪花，半晌才说："牛有才是我派人做的，我不做了他，也许我早被他做了。"

王东方知道，二连浩特是个边境城市，对面就是蒙古国，不能让杀人犯就这么跑了，他要报警。但为了稳住李建国，他撒了个谎："行，老师，祝您一路走好。"

王东方回到自己的房间，开始找手机，他要把这个消息告诉给薛冰，但王东方的手机却不翼而飞。王东方顿时明白了是怎么回事儿，为了不打草惊蛇，王东方和李建国打了招呼，说自己马上就回青龙县，并让他保重。

王东方在二连浩特市内转了个圈儿，想给薛冰打电话，但自己的电话没了，号码全在自己的手机里。他只得用公用电话给玉梅打电话，碰巧，玉梅正在陪李梅看电视，声音很嘈杂，王东方对着电话喊了半天，玉梅最后才听清：他自己在二连浩特，牛有才是被李建国杀的，让她马上向薛冰报案。

但王东方刚把话说完，就看见几个彪形大汉奔自己而来，他快速向车跑去，想驾车离去，但还没到车跟前，便感觉脑袋被重重地击了一下，就什么也不知道了。

王东方蒙蒙眬眬张开眼睛，看到的是满天的星光，鼻孔里灌满了沙葱的味道，他试着抬了抬胳膊，出奇的疼，头部也像是要裂开一样。王东方知道自己被李建国暗算了。王东方试着站起身，举目四望，自己在郊外。李建国跑了吗？

不能让李建国跑了。王东方简单辨别了一下方位，就向着灯火通明的城市走去。

接头暗号

一

1948年8月的一天。一辆从张家口开往北平的列车正在平绥铁路上疾驰。

说是一辆旅客列车,倒不如说是逃难的列车,车上大多是在张家口做生意的达官贵人和官太太。由于战乱,那些趾高气扬的官太太们早已经不见了昔日的风光,一个个灰头土脸,有的蜷缩着身子昏昏欲睡,有的则惊恐万状地看着车窗外。而在车窗外面,一队队的国军士兵在向张家口的方向前行,车队拉得老远老长。

李云芳紧裹着灰布衣服,挤在车厢的一角,身体随着火车单调而又有节奏的"咣当""咣当"声晃动着。

正值盛夏时分,天气闷热,车厢里到处是难闻的汗腥味,让人感到有些窒息。尽管捂着鼻子,酸臭味依旧往鼻子里钻,一阵阵恶心,李云芳拿出手绢在脸前不停地搧着,一来赶走越来越大的酸臭味,二来暂时平静自己焦急的心。就在昨天晚上,舅舅面色沉重地告诉她,龙庆县所有音信全部中断了,保密局察哈尔站、张家口站连续派出两个小组去恢复工作,但这些人一去便落入了共军的手里,从此杳无音信。李汉忠考虑到李云芳是龙庆人,又是自己的外甥女,对龙庆人熟地熟，才派她返回龙庆去和一个叫章鱼的人接头，当李云芳问起平绥纵队的相关情况时，李汉忠却只字未提，只是告诉了她接头的半句暗号，这对于她这个只有二十五岁的女特工来说无疑是严峻的考验。

在不远处的走廊里，坐着一个小鼻子小眼睛的三十来岁的男人，样子有点儿邋遢，时刻观察着李云芳的周围。他叫秃老六，将和李云芳去执行这次特殊的任务。

"请问这位小姐，您在张家口是做啥生意的？我看着您咋这么眼熟。"

李云芳慢慢睁开眼睛，只见一个三十多岁戴着灰色凉帽的男人正一边搧着扇子，一边文静地看着自己。凉帽男人一副生意人打扮，一双好看的眼睛好像向她刺探着什么。李云芳毕竟在军统干了几年，只略微看了一眼对方，便感觉出对方的不一般。他虽然一身的生意人打扮，但眉宇间隐隐显露出一丝军人的气质，她断定这个男人不是个纯粹的商人。

"我，我是个教书的。"李云芳按照舅舅的嘱咐，随口编着瞎话。

凉帽男人呵呵一笑："请问小姐贵姓。"

"姓胡。"李云芳继续编着瞎话，"胡雯婕"是舅舅给她起的化名。

"兵荒马乱的，你怎么就一个人出门呢，来我这里坐坐。"那男人挪了挪身子，腾出一块儿地方。

"不用了。"李云芳一笑，露出了两个迷人的酒窝儿。为了不引起人们的注意，她把自己打扮得老气了一点，但还是吸引了周围旅客的目光。

"过来吧，顺便聊聊。我叫王大力，做珠宝生意的，说不定到了北平咱俩还能见面呢！"

李云芳本想多和他说两句话，但她时刻牢记着临行前舅舅的叮嘱，你执行的是特殊任务，任何时候都不能暴露自己的身份，于是她冲王大力莞尔一笑，摆了摆手："真的不用客气。"出于职业的本能，她向四周看了一眼。发现在那个商人的身后，有两个膀大腰圆的男人，商人说话的当口，这两个人的眼睛还不时讨好地看着他。看来他们是一伙儿的，李云芳这样判断着。

一个留着小胡子打扮的流里流气的男子，一手拿着柴沟堡熏鸡，一手拎着酒瓶子踉踉跄跄地走了过来，嘴里拼命地嚼着鸡肉，车厢里立刻又多了浓浓的白酒味儿。当他路过李云芳时，眼睛陡然一亮，嬉笑着把吃剩下的半个鸡腿递了过来："看你的小模样长得不错，来，吃个鸡大腿儿"。说着晃晃荡荡地几乎栽倒在李云芳身上。

李云芳"妈呀"一声喊了出来。

王大力瞪了那个男人一眼："大家都出门在外，相互多担待点儿。"

小胡子男人瞥了王大力一眼："呵呵，人们都说乱世出英雄，这年头啥人都有，有本事留在张家口甭走呀！"

王大力哼了一声："这位老哥说话客气点，免得闪了你的舌头。"

小胡子不屑一顾道："呦呵，我倒要看看，你装什么大尾巴狼？你是赶哪趟车的？"说着举起了拳头。小胡子刚要动手，举起的拳头却僵在了那里，"哎呀哎呀"叫个不停，原来他的手正被身后一个五大三粗的男子攥在手里。那壮汉哼了一声："我就是赶这趟车的，小子儿，放尊重点，快点儿给这姑娘道歉，不然老子捏碎你的骨头。"

小胡子还挣扎了几下，想和壮汉较劲儿。壮汉稍微用了下力气，小胡子便疼得五官都错了位，扯开嗓子大喊大叫起来："哎哟，好汉快撒手呀，疼死我了！"

壮汉厉声喝道："瞧你个揍性，还敢跟你爷爷我叫板，还不快给姑娘道歉！"

小胡子难堪地左右看了一眼，有点委屈地来到李云芳跟前，弯腰鞠了一个躬，小声说道："小的错了，下次再也不敢了。"

壮汉还有点不解气，用力一搡，小胡子"扑通"倒在了地上，爬起身灰溜溜地跑了。

看到小胡子的滑稽相，李云芳不好意思地笑了。她来到王大力跟前，深深鞠了一躬："多谢您的搭救。"她还要说些什么。忽然传来沉闷的炮声和列车紧急制动时车轮与铁轨摩擦刺耳的声音。

李云芳心里一怔，看来舅舅的担心是对的。昨天晚上舅舅叮嘱过她，由于战乱，这趟列车经常晚点不说，弄不好还会中途停车。傅长官虽然使出了看家的本事,在沿途部署了很多兵力,全力保障平绥线的畅通,但是有小股共军在拼命破坏铁路,并不断向张垣地区集结,准备包围张家口,进而威胁北平的安全。

"火车走不了了,前边的铁路被共军破坏了,大家下车自己想办法吧。"一铁路警察大声吆喝着。

"这可怎么办呢,这里离北平还有一半的路呢!"

车厢内顿时炸了窝,刚才还得意扬扬的官太太们号啕大哭起来。

回家的路没了。

突然,窗外传来一阵急促的枪炮声,紧接着,几架飞机呼啸而过,巨大的引擎声让人一阵阵紧张。乘客们惊慌失措,有的抱成一团,有的竟然趴在了地上。

"共军来啊,快跑呀。"人群中不知谁歇斯底里地喊了一声。

一车人霎时炸了营,四散而逃。

李云芳身后突然传来两声枪响,但此时她也顾不上许多了,下车后赶忙向站外跑去,刚跑几步,就发现王大力也跟了过来。王大力一把拉起李云芳向旁边的玉米地跑去。当看到共军没有追来,便停了下来,上气不接下气地一屁股坐在了地上。正在这时,她听到了两声枪响,回头一看,王大力一头栽倒在地上,小胡子正拿枪指着自己,而刚才那个壮汉也口吐血沫儿倒在地上,他手里还拎着两个大箱子。

"你。"李云芳顿时火冒三丈,赶忙去怀中掏枪。但还没等她拔出枪,小胡子一下把她掀翻在地。

"哪儿跑?实话告诉你,老子吃这条线不是一天两天了,想和我作对,没门儿。看来老子今天赚了,起来,拿着箱子,乖乖跟我走。"小胡子露出了得意之色。

李云芳无奈地站起身,拎起了其中的一个箱子,当她看到倒在地上的王大力时,才真正感受到血腥。以前她也杀过人,但那都是被折磨得半死不活的人,而现在倒在眼前的却是还活蹦乱跳的大男人,并且是救过自己的恩人。

"别看了,他已经死了,走。"小胡子厉声喝道。

李云芳绝望地望着小胡子,没想到还没有到龙庆,自己就这样完蛋了，她有点不死心，仍在盘算着如何脱身。就这样，小胡子一手拎着箱子，一手用枪押着李云芳走出了玉米地，向前走去。

对，东西呢？秃老六呢？李云芳这才发现跟自己同行的秃老六没影了，他带的箱子里有一本字典，只有她知道这本字典的真正用途。这是哪儿呀？李云芳用余光看了一眼小胡子，当她看到小胡子一副得意扬扬的样子时，顿时有了主意，她把箱子放在了地上，转过身，拍了拍身上的土，又捋了捋自己的满头秀发，冲着小胡子努了努嘴，媚笑了起来。

小胡子不解地问："你笑什么？别他妈的磨蹭，快点走儿。"

李云芳挺了挺胸："放心吧，我现在是你手中的羊羔，跑不了的，你这是带我去哪儿呀？"

小胡子摸了摸李云芳的脸蛋，不怀好意地笑道："去我家，今天晚上你陪老子好好玩玩，老子一高兴，也许明天就把你放了。"

就在小胡子走神的一刹那，李云芳瞅准时机，一拳重重打在了小胡子的脸上，小胡子应声倒在地上。小胡子的手枪飞起的瞬间，李云芳飞身把枪接在了手里，用枪指着小胡子："小子，你不是想和姑奶奶玩吗？"

也许是李云芳下手太狠了，小胡子倒在地上嗷嗷怪叫。李云芳不屑一顾道："就你这两下子，还想和姑奶奶叫板？"

"组长，组长。"秃老六一瘸一拐地向这边走来，原来他受伤了。李云芳收起枪，惊奇地问道："究竟是咋回事儿？你伤在哪儿了，要紧不？"

秃老六扬了扬胳膊："不大碍事儿。刚才你下车的时候，我发现那个救你的王先生在跟踪你，这个无赖也跟在你俩身后，我想他一定还在打你的主意，就跟踪了他，没想到，这个无赖还有帮凶。组长，你没事儿吧？"

李云芳淡淡一笑："我没事儿，那咱们走吧。"

秃老六四下看了看："现在咋走呢，又没车。"

李云芳回头看了一眼仍在地上嗷嗷叫的小胡子，用枪指着他："起来。"

小胡子一瘸一拐爬起来，秃老六伸手还要打，被李云芳止住了，"小子儿，想活还是想死？"

"姑奶奶，我想活，饶我一条狗命吧。"

李云芳冷笑道："想活命行，就跟着姑奶奶干，到时候保证你吃穿不愁。"

小胡子一听，赶忙给李云芳跪下了："感谢姑奶奶不杀之恩。"

李云芳道："你叫什么名字，干吗在铁路上抢劫？"

小胡子哭诉道："姑奶奶，我叫张二楞，原来是国军第五十三军的，后来家里老母生病了，开小差跑了回来，为了给老母治病，就吃铁道线。后来尝到甜头了，想收手也不行了，就拉起了杆子，现在住在金鸡岭。"

李云芳先是骂了一句："党国的败类。"随后又问："你有多少人马？"

"有十五六个人。"

李云芳心中一阵窃喜，用枪指着张二楞："愿不愿意跟着我们干。"

张二楞恍然大悟，赶忙磕头道："今后您就是我们的大当家的，请受兄弟一拜。"

李云芳打开两个箱子，三个人的眼顿时一亮，原来箱子里不仅装了很多值钱的古董，还足足装了几百个大洋。她拿出200个大洋扔在了地上："张二楞你听着，这些钱你先给弟兄们分分，到时候我会随时找你的，你如果敢欺骗姑奶奶，这就是下场。"说着李云芳甩手就是一枪，刚刚落在树上的一只小鸟应声落地。随后，她来到一个高处，借助树的掩护，在西南方向隐约看到一个村子。李云芳命令道："张二楞，你找一辆马车，我和老六要趁夜回龙庆，你在家等我的消息，到时候你要随叫随到。"

"是是是。"张二楞一连说了三个"是"，然后一瘸一拐地向村子走去。刚走几步，他回头问道："姑奶奶，到时候我到龙庆去找谁呀？"

李云芳头也不回地说："胡雯婕。"

二

在南京的蒋委员长做梦也没有想到，就在他组织的重点进攻如火如荼的时候，晋察冀解放军和冀热辽解放军却在察哈尔的东西两侧同时展开了攻势，张家口以西、以北的大片地区先后解放。8月塞外重镇龙庆县也已解放，国民党傅作义集团在张家口的统治摇摇欲坠。

张家口西接绥远，南连平津，而龙庆县是北平连接张家口乃至西北的要冲，毗邻长城，战略意义十分重大，也是傅作义西撤的必经之路。龙庆的解放，无疑使北平的傅作义无比惊恐，因为解放军随时会把北平和张家口分割开来，到那时，他将腹背受敌。他也无力扭转战局，不到万不得已，他是不敢再贸然组织力量去收复龙庆的，因为守住北平是他现在最重要的任务，一旦北平失守了，他是无颜到南京去见蒋委员长的。

共产党这边也没有闲着，战火的硝烟刚刚散去，龙庆县公安局的公安队又出发了。龙庆县刚刚解放，国民党军队大多投降了，但盘踞在龙庆县多年的那些政治土匪却钻进了山沟，他们大多是还乡团和横行乡里的恶霸，国民党在的时候，他们作威作福惯了，如今国民党倒台了，他们依然做着美梦，仗着人熟地熟竟然和共产党打起了游击。龙庆县最大的土匪头子侯在山就是其中之一。

李家庚是今天一早出发的，他得到了准确的情报，侯在山和几个土匪正潜伏在八仙洞里。

八仙洞位于龙庆县西北部，距离县城20公里，这里道路崎岖，易守难攻。李家庚带领公安队10名战士连夜出发，经过3个小时急行军，才到了八仙洞的沟口。

向导指了指不远处半山坡上的山洞说："这就是八仙洞。"

"注意隐蔽。"见队员们都隐蔽好了，李家庚拿出望远镜，认真观察着地形。

张班长望着八仙洞，皱了皱眉头，说道："我说李股长，为了这俩土匪，咱们至于这么兴师动众吗？"

李家庚收起望远镜，嘘了一声："这个侯在山在抗日的时候是咱们平北八路军的队长，后来投靠了日本鬼子，抗战胜利后，他占山为匪。还乡团回来之后，他回龙庆县当起什么大乡队的队长，杀了不少共产党和革命群众，在以前的剿匪战斗中，侯在山之所以屡次漏网，就是他对于我军的作战方式了如指掌。"

张班长吐了一下舌头："我说呢，还以为侯在山是他的外号呢！"

"大家听我的，这个八仙洞照应一共分为两层，共有八个山洞，洞虽然不大，但可以相互贯通。张班长带领一班从左面迂回，占领上面的山洞，我带领二班从右面迂回，占领下面的山洞。"李家庚说完，带着二班的5名战士，沿着陡峭的山路小心翼翼地前行，不知不觉已经摸到了洞口外。他抬头向上面看去，张班长已经从左面接近了山洞。两个人相互打了个手势，几乎在同时，钻了进去。

但李家庚很快又钻了出来，因为他听到了脚步声，定睛一看，是一个土匪正向洞口走来，边走还哼着下流的小曲。等这个土匪走过了李家庚潜伏的地方，李家庚从后面一下捂住了土匪的嘴，土匪一哆嗦，手里的枪也掉在了地上。

"你他妈的怎么搞的，你喊什么？"山洞里传出一阵骂声，听口音此人正是侯在山。李家庚用枪顶着土匪的腰，命令着："说话，就说喝多了。"

土匪见情况不妙，只得乖乖地说道："大当家，我可能昨天喝多了，没小心摔了一跤。"里面的土匪还不肯罢休，继续骂道："让你在洞口守着，你他妈的长点儿眼，别把共军放进来！"

"大当家，你放心吧。"里面不言语了。

李家庚把土匪押到了洞口，低声问道："洞里一共几个人？"

"四个。"

李家庚问："都在哪个洞里？"

土匪哆嗦了半天才说："侯在山在最里面的洞里，另外三个在他的对面洞里住着。"

李家庚打量了一番山洞，洞里空间很大，左右各有两个不大的山洞，外面的两个山洞比较简陋，再向里10来步，还有两个山洞，看来那两个就是土匪藏身的地方了。他一挥手，几个战士同时冲了进去。

当李家庚带人冲进最里面的山洞时，被里面的一切惊呆了。手电光下，侯在山蜷缩在一堆乱柴中，正举着枪瞄着自己，两只眼睛露出凶光。

一声枪响，举手电的战士应声倒在地上，就在同时，李家庚几步窜了过去，重重地压在了侯在山的身上。

侯在山号叫着挣扎了几下，但经不住李家庚的一顿拳脚，渐渐地，像死猪一样一动不动了。

土匪头子侯在山被抓住的消息很快在龙庆县传开了，人们争先恐后地来到县城，都想亲眼见识这个土匪究竟长得什么模样。

龙庆县城是有两万多人的小城，只有两条十字型的街道。县政府在十字街西侧晚清时的老衙门里，墙西就是公安局，再往西就是看守所，俗称西大院。

傍晚时分，李家庚押解着侯在山坐着马车回到县城，迎接他们的是全城的百姓。在龙庆的老百姓看来，抓住了侯在山不亚于为龙庆县清除了一霸，因为这个人太可恶了。

侯在山也就40来岁，大脑门、深眼窝儿、鹰钩鼻子，由于连日来的东躲西藏，早已满脸污垢。此时他低着头坐在车上微闭着眼睛，任凭老百姓的谩骂声不绝于耳，任凭人们用劈柴、砖头、瓦块向自己扔来。

李家庚一看这阵仗，顿时急了，马上命令公安队战士维持秩序，生怕发生意外。

马车队走到十字路口的时候，终于走不动了，到处都是复仇的群众，李家庚担心群众把侯在山打死了，只得让战士们把装有侯在山的马车围了起来。

就在李家庚万分焦急的时候，治安股长贺树强带着一队公安干部从人群中挤了过来，贺树强来到李家庚面前，捅了他一下，嬉笑道：

"你小子今天可露脸了。"

李家庚看了看越聚越多的群众，无不担心地说："先帮帮忙，别让老百姓把侯在山打死了，到时候就不好交差了。"

贺树强笑了笑："你就放心吧。"说着带着公安干部帮助李家庚等人维持着秩序，一直到把马车队送到公安局大门前。

公安局大门口霎时鞭炮齐鸣，锣鼓喧天，龙庆县县委书记吴海林、县长赵金强等人在公安局大门口站成了一排，迎接着凯旋的英雄们。

公安局长孙奇峰在公安局大门口摆好了一大串鞭炮，并让秘书股的同志准备好了大红花。他要亲自把大红花给李家庚戴上，让全城的老百姓都来认识一下这个大英雄。

待领导们和李家庚等人握过了手，侦缉队内勤赵梦娟挤了过来，一把拉住李家庚左瞧瞧右看看，半天才欣喜地说："你，回来啦！"

"回来啦。"

"你受伤啦？"赵梦娟睁大了眼睛，拿起李家庚的胳膊仔细端详着。

贺树强也挤了过来，一手拉着李家庚，另一手拉着赵梦娟，嬉皮笑脸地说："哎哎哎，亲热也得找个场合呀，注意点影响。"

"去去去，你懂啥？"赵梦娟挣脱开贺树强，脸顿时红了。

"梦娟。"赵金强走了过来。

赵梦娟一看是父亲，吐了下舌头，依偎在父亲的身边幸福地笑着。

就在这时候，县城的东南方向突然传来了一声爆炸声，人们扭头望去，只见区公所的方向腾起一个巨大的火球。局长孙奇峰一看，脸色马上变了。

三

李汉忠之所以让胡雯婕选择小学教师这样的职业做掩护，也是充分考虑过的，龙庆陷落后，老师是连接共产党最好的职业了，不仅可以通过学生接近政府的干部，更多地收集到共产党的情报，而且也不容易暴露自己。另外呢，章鱼的身份一直是个谜，小学老师活动的空间很大，除了讲课，没有其他事情，胡雯婕可以有足够的时间去寻找章鱼。

夜深了，胡雯婕还没有睡觉，她在盘算着怎样才能打开局面，自己回到龙庆已经半个月了，破旧的县城和张家口相比真是天壤之别。在张家口，这个时候依然灯火通明，自己可以和朋友去喝咖啡、逛街、聊天，而这里呢，县城拢共就三五辆汽车，再有公安局的两辆摩托车，更可怜的是，县城大街上连路灯都没有，到了晚上，就很少看到人。这半个月，自己尽管已经在县城站稳了脚跟，也与两个情报员接上了头，但怎样才能打开局面呢？怎样才能找到章鱼呢？秃老六几次到接头的地点去取情报，结果都空空如也。

窗外传来一阵脚步声，胡雯婕敏锐地察觉到有人来了。紧接着是轻轻的敲门声。声音一长两短，胡雯婕听出是秃老六，便打开了房门。

秃老六一闪身进了屋子。

胡雯婕惊讶道："你怎么找到这里来了。"

"老家来信了。我几次到接头地点，都没看到你，才来这儿。"秃老六说着递过一封信。

胡雯婕打开了信封。信是舅舅写的，上面只有两句话："设法解救侯，后天晚上城北龙王庙联系章鱼。"

胡雯婕看后，心中一阵惊喜。终于得到了老家的信息。

半夜时分，胡雯婕和秃老六来到了城北的龙王庙。

这个龙王庙破烂不堪，孤零零地坐落在县城的北关村外，距离村子有一里多路，周围是一人来高的玉米地，如果不细看，谁都不会想到在庄稼地里会有一个破庙。

胡雯婕观察了一下地形，见没有什么异常，两个人才走进了庙门，当他俩深一脚浅一脚走进院子，胡雯婕感觉后背被一支枪顶住了，紧接着就传来一个男人低低的声音："不要乱动，敢动就打死你们。"

胡雯婕和秃老六只得乖乖举起双手，两个人随即被搜了身，又被蒙了眼睛。

　　胡雯婕和秃老六很快被五花大绑地带进了一个灯火通明的房间。当她们的眼罩被取下后，胡雯婕惊魂未定地发现，龙王庙里除了泥胎塑像的龙王和两旁的各种塑像之外，竟然还站着五六个解放军，一个个抱着冲锋枪，样子十分可怕，胡雯婕心中不免感觉有些奇怪。

　　坐在桌子后面的一个当官模样的解放军问道："我们跟踪你们俩好长时间了，想不到吧，你们这么快就落网了，说，你们是怎样潜伏回来的？回龙庆的任务是什么？"

　　听了这话，胡雯婕心中一怔，自己回龙庆的消息是严格保密呀，是谁泄露给共党呢？莫不成军统内部有他们的人，想不到自己刚刚回到龙庆，还没和章鱼接上头，就落在了共军的手里，可她又一想，不对劲儿呀！他们是如何发现的自己，胡雯婕仔细回想着自己回到龙庆后的每一个细节，没有找到一丝的破绽啊，胡雯婕这样想着，把目光投向了坐在桌子后面的解放军。

　　那个解放军把一只脚踏在凳子上，一只手拎着手枪，虎视眈眈地盯着胡雯婕："说吧，我们解放军优待俘虏，只要你如实交代，说出你的上级和下级，说出你来龙庆的任务，我们会考虑对你宽大处理的。"

　　其他的解放军也呵斥道："说，你们究竟干什么来了？"

　　看到这些解放军的言谈举止，胡雯婕心中产生一丝狐疑，她环视了一下四周，冷冷地说："这位长官，我不知道你在说什么？"

　　对方举起手枪："不说是吧，不说立刻毙了你们。"

　　秃老六一听急了："你们凭什么滥杀无辜，我们可是正经的良民呀，都是好人，没做过犯法的事儿。"

　　一个解放军使劲儿搡了一下秃老六，狠狠地说："恐怕是好人堆儿里挑出来的吧！狗特务。"

　　"我们真是好人，可能你们误会了，抓错人了。"胡雯婕一字一板地说道，她偷看了一眼四周，准备伺机逃走。

　　其中一个解放军呵斥道："看什么看，告诉你，周围全是我们的人,你别动歪点子,只要你动一动,我们就把你打成筛子。"几个人说着,把枪口对准了胡雯婕和秃老六。

为首的解放军拨动手枪的扳机:"我给你最后一次机会,告诉我,和你的接头人是谁,不说就是死。"说着把枪口对准了胡雯婕的眉心。

胡雯婕紧闭着双眼,她不甘心就这么稀里糊涂地死掉,因为老舅交给她的任务还没有完成。自己还年轻,甚至还没有结婚,难道就这样死掉了吗?胡雯婕的眼睛湿润了。可她转念又一想,从对方说话的口气判断,和自己以前潜伏到解放区时解放军说话的样子比较,这伙人肯定有问题,胡雯婕暗自琢磨着,等等看吧,说不定这其中有诈。

"一……二……"对方拉着长腔,慢慢数着。

胡雯婕把脖子一横,等待着最后时刻的到来。

"三。"对方冷笑了两声,扣动了扳机。

枪没有响。

屋里的灯突然全灭了,所有的人顿时不见了踪影。胡雯婕似乎明白了一切,她环视着四周,正在犹豫。佛像后面传来一个男人沙哑的的声音:"水仙,让你受委屈了。"

胡雯婕冷冷地说:"你是谁,你们就是这样对待我?"

沙哑的男人的声音在胡雯婕耳旁响起:"水仙,龙庆不是张家口,在这里,规矩还是要讲的。"

胡雯婕心里一怔,到目前没有几人知道自己的代号,就连秃老六都不知道,龙庆县怎么会有人知道自己的代号呢。这说明来人确实是章鱼。想到这儿,胡雯婕轻声一笑:"我奉上峰之命,要见章鱼。"

对方一笑:"你想见章鱼,我能理解,将来我会安排你们见面的,但不是现在,你现在的首要任务是解救侯在山。"

"可我立足未稳呀!再说了,我还不知道侯在山关在哪里呢!"

那男人道:"你要利用目前的身份,设法迅速接近李家庚,再救出侯在山。"

胡雯婕叫苦道:"到现在我刚知道这个人的名字,还没有见过面,怎么才能接触他呀!"

那男人不紧不慢地说:"水仙,你可是张家口站有名的间谍之花,这个还用我教你吗?"停了停,那男人又说道:"你们不是已经见过面了吗?"

这句话让胡雯婕更加惊愕了,前天自己在庆和饭馆刚刚认识李家庚,没想到组织这么快就知道了。胡雯婕在房间转了一圈,想找到说话的人,猛然,她发现在佛龛的背后还有一个窗子,说话声是从那里面出来的。她跳了过去,推开窗子,想看个究竟,只见那人手臂上有一个月牙儿状的红痣,房间内所有的灯突然之间熄灭了,紧接着就传来关门的声音,看来说话的人已经走了。

秃老六喊道:"组长,咱们撤吧,别中了别人的埋伏。"

胡雯婕四下看了一眼:"没想到这个章鱼会给我来这一手,对咱们如此不放心,咱们走。"

以防被人暗算,胡雯婕快速退出了龙王庙,和秃老六回到了县城。

四

其实,前不久胡雯婕和李家庚见过一次面是因为李汉忠说过,接头人一定会在庆和饭馆出现,便有意识地到那里去吃饭,不料正巧碰到李家庚也来这里吃饭,而且就坐在胡雯婕的对面。胡雯婕一看机会来了,马上搭讪道:"原来是您,大英雄,是您抓住了侯在山,请问您叫什么名字?"

李家庚笑了笑:"我叫李家庚,在公安局工作,您是?"

"我叫胡雯婕,在龙庆完小当老师。"胡雯婕伸出了白皙的手臂。

李家庚也伸出了手,涨红着脸,吭哧了半天才说:"我叫李家庚,在公安局工作。"

胡雯婕冲着李家庚做了一个怪脸儿:"以后我找你,你可别嫌弃哟!"

李家庚笑着说道:"当然可以啦。"

自打那次见面以后，胡雯婕总是接三岔五地来到庆和饭馆，等待着和李家庚在此见面。这天下班，胡雯婕仍然以女学生的打扮来到了县公安局的大门口，看着进进出出的人们，盘算着如何进一步接近李家庚。

直到傍晚了，才见到李家庚和一个女公安从县公安局的大院出来，两个人说说笑笑的，看样子比较亲热。

此时的李家庚已经脱去了土黄色的制服，穿着浅灰色的短袖衫和黑色的裤子，更显得英俊了许多。她身旁的那个女孩长得也很俊俏，岁数和自己相仿，穿着碎花的上衣，黑裙子。凭着感觉，胡雯婕判断，这个女孩一定是李家庚的同事，说不定还是他的女朋友。想到这儿，她心中不免泛出一点醋意，李家庚能够轻易上自己的钩吗，她有些犹豫了。但胡雯婕是不会放过每一次机会的，更何况上峰派了这么重要的任务，她横下一条心，大胆地迎了上去："这不是大英雄吗？"

李家庚正与赵梦娟边走边说着什么，看到一个女孩子在喊自己，他先是一怔，然后想了想，便走了过来，高兴地伸出了手："胡老师好！"

胡雯婕赶忙伸出了手，笑着和李家庚握手："我还以为大英雄不认得我了呢？"

李家庚的脸"腾"地红了："怎么会呢，胡老师，你吃饭了吧？"

胡雯婕甜甜一笑："吃啦。我是专门来听大英雄讲战斗故事的。"说着她又冲着赵梦娟做了一个鬼脸儿。

李家庚的脸一下子就红了："胡老师放心，我记着这事儿呢。"接着他指了指赵梦娟，介绍道："我介绍一下，这是我的同事赵梦娟，这是龙庆完小的胡雯婕老师。"

两个女孩的手握在了一起，彼此笑了笑，但两个人的眼神中都对对方产生了一丝警惕。赵梦娟看了看胡雯婕，又看了看李家庚，笑道："既然胡老师是专门来听故事的，那我就先回了，你们聊吧。"

胡雯婕赶忙拦住："千万别，你们先聊，有时间我再来听。要么我再和校长说说，过两天再给孩子们讲。"

赵梦娟笑了笑："没事儿，我们都是同事，有的是时间，你就不一样啦，再说，孩子们还要听战斗故事呢！"

李家庚看了看两个女孩，有些为难了。

赵梦娟干脆地说："就这样定了，工作要紧，你们先聊。"说着向胡雯婕挥了挥手，告辞走了。

李家庚掏出怀表看了看时间，又看了看胡雯婕："胡老师，那咱们去哪里讲故事呢？"

胡雯婕笑了笑："听你的吧，我初来乍到的，对县城的情况还不是很熟悉。"

"这样吧，城外不太安全，咱们就在城里走走。"

胡雯婕点了点头："听你的。"她这样说着，竟然向西走去。

公安局的西侧便是监狱。龙庆县所谓的监狱不过是几排西房，监狱的高墙上是简易的铁丝网，只有在围墙的拐角处修了岗楼。

等胡雯婕走出老远了，李家庚紧走几步跟了上来。胡雯婕用眼睛的余光发现李家庚跟上来以后，装作等待的样子，打量了一下监狱外面的环境，监狱外的几间民房引起了她的注意，特别是一间民房紧锁着街门，台阶上长了一些草，好像是好久没人居住了。

胡雯婕刚想说些什么，巡逻的战士走了过来，看到李家庚后，为首的向他敬了个礼，问候道："李股长好！"

李家庚还了礼。

胡雯婕蹦蹦跳跳地咯咯笑着："看来你一定是个大官儿，他们都向你敬礼了。"

李家庚笑道："我算什么官呢，就是一个干活儿的。"

胡雯婕指着高墙和铁丝网说："这就是大狱吧，好可怕呀！"

李家庚点了点头。

胡雯婕摆出了一副天真的样子："里面关的都是啥人呢？"

"啥人都有，像土匪、恶霸、特务，还有杀人、抢劫等刑事犯。"

"你上次抓的那个侯在山也关在里面吧？"

李家庚又点了点头："嗯，这个土匪真够狠的了，杀了咱们那么多革命同志。"

李家庚带着胡雯婕慢慢向城南的方向走去。一路上，李家庚边走边滔滔不绝地讲起了战斗故事，讲到精彩之处，胡雯婕咯咯笑个不停。

李家庚一连讲了5个战斗故事，胡雯婕几次想让他讲抓侯在山的故事，但都被李家庚岔开了。

突然，李家庚闻到了一阵奇特的香味儿，这种香味儿忒香了，他不由自主地向胡雯婕看去，偏巧，胡雯婕也正在看他，只见月夜下的胡雯婕明眸皓齿，宛若天仙一般楚楚动人，他不由得萌生出一种冲动，干张嘴说不出话来。

胡雯婕面若桃花，笑了："刚才那个女的是你的对象吧？"

李家庚点了点头，又摇了摇头。

胡雯婕话锋一转，笑道："你喜欢和我交往吗？"

"喜欢。"李家庚不假思索地说道。在他看来，与胡雯婕这样一个有学问的女教师接触，没准儿还能学到文化知识呢，省得以后孙奇峰局长老是埋怨自己没有文化。

胡雯婕狡黠地看着李家庚："真的吗？那你明天还给我讲战斗故事。你知道不，我特崇拜你。"

李家庚摸着脑袋说："讲故事没问题，不过你也答应我一件事，行吗？"

胡雯婕注视着李家庚："只要你每天给我讲战斗故事，甭说一件了，就是十件，我也答应你。"

"我想让你帮我补习一下文化课。"李家庚喃喃地说。

胡雯婕咯咯地笑了："没问题。"说着突然在李家庚的脸上亲了一口，然后伸展着双臂："今天我太高兴了。"

李家庚护送胡雯婕来到龙庆完小门前时，李校长正在门前等着，见到胡雯婕带着一个年轻小伙子回来了，便隐在了一旁。

待胡雯婕敲门时，才突然出现在她的身后："胡老师，出去散步去啦？"

胡雯婕见是李校长，呵呵一笑道："嗯，这么晚了，您还没休息呀？"

"胡老师，你初来乍到，我要对你的安全负责，外面太不安全了，告诉我，他是谁？"李校长指着李家庚的影子问道。

胡雯婕呵呵一笑："李校长，您放心吧，他是咱们县的大英雄，公安局的李家庚股长，我在听他讲战斗故事，明天我要把这些故事讲给同学们听，让孩子们知道咱们的胜利果实来之不易，您这是？"

李校长笑了笑，称赞道："你真是个好老师，处处替咱们学校着想，明天我要在大会上表扬你，你的革命觉悟就是高，不愧是大城市来的。"

五

秃老六给胡雯婕带来了一个好消息："我认识监狱的一个大师傅。"

胡雯婕听后一阵惊喜："快说说看。"

"这个大师傅叫老丁头，今年50岁。他买菜的时候，专门买一个漂亮女人的菜，那个漂亮女人是个寡妇，姓马。"

胡雯婕有点儿不耐烦地说："别瞎嘞嘞，捡重点说。"

秃老六吐了下舌头，继续道："这个老丁头还管着监狱的伙食，我想可否利用这个人？"

胡雯婕想了想："这个老丁头有没有弱点？"

"他买菜的时候，经常和马寡妇眉来眼去的，后来我就跟踪了他，您猜怎么着，老丁头晚上还经常到马寡妇家去过夜。"

听完秃老六的介绍，胡雯婕沉吟片刻，说道："好，你准备一下，咱们就从他的身上做起。对了，监狱的地形我看好了，你要特别留意一下监狱外面那排民房，再有，你去通知一下张二楞，让他马上带人来龙庆。"

秃老六不解地看着胡雯婕："咱们干吗找他。"

胡雯婕不悦："让你去你就去，哪儿那么多废话！"

夜幕降临。一个矮胖的身影出了城门，向西关村走去，此人正是老丁头。老丁头来到村东头马寡妇家的门前，左右看了看，然后轻轻敲了几下门。门开后，老丁头一闪身进了院子，立刻和开门的马寡妇搂抱在了一起，两个人亲热一番后，进了屋。就在老丁头和马寡妇赤身裸体刚刚进入被窝，门被一下踹开了，几道手电光射了过来。

老丁头和马寡妇想躲已经来不及了，两个男人窜到炕上，把老丁头牢牢按住了。来人点燃了油灯，身穿夜行衣的胡雯婕出现在屋里，她慢条斯理地说道："丁志勇，用共产党的钱来做这种事情，你的胆子不小呀！"

丁志勇用胳膊挡着手电光，问道："你们是谁？竟敢私闯民宅？"

胡雯婕冷笑道："我们私闯民宅，要么咱们到公安局去问问，究竟谁在私闯民宅。"

丁志勇的汗顿时下来了："你说怎么办吧？"

胡雯婕仍慢条斯理地说："丁志勇，1911年出生，原国民党第五十三军58营伙夫班长，1947年3月被解放军俘虏，因有立功，到龙庆县公安队当战士，领导看你炒菜不错，让你当了大师傅。谁会想到呢，你丁志勇还有这个花花肠子。"

丁志勇无力地低下了头。马寡妇也如同母鸡啄米一般一个劲儿地哀求着："我们这是第一次，就一次呀。"

"丁志勇，你如果不想让公安局知道这件事儿，就按我们说的去做，要不然，有你们的好果子吃。"

"是是是，你们咋说，我就咋办。"丁志勇无力地回答着。

此时，在龙庆县监狱重刑犯监室，侯在山戴着镣铐，呆呆地坐在地上。几次提审，他一个字都不说，其实被抓进来，他就料到自己会被处死。自己从当土匪时就开始杀人，抗战爆发后，参加了八路军，确实杀了不少日本鬼子，还被平北军分区表扬过。但八路军的生活忒苦了，整天钻山沟，自己吃不了那个苦，当了逃兵，投靠了日本人，没想到，没几天日本人就败了，自己只得二次为匪，后来国民党来了，自己刚过上几天好日子，没想到国民党垮的比日本人还快，自己只得第三次占山为匪。屈指算来，从杀第一个人开始到现在，自己杀了足有几十个人，这些人虽然有地主恶霸，有日本鬼子，但也有共产党呀！就冲这一点，共产党也不会饶过自己的。想到这儿，侯在山挪了一下身子，粗大的镣铐发出金属的响声，引得门外的看守透过观察孔向里张望着。

监室的门开了，在看守的陪同下，老丁头拎着饭桶走了进来。放下几个窝头和几块大咸菜，又在旁边的碗里倒了点水后就出去了。

监室的门发出沉闷的响声。侯在山拿起一个窝头，想掰开送进嘴里吃，猛地他感觉有什么硬东西，原来是一枚铁钉子。再掰开另外一个窝头，里面还有一枚铁钉子。侯在山迅速把铁钉子藏了起来。听到看守走远了，他拿出铁钉子一试，竟然能把自己的镣铐打开，一阵暗喜。第二天，老丁头又来送饭了，侯在山从窝头中找到了一个纸团，上面画着一间牢房，牢房的另一面是一间民房。侯在山顿时明白了，因为在解放前，侯在山在这个牢房中审讯过共产党，对周围的环境十分的熟悉。他知道牢房的墙壁都是由土坯和石块垒砌的，年久失修，很容易挖洞。侯在山把地图吃掉后，打量着墙壁，突然笑了起来。

李家庚刚回到公安局，门卫便接到门卫的报告，有一个叫胡雯婕的教师来找他。

胡雯婕仍然是一袭上白下蓝的学生装出现在李家庚的面前。李家庚把胡雯婕带进了办公室，一一向她介绍几个同事。赵梦娟见到胡雯婕后，先是一阵不悦，但很快便阳光灿烂了，她给胡雯婕沏好了茶水。

胡雯婕对赵梦娟一通夸奖，说赵梦娟穿着军装的模样显得精神，让人羡慕。赵梦娟也夸奖胡雯婕这身打扮好看，既显得有学问，又衬托出女孩儿的白净。接着，两个人说起了女孩关心的话题。最后胡雯婕说到了正题："我把李家庚的战斗故事给同学们讲了，同学们反映强烈，李校长想请李家庚给全校师生去做报告。"

李家庚当即就推辞了："我哪有那么高大呢，我做的都是一个公安干部该做的，我给你讲讲还可以，当着那么多的同学讲，我可不敢。"

胡雯婕央求道："这次我不是代表我个人来的，是代表龙庆完小100多个学生来的，我这里还有公文。"说着胡雯婕拿出了盖有龙庆完小大红章的公函。

赵梦娟接过公函，出于职业的本能，端详了片刻，然后半开玩笑地说："李大股长这次可要出名了，我这就替你向局长请示去。"

开饭的时间到了，胡雯婕起身要告辞。赵梦娟半开着玩笑："李大股长，人家是来找你的，还不赶快留下人家吃饭。"说完这话，赵梦娟挤眉弄眼地看着李家庚。

场面顿时尴尬起来。李家庚看着胡雯婕："要么……"

告别的时候，胡雯婕来到了院中四处打量，老丁头正挑着饭桶从监狱走出来。老丁头出了门后，目光也正向这边看来。偏巧，两个人的目光撞在了一起，老丁头看到胡雯婕后，先一怔，但很快恢复了平静，低头从胡雯婕身边走过。

"老丁头，今天做啥好吃的？"赵梦娟问了一句。

"炖大菜、窝头、米饭。"老丁头头也不回地说道。

赵梦娟心里纳闷道：这个老丁头，平常总是嘻嘻哈哈的，今天怎么了？

六

龙庆县解放即将一个月了。按照县委的要求，要举行隆重的庆祝活动，县公安局除了做好安全保卫工作之外，还接到另外一个任务，组织一个秧歌队，与群众联欢。这件事情却愁坏了局长孙奇峰，他有心把这项工作推掉。但吴书记说，这是政治任务，一定要讲原则。

孙奇峰说："我们这里清一色的大老爷们，根本就不会扭啥秧歌呀！"吴书记说，可以去请教练。

孙奇峰局长召开了全局的干部会，让大家一块儿出主意想办法。锣鼓乐器的事情都好办，唯独扭秧歌让这些平日拿枪杆的大老爷们犯难了。不料贺树强却笑了笑："局长，您放心，有咱们大英雄在，再难的事情也不是事儿。"

孙奇峰看了看贺树强，又看了看李家庚："贺树强，你开玩笑吧，李家庚能有啥主意，他也不会扭秧歌。"

贺树强呵呵笑着："局长，您有所不知，最近李股长新认识一个女老师，人长得可漂亮了，让他去把那个老师请过来，不结了。"

听了这话，大家哄堂大笑。

孙奇峰笑道："真有这事儿？"

贺树强笑道："我贺树强啥事骗过人。"

孙奇峰一拍桌子："家庚，这个任务就交给你，你无论如何也要把这个女老师给我请过来，让她好好教咱们扭秧歌，这事儿整好了，到时候我请你喝酒。"

李家庚的脸顿时红了，他想辩解，但吭哧了半天，也没说出半句话。李家庚之所以没有言语，是因为他考虑到，自己之前不是到龙庆完小去讲战斗故事了吗，咱们请胡雯婕老师教大家扭秧歌，这也叫礼尚往来了。当李家庚把这个消息告诉胡雯婕的时候，胡雯婕扑闪着明亮的眼睛，有点不相信，李家庚重复了一遍，她才相信是真的，一下子跳了起来。接下来的事情简直不可思议，不知是公安队的战士虚心好学，还是胡雯婕调教的好。没过三天，公安队的秧歌队居然跳得整齐划一。庆祝大会那天，当这些穿着土黄色制服的公安队战士舞着大红绸子、扭着大秧歌走在游行队伍中间的时候，龙庆的老百姓驻足观看，把孙奇峰局长美得合不拢嘴，就连平日里一向不苟言笑的赵县长也露出了满意的笑容。

但乐极生悲。孙奇峰局长怎么也不会想到，就在庆祝大会召开的当天晚上，仅仅一夜之间，龙庆县便在察哈尔省出了大名，还惊动了军分区。

在龙庆县城的东南角有一个大院，解放前是国民党军队的驻地，在操场的北侧还有没来得及清理走的战马草料，甚至还有几个汽油桶。龙庆县解放后，军管会对国民党的军警宪特和反动党团进行了登记，除了收押罪恶深重的分子，其他绝大多数采取办训练班的形式进行教育，然后放回村监督改造。训练班几乎与外界隔绝，白天除了集中进行政治学习以外，还要出操，夜晚集中住宿。为了防止这些学员闹事儿，公安队派了一个班的战士负责警戒，准备随时处置突发情况。

这天晚上后半夜，几名不速之客来到了学员驻地，他们跳墙进入院内，将学员宿舍的门锁死，放起火来。正在值班的战士发现有人纵火后，立即鸣枪警告，不料对方马上开枪射击，两个战士顿时倒在了地上。待增援的战士赶到后，立即开枪还击，龙庆县城一时枪声大作，匪徒们在掩护之下，一边放火，一边撤离。大火霎时把学员驻地吞没了，映红了半个龙庆县城。

此时，公安局长孙奇峰正在和军管会的领导研究剿匪事宜，听到激烈的枪声后，立刻向县城东南方向冲出来，一时间警铃大作，龙庆县城被惊醒了。

孙奇峰调集公安局的全部人员进行扑救，军管会也派来了战士，附近的老百姓自动加入救火的行列。经过半宿的灭火，大火被扑灭了，训练班的宿舍几乎全部被烧毁，好在发现的及时，训练班所有的学员全都逃了出来，他们惊恐万状地看着眼前，不知如何是好。

李家庚跟随着局长认真地查看火场，感觉这场大火着的非常蹊跷。再看着倒在血泊中的三名战士，内心一阵难受，他一面指挥大家把余火灭掉，一面让战士们把伤员送到医院进行抢救。大火被扑灭以后，李家庚仔细勘察着现场，百思不得其解。他向前走了几步，发现一个黑衣男子正倒在地上呻吟，五官都扭曲了，便快步走了过去："你们是哪里的？"再仔细一看，发现了放火用的硫黄。

受伤的匪徒看着李家庚，吃力地摇了摇头，便昏了过去。李家庚让战士们赶忙把受伤的匪徒送去医院进行抢救。

正在这工夫，一个战士风风火火地跑了进来："报告局长，侯在山跑了。"孙奇峰等人一听大惊失色，立刻带人赶忙回到了监狱。当大家检查完侯在山的监室，孙奇峰简直气不打一处来。在昏暗的灯光下，监室的西墙被挖开了一个洞，钻过墙洞，竟然来到了监狱西侧的民房。孙奇峰拿起侯在山留在监室里的镣铐，仔细看了看，像是自嘲地笑了笑："看看，我们打了一辈子仗，没想到呀，到头来还是中了敌人调虎离山的计呀！"他看了看李家庚，马上命令道："马上封锁出城的所有城门，绝对不能让他出城，侯在山是个惯匪，一旦跑出去，后果不堪设想。"

孙奇峰还要说什么，就听到公安队驻地的方向传出来一声枪响，他不敢怠慢，赶忙跑了过去。

龙庆县公安局是个有三栋楼的院子，最外面是办公的地方，中间一栋是一些职能科室和公安干部的宿舍，西侧是监狱。公安队的宿舍在最后一栋，西侧是操场。

老丁头倒在公安队队部的地上，子弹是从太阳穴射进去的，从另一侧穿出，太阳穴仍汩汩冒着血。战士们见到局长孙奇峰和侦缉股长李家庚都来了，不知所措地低头站在一旁。孙奇峰伸手试了试老丁头的呼吸，发现老丁头已经死亡了，便站起身，问道："这是怎么回事儿。"

一个战士喃喃地说："老丁头平时不怎么到公安队里来，因为队员们的宿舍有枪支。他又是个大师傅，我们不让他进宿舍。刚才老丁头来了，说战士们最近辛苦，要给大家加餐，大家谁都没注意，老丁头就直接进了队部，进屋后就从墙上摘下手枪，就把枪顶在自己的太阳穴上了，大伙一看急了，赶忙要劝解，可老丁头哭着说，对不起党，对不起组织，话没说完，就开枪自杀了。"

老丁头是因为啥自杀的呢，通过这些话分析，他一定有难言之隐。孙奇峰陷入了深思之中。

龙庆县一连串出了这么大的恶性事件，惊动了察南地委和军分区，地委和军分区立刻派出精干力量组成工作组，进驻龙庆县公安局，会同龙庆县委、县公安局开展破案工作，李家庚成为了专案组的重要成员，协助开展破案。

夜深了，工作组还在开会，孙奇峰局长向专案组汇报完情况后，军分区的张连长沉吟了片刻后说道："侯在山越狱这件事情影响太大了，当务之急是搞清侯在山的潜逃方向，然后组织部队搜山，同时要加强各级政府的保护，决不能让他危害百姓，另外平津战役马上就要开始，我们的征粮工作也已经到了关键时刻，请县委、武委会和公安局的同志加强对粮食的保护，决不能让敌人破坏我们的计划。"

李家庚一直在反思侯在山越狱的事情，怎么就那么巧呢？敌特袭击训练班、侯在山越狱，再加上老丁头自杀前所说的话，种种迹象表明，龙庆县城虽然已经解放了，却有一批敌特分子潜伏了下来，在千方百计搞破坏，必须迅速侦破此案，否则龙庆将永无宁日。李家庚走进了公安局对面的庆和饭馆，伙计把他拉到了后院的一个密室。

庆和饭馆在龙庆解放前是由李家庚一手建立起来的情报站，李家庚和这个情报点一直是单线联系，饭馆的老板毛一品原本是国民党县党部的一个特务，一直是被李家庚逆用的。龙庆县解放后，李家庚一直通过他在收集国民党军统和土匪的相关情报。

"我让你查的两个案子怎么样了？"李家庚盯着毛一品问道。

毛一品还是一副点头哈腰的老样子，给李家庚递上了烟卷，慢悠悠说："最近我能想的办法都想到了，但是却没有什么结果。"说着两手一摊，摆出一副无可奈何的样子。

难道真没什么蛛丝马迹吗？这些土匪是怎么来的？在哪里藏身，总不至于有隐身术呀？他盯视着毛一品，仿佛要看穿他的五脏六腑。

毛一品好像理解了李家庚的目光，沉吟了半响才说："李股长，你放心好了，从明天开始，我啥事儿都不干了，一定要搞到深层次的情报。"

离开了庆和饭馆，李家庚点了一支烟，毫无目的地在街上走着，满脑子全是敌特、土匪的事情。以至于一个戴毡帽的男人从眼前走过，他都没有感觉出来。这不是大乡队的王正刚吗？这是个有血债的还乡团人员，解放前曾枪杀过两个共产党，他怎么会大摇大摆地在县城的街道上走来走去，简直反了天了。当李家庚回味过来时，王正刚已经走出老远了。他想回公安局去叫人，已经来不及了，只得拔出了手枪追了上去。

王正刚大概也发现了有人跟踪，疾步向南城走去。

"站住。"李家庚紧走几步，追上了王正刚。

王正刚猛地一转身，李家庚感觉到一道寒光，他本能地一闪身。王正刚上前一脚，把李家庚手中的枪踢飞，挥拳向他打来。

李家庚躲过王正刚的拳头，向王正刚扑去，就在这关键时刻，只听"啪啪"两声枪响，不知从哪儿射来两发子弹，王正刚应声倒地，李家庚也一头栽倒在地上，失去了知觉。

七

胡雯婕端着装有鸡汤的锅，神差鬼使地来到龙庆县医院的特护病房。鸡汤是她亲自炖的，其中浸透着她莫名其妙的情感，她不知道其中有没有爱的成分。

负责看护的两个公安干部挡住了她的去路。胡雯婕解释半天也没用，直到贺树强从屋里出来，公安人员才把她放进了门。

特护病房里，李家庚还没有脱离危险，脸色苍白地卧在床上，床边挂着吊瓶，鼻孔里插着氧气管，赵梦娟坐在床边的小凳上，正织着一件红色的毛衣，看来赵梦娟一宿没有睡，面上带有几分倦意。看见胡雯婕后，赶忙放下了手中的毛衣："雯婕，你怎么来啦？"

胡雯婕把手中的锅放到地上，抱歉地说："今天早上，我到公安局去才听说的，家庚这是咋的了？"

赵梦娟愤愤地说："国民党特务干的。"

"他的伤要紧不？"

"昨天晚上，他在执行任务的时候，被敌特暗算了，伤在肚子上，子弹从前腹进去，又从后腰穿了出来，这一枪确实够危险的，好在没有伤到心脏。"

胡雯婕明知故问道："特务抓到了吗？"

赵梦娟道："孙局长正在带人侦查呢，还有军分区的同志也在查，你放心吧，用不了几天，肯定能破案。"

看到面色苍白的李家庚时，胡雯婕忽然就有了要哭的欲望，接着两串滚烫的眼泪顺着面颊流了下来。昨天晚上她得知这个消息后，几乎一夜没睡。李家庚的伤点燃了她久蓄的激情，不知是什么原因，从见到李家庚的第一刻起，她就被李家庚吸引住了，随着交往的加深，这种最初的吸引正在逐渐演变成一种渴望，一种强烈的兴奋。她夜思梦想的生活正在一点点地走来，自己的心正在一点点被李家庚所占据。她有时把李家庚和赵锦云进行了一番比较。赵锦云风流倜傥，虽然对自己充满了爱恋，但不知咋的，每次见到赵锦云，她总会有一种令人作呕的感觉，一是赵锦云酒后占有了自己。她丝毫没有享受到爱情就失去了最宝贵的东西。二是虽然赵锦云在张家口的军政两界左右逢源，如鱼得水，但浑身的铜臭气已经使他失去了一个男人的血性。而相比之下，李家庚更像一个男人，如果和这样的男人相伴一辈子，哪怕只有一天，自己也是幸福的。但这种想象只是暂时的，一刹那的。因为她知道，自己和李家庚毕竟是两个阵营里的，早晚会发生对决。老舅在来信中不止一次提醒她，让她接近李家庚、利用李家庚，但决不能和这种人产生感情。

"瞧你，干吗还哭了？快坐下。"赵梦娟给她递来一条毛巾。

胡雯婕揉了揉眼睛，粲然一笑："没有呀。"

"还没有呢，眼睛都红了，来，吃苹果。"赵梦娟拿起了一个苹果。

胡雯婕走到近前，认真观察着李家庚，高挺的鼻梁，浓眉大眼，每一点都是那样刺痛着她的心。她试着轻轻抚摸着李家庚的手，轻轻地呼唤了一声："家庚，是我。"

突然，李家庚一阵剧烈的咳嗽，他睁开了眼睛。清醒过来的李家庚感到很累，眼皮发沉，吃力地看了看屋里的两个女人，慢慢地说："我这是在哪儿呀？怎么是你们两个人。"

胡雯婕突然抓住了他的手，哽着声音说："这是在医院，你受伤了。"赵梦娟红着眼睛补充道："你昏迷两天了。"

"你们俩哭啥？"李家庚试着要坐起来，但剧烈的疼痛使他皱了一下眉。

两个女孩赶忙按住了他："医生说，让你静养。"

李家庚用手拍了拍床沿，示意两个女孩坐下："给你们俩添麻烦了。"说完，仰望着天花板一言不发了。

赵梦娟说："军区医院的医生给你做的手术，说过两天拆完线，你才能下床，这不，雯婕都给你熬好鸡汤了。"她还想说什么，这时门被敲响了。两个人还没有反应过来，吴海林和赵金强就气冲冲地走了进来，后面跟着公安局长孙奇峰。

吴海林径直走到李家庚床前，关切地问道："家庚，你没事吧？"

李家庚挣扎着想坐起来，吴海林忙把他按住："家庚你别动，现在养伤要紧。"接着他回头向孙奇峰问道："简直是无法无天了，案犯抓到没有？"

孙奇峰的脸腾地红了。赵金强大骂了一通敌特的狡猾，然后要离开。他一眼看到了胡雯婕，便悄声问赵梦娟："这个女的是谁？"

赵梦娟说："龙庆完小的胡老师。"

赵金强赶忙上前和胡雯婕握了握手："嗯，知识分子，龙庆刚刚解放，我们正需要知识分子呢，好好干。"

胡雯婕感觉赵金强的手很有力气，她不敢正视赵金强的目光，低着头不好意思地说："我一定会努力的。"

赵金强又哈哈笑了几声，陪着吴书记走了。室内的气氛又缓和了下来，赵梦娟喊来门外的公安干部照顾李家庚，自己和胡雯婕来到了院子。赵梦娟没有绕圈子，她单刀直入地问道："你觉得李家庚这个人怎么样？"

赵梦娟的话让胡雯婕吃了一惊，她怔怔地望着赵梦娟，一时不知盐从哪儿咸，醋从哪儿酸。在赵梦娟问这话之前，作为一个女人，是不可能对李家庚无动于衷。自己以前曾试着问过李家庚，但李家庚每次都把话岔开了，李家庚越是这样，她越是感觉李家庚的内心世界是个谜，有时候她竟然忘记了自己的身份和使命。她曾暗下决心，一定要找个机会向他表白自己的心迹。她虽然不知道这种表白的最终结果，但她要试一试。但一想刚才看到赵梦娟编织的那件红毛衣，是不是给李家庚织的呢，如果真是那样，就太巧了，自己也正在给李家庚编织一件红毛衣，只不过样式和赵梦娟的不同罢了，她蠕动了几下嘴角，刚想说什么，却发现在李家庚的病房不远的地方，有几个公安干部在走动，她偷眼看了看，问道："梦娟姐，医院里怎么这么多公安呀？"

赵梦娟停住脚步，看了看公安，又看了看胡雯婕，欲言又止。

就在胡雯婕离开李家庚病房的第二天晚上。一群神秘的人用门板抬着一个病人吵吵闹闹地出现在了县医院。几个男人把病人放到了走廊中，吵吵闹闹地要找医生。吵闹声惊动了在特护病房门外看护的公安战士，经过一番讯问，才得知：这几个人是后河村的农民，这个病人肚子疼痛难忍，乡亲们抬着他走了半夜山路，才来到医院。

几个男人见到公安队的战士，就跪下了，求帮着找医生。医生给病人开完药，几个男人便离开了。

半夜，战士们交接班时，才发现特护病房那个土匪的胸口上插着一把尖刀，死不瞑目地睁大着眼睛，脸上的惊惧挥之不去。门窗和屋里的一切都完好的，看不出打斗的迹象。看着眼前的一切，局长孙奇峰有些急了，他不知道明天还会有什么事情要发生。

八

胡雯婕和赵锦云接头的地点是仁和客栈，屋里的光线有些暗，胡雯婕刚刚走进客房，就被赵锦云一把抱住了："云芳，我想死你了。"

胡雯婕瞪了一眼赵锦云："叫我现在的名字。"

"胡——雯——婕。"赵锦云这样叫了一声，感觉有些陌生。

看到赵锦云穿着笔挺的西装，胡雯婕感到有些吃惊，在龙庆县城，还没有谁能如此的打扮呢，半年来的地下工作经验告诉她，入乡随俗，龙庆县不比张家口，在这个穷乡僻壤招摇过市，一定会引起共党的疑心的。她一把推开了赵锦云，低声问道："你怎么这身打扮？不要命啦？"

赵锦云有些不解地问："这身打扮咋了？"

胡雯婕悄声说："你以为这是张家口呢，你这身打扮出去，用不了半天，就会被跟踪的。"

赵锦云哈哈笑道："我这是专门穿给你看的，你看这是什么？"赵锦云说着打开了行李箱，里面有一身解放军的服装。

"你？"胡雯婕看了看衣冠楚楚的赵锦云，又看了看军装，有些不解了。

赵锦云点了一根烟,深深吸了一口,神秘地一笑:"我这次来龙庆,有重要任务。"

"重要任务?"胡雯婕更是一头雾水。

"好了,我先看看你,有啥变化。"赵锦云抱着胡雯婕在地上转了几个圈,又轻轻放下,端详了半天:"嗯,越来越漂亮了。走,咱们先吃饭,一会儿我再告诉你。"说着引领着胡雯婕来到一个雅间。

雅间的光线比客房亮了许多,临街,透过窗子能看见外面的行人。房间内站着一个笑容可掬的解放军战士,秃老六竟然站在那里,旁边还有一个服务员。见到赵锦云和胡雯婕后,那个军人认认真真敬了个礼:"连长,饭菜已经准备好了。"说完便站在了一边。

赵锦云笑呵呵介绍道:"我来介绍一下,这是我勤务兵小张,这是我的表妹,这位是秃老六,我们好久没见面了。"然后他转向服务员:"你忙去吧,我们要谈重要的事情,有事儿我会叫你的。"

服务员恭维道:"那好,赵连长,你们慢用。"说完便转身去了。

听到有人喊赵锦云为连长,胡雯婕简直有些哭笑不得了。

赵锦云打开门四下看了一下,又关好门,斟满了两盅酒,端起酒盅,悄声说:"咱们都不是外人,这位就是站长一直说的战斗在龙庆县共党心脏的谍报之花,胡雯婕,胡少校。来,咱们敬她一杯。"说完一饮而尽。

胡雯婕把酒喝尽,把酒盅慢慢放下,不紧不慢地说:"赵锦云,你喝多了吧!有没有搞错呀,我啥时候变成少校了。"

赵锦云点了一支烟,兴奋地说:"雯婕,大概你还不知道,你的事情在保密局都传遍了,南京都知道了你的消息呀。雯婕呀,想起来你也真是不容易,为了党国的事业,只身潜入龙庆,堪称是党国的英雄,对了,你老舅也就是咱们李站长让我给你带来一样东西,你一定喜欢。"说着赵锦云从衣兜里拿出了一封信。

胡雯婕端详了一下信封,迫不及待地拆开了,读了下去。这是一封老舅写的亲笔信,和他为人一样,清一色的蝇头小楷。

云芳:

见信如面！

　　离别三月有余，余殊念，每每想起你在张家口的日夜，余多有感慨。前几日，接南京电讯，因你近期屡屡提供重要情报，总部决定同意我的力荐，破格提升你为少校副官，当兹固难正殷，国家需人之际，望你珍惜荣誉，报效党国。

　　烽火连三月，时下北平战事每况愈下，吾观时局，伯仲已见分晓，党国之失败，非在军中，而在党内，吾痛心之余，悔不该将你拖进党内。然既作为党国分子，吾辈应时刻牢记，将来能尽此分之义务也。今令赵锦云前去配合你工作，请按照张家口站的安排，尽快完成使命，你我共赴新任。

老舅

　　胡雯婕刚看完老舅的亲笔信，赵锦云看到她的表情有些异样，赶忙问："老舅在信中说些啥？看你还哭了，来，我看看。"

　　胡雯婕赶忙擦掉了眼泪，站起身把信烧了："这有啥好看的，老舅让你配合我好好工作。"

　　赵锦云顿时笑了，站起身，拿出了另一个信封，掏出一张纸来："大家起立，我来宣读委任状，今委任李云芳为保密局察哈尔站张家口情报处少校副官，察绥纵队第五先遣队副组长。特此！保密局，民国35年9月。"赵锦云宣读完委任状，和胡雯婕握了握手，然后解释道："本来你的委任状要等你回到张家口后再宣布的，但老舅让我带来了。雯婕，祝贺你，从今天起，咱俩同一个军衔了，来，咱们祝贺一下。"说着端起了酒杯。

　　几杯酒过后，胡雯婕已经兴奋得粉面桃花，再加上刚才的委任状，她的心里美滋滋的。饭后，赵锦云提出要到龙庆县的大街上走走，胡雯婕听后赶忙阻拦："到了龙庆，你得听我的，这里情况复杂，你不宜抛头露面。"赵锦云没说话，转身进了客房，不一会儿出来了，他换上了解放军的服装。

　　胡雯婕带着赵锦云在龙庆县城转了一个圈儿，最后赵锦云在庆和饭馆门前停了下来。他看了看招牌，走了进去。胡雯婕只得跟了进去。

看到客来了，毛一品点头哈腰走了过来："请问两位同志吃点什么？"

赵锦云看了一阵毛一品，突然说："有红鲤鱼吗，来3条，每条1斤，我要带走。"

毛一品看了看赵锦云，汗顿时下来了，一边用袖子擦着汗，一边哆哆嗦嗦说："你要哪里的红鲤鱼？"

赵锦云不紧不慢地说："我要金鱼池里的。"

听了这话，毛一品突然像变了一个人似的，左右看了几眼，然后带着赵锦云和胡雯婕向后屋走去。

几人坐定，毛一品递过了烟，讨好地说："赵组长怎么这身打扮？"

赵锦云笑了笑："不这身打扮，我进不了龙庆县城呀。说说吧，你最近的情况。"

毛一品激动地说："太好了。这段时间一直没人与我们联系，我们都急死了。"他又看了看胡雯婕，问道："这位姑娘我们好像在哪儿见过。"

赵锦云道："你还不知道吧，你提供的情报，有一大部分是她搜集的。"

胡雯婕冲着毛一品一笑："还记得我吗？我是龙庆完小的。"

毛一品笑了笑："瞧我的记性，我说的呢，这么面熟，你不是？"

赵锦云正色道："红鲤鱼，你应该懂规矩的，不该你问的事情最好不要问。你最近的工作情况，老家很不满意，提供的情报全都是过时的，没有任何价值，我问你，你搜集的情报里面为啥没有一点儿共军支前的情报。"

毛一品苦笑道："赵组长，我这也是没有办法呀，我这里虽然就在公安局的眼前，可他们到我这儿都守口如瓶呀，什么消息都透露不出来。"停了停，他又说："我袭击了那个侦缉股长大小也算个功劳吧。"

听了这话,赵锦云一拍桌子:"你还有脸说这事儿,红鲤鱼,你要知道,做地下工作保护自身安全是第一位的,王正刚暴露就暴露了,那是早晚的事儿,可是你呢,亏你还是从日伪时期就做情报工作的。"

"好好好,我下次注意,下不为例。"毛一品擦着脑门上的汗,喃喃说道。

"红鲤鱼,你要记住,你的老婆和孩子全在我的手里,何去何从,你看着办。"赵锦云说完这话,站起了身。

九

夜深了,李家庚和专案组的人还在忙。专案组调来了几千份档案,占了大半个屋子。李家庚、贺树强、赵梦娟和几个专案组的成员在档案里找了足足两天,终于找到了两份有价值的档案。当赵梦娟把找到的两份档案交给李家庚时,李家庚竟重重地拍了赵梦娟一下:"真有你的,等破了案,我一定要请你吃饭。"

赵梦娟瞪了李家庚一眼,用眼睛瞥了一眼贺树强,悄声道:"注意点影响。"当看到贺树强仍在低头看着档案,便扒在李家庚耳边说:"那我的牙就支得高高的等着啦!"

李家庚答应着:"一定,一定。"

赵梦娟想了想又说:"还有一件事,你必须请客。"

李家庚一愣:"啥事儿?"

赵梦娟神秘地一笑:"我听我爸说了,公安局准备推荐你当副局长呢?"

李家庚赶紧捂住了赵梦娟的嘴:"千万别瞎说,不可能。"

赵梦娟兴奋地说:"真的,是我爸亲口告诉我说的,请示都已经报到县委那边去了,很快就会有结果的。"停了停,赵梦娟又说:"现在可正是节骨眼上,你可要好好给我表现表现啊。"

赵梦娟本想以此为借口,让李家庚主动亲近自己。没料想,李家庚居然不买账，他冲着赵梦娟笑了笑："我给你表现表现，咋表现？"赵梦娟冲着李家庚一笑："对我好点呗！"

李家庚不买账地笑了："你以为你是谁呀？是县委书记？还是县长。"李家庚和赵梦娟这么一折腾，引得几个查档案的干部都停住了工作，伸长脖子向这边看，吓得赵梦娟吐了下舌头，赶忙跑出了李家庚的房间。

"好了，好了，先干活儿。"李家庚重新坐好，又开始认真地翻阅起档案来。档案上这个人叫刘春林，和侯在山是一个村的，解放前在国民党龙庆县政府做事，他一定知道侯在山的下落，看来袭击训练队这件事情一定与侯在山有关，可李家庚又一想，侯在山当时还在监狱里面呢，是谁指挥的这次袭击行动呢？

"看我给你带什么东西来了。"局长孙奇峰一挑门帘走了进来，他一手拎着酒瓶子，一手托着一只烧鸡。

见到了局长，贺树强顿时笑了："刚才李股长还说要请客呢。"

孙奇峰笑道："看来李股长还真有点儿未到先知。来来来，土匪要剿，敌特要抓，可人是铁，饭是钢呀！"

大家听到有吃得，便一窝蜂围了过来，毫不客气的大吃起来。

看到大家吃得津津有味的样子，孙奇峰不住点着头，他十分心疼自己的手下。这段时间大家都在为破案日夜奔波，好长时间都没有回家，简直是太苦了。看到大家吃的差不多了，他把李家庚和赵梦娟叫到了里间屋，半开玩笑地说："家庚呀，你的伤刚好，干活儿悠着点儿。"

李家庚呵呵一笑："放心吧，局长，我年轻，没事儿。"

孙奇峰看了看李家庚，又看了看赵梦娟，笑了笑说："家庚啊，你也老大不小了，龙庆解放啦，咱们现在也进城了，形势也稳定了，你可是该考虑个人的事情了。"

"那我也该成家了？"李家庚说这话的时候，眼睛也有些湿润了。是啊，在这之前，他始终没有琢磨过成家的事，尽管他已经28岁了。自打从县大队调到公安局工作以来，已经3年了。这几年一直在打仗、锄奸，时间眨眼间就溜过去了，可记忆仍停留在更年轻的时候，总觉得自己还小，离成家还早着呢！何况他从未体会过家的感觉。公安局进城后，经常参加昔日老战友的婚礼，每当新人满面红光地给大家敬酒时，他也曾产生这样的感觉，自己啥时候也能和他们一样呢？但这个想法很快就被繁杂的工作冲淡了，暂时他还不想成家，刚刚解放，自己要干的事情太多了。

孙奇峰见李家庚对自己的话无动于衷，把手中的茶缸一蹲："家庚，我和你说话呢！"

李家庚赶忙收回自己的思绪，不好意思笑了笑："感谢局长的关心，我不急，先抓住敌特要紧。"

孙奇峰一听急了："该抓敌特抓敌特，该解决个人问题解决个人问题，两不耽误嘛！要么我帮你张罗一个，根正苗红，包你满意。"

"你们说什么呢，这么开心。"赵梦娟笑着从外间屋走了进来，听了这话，李家庚的脸顿时红了。

孙奇峰看了看李家庚，又看了看赵梦娟，一拍巴掌："有了，梦娟，你也坐下。"

赵梦娟乖乖坐在孙奇峰局长的身边。

孙奇峰点了一支烟："梦娟同志多大啦？"

赵梦娟一笑："23了。"

孙奇峰："没对象吧？"

"嗯。"赵梦娟点了点头。

"那就好，今天你们俩都在，我也就不用绕弯子了，我感觉你们俩……"

李家庚和赵梦娟几乎同时张大了嘴巴。赵梦娟难为情地说道："局长，您这是乱点鸳鸯谱吧，开玩笑呢吧！"

孙奇峰呵呵一笑："我怎么会开玩笑呢，你们俩是我看着成长起来的，我心里有谱。"

赵梦娟看了一眼李家庚，偏巧李家庚的目光也向她看来，她赶忙低下了头，喃喃地说："我不同意。"

李家庚说："我也不乐意。"

孙奇峰有点下不来台了："你们平时不是很好的吗？局里的很多

同志也都认为你们俩是最般配的，怎么会不乐意呢，到我这儿了，还难为什么情？这里也没有外人。"

赵梦娟红着脸说："那都是工作。局长，您就甭操心了，李股长有了心上人了。"

这回轮到孙奇峰惊愕了："她是谁，我咋没听说过。"

"那个小学老师呗！是吧，李股长。"赵梦娟冲着李家庚笑了笑。

孙奇峰笑了笑："原来是她呀，这个女孩长得确实很漂亮。"停了停，他又说："家庚，真有这事儿？我不信，那些知识分子呀，小资产阶级思想，整天情情调调的，哪有咱们公安干部好，踏实，热情。"孙奇峰说着冲着赵梦娟挤了挤眼睛，表示不认可。

其实，在赵梦娟的心里，一直对李家庚有那种意思，两个人在一起工作三年，是一块儿从枪林弹雨中闯过来的，有一次自己还救了李家庚的命。长期的接触使得两颗年轻的心越来越近，两人谁都明白，就差那么一层窗户纸了。有好几次自己暗示过李家庚，家里人在催自己的婚事了。而李家庚总是推脱，特别是最近一段时间，赵梦娟感觉，李家庚和自己的心越来越远了，她几经观察，终于找到了原因，是胡雯婕在向李家庚频频示爱，而李家庚好像对胡雯婕也有那点意思，她虽然感到有些憋屈，也坚信，凭借自己的家庭背景，李家庚早晚会和自己处对象的。今天局长这么一说，她立刻心领神会了，狠狠剜了一眼李家庚，挖苦道："不见得吧，小资产阶级小姐的嘴巴像抹了蜜一样，比我们这些柴禾妞要强百倍。局长您先忙着，我要忙去了。"

孙奇峰指着赵梦娟笑道："好个伶牙俐齿。"

李家庚一看，赶忙转移话题："梦娟，正好局长您也在这里，有句话我要和你说，您听了一定感兴趣。"

孙奇峰说："啥事儿，说。"

李家庚想了想："是关于剿匪的事儿，我是这么想的……"他刚要说什么，看到值班的公安干部来了，赶忙止住了话语。

正在这时，值班的公安干部急匆匆地跑了进来，和孙奇峰耳语了几句，孙奇峰立刻脸色大变："什么？"接着冲李家庚说："有人在三区王家沟村的村干部家街门上挂手榴弹，家庚，你收拾一下，咱们马上出发。"说着急匆匆走了。

"我也去。"赵梦娟追了出来。

摩托车刺破夜空，向着王家沟的方向疾驰而去。赵梦娟坐在摩托车的后座上，紧紧抱着李家庚的腰。

当孙奇峰、李家庚等人赶到王家沟时，军分区的同志已经先到了。手电光下，村干部倒在自家的门楼前，奄奄一息。村干部的老伴儿抱着丈夫的身体，放声大哭。赵梦娟劝解半天，她才停住哭声，一把鼻涕一把泪地说："昨天下午，村里来了两个解放军，说是来招收开小差的兵，我老伴儿听说后，感觉有问题，到街上一打听才知道，他们哪儿是找开小差的解放军战士，他们是在找那些被管制的国民党兵和土匪。我老伴要去报告，结果被他们给盯上了，不让出门。等那些兵走了，我老头子要去报告，没想到呀，刚一开街门，就被炸成了这样，这些丧尽天良的东西，不得好死呀！"

天蒙蒙亮，李家庚辨别了一下方向，开始查验现场，王家沟是个有20多户人家的山村，村干部的家在村子的正北方向，门楼早已经被手榴弹炸塌了，木制的门板散落在地上，上面还有很多血迹。李家庚在现场搜寻一遍，很快找到了手榴弹的弹皮，这是国民党正规军使用的手榴弹，爆炸威力非常强，难怪村长被炸成了这样。

"他们走多长时间了？"李家庚急促地问。

"昨天晚上，那两个解放军带着刚招的5个国民党兵朝闫家坪方向走了。"一名群众指着西北的方向说。

李家庚冲着孙奇峰局长道："局长，要么您先在这里，我带公安队的战士去追他们。"

"行，一定要注意安全啊！"孙奇峰叮嘱道。

赵梦娟一听急了："我也去。"

李家庚苦笑着说："你就别闹了，我这是去打仗，又不是去看山景。"

赵梦娟拉着孙奇峰的衣角，央求道："局长，让我去吧。我求求您了。"

孙奇峰指着赵梦娟的鼻子笑着说:"这回露馅儿了吧!有点儿不放心了吧,还说我乱点鸳鸯谱。呵呵。"说着把枪递给了赵梦娟:"去吧,一定要照顾好家庚同志,他的伤刚好。"

"是。"赵梦娟给孙奇峰敬了个礼,跑到了摩托车前,骑了上去,一下搂住了李家庚的腰。

李家庚带着赵梦娟和4名战士开着两辆摩托车一溜烟走远了。当他们来到王顺沟前的山下,放好了摩托车,开始沿着羊肠小道一路前行。毕竟是刚做完手术,刚走一会儿,李家庚便开始出汗了。赵梦娟从侧面看了李家庚一眼,说道:"在局里的时候,你要和我说什么?"

李家庚擦了一把汗,笑了笑:"我能说什么,我是想告诉你,别乱吃醋,还当着局长的面挖苦我。"

赵梦娟先是怔住了一下,随后自我解嘲地说:"你爱爱谁爱谁,这是你自己的事儿,我吃哪门子醋,人家那是怕你被骗。"

李家庚冲着赵梦娟做了个鬼脸:"谁敢骗我?再说了,就是被骗了,我乐意。"

一句话气恼了赵梦娟,她赌气地走开了。

李家庚好笑地看着赵梦娟,结果一走神,一脚踩空了,栽了个大马趴。赵梦娟开心地笑了起来:"活该。"但当她看到李家庚龇牙咧嘴的样子,又赶忙跑了过来,撩起了他的衣服,看到鲜血已经从胸部渗了出来,便心疼地嗔怨道:"瞧你,这下疼了吧。"说着搀扶着李家庚站了起来。

李家庚等人来到了山顶,向山下望去。透过袅袅的炊烟,早晨的闫家坪别具一番风味,隐约还传来鸡鸣犬吠声。

"股长你看。"一个战士向山下指去。

李家庚举目望去,隐约看到一支队伍正大摇大摆朝这边走来,他赶忙命令战士们隐蔽好。一支穿得五花八门的队伍出现在人们的眼前。这些人有的一副百姓装扮,走在最前面的是一个穿得怪模怪样的人,上身是件解放军服装,裤子却是老百姓穿的布裤,头发、胡子疯长着,仿佛是从土里扒出来的,怎么看也看不出半点军人的味道,有两个人还背着长枪,李家庚暗自寻思着。

"不许动。"两个公安队的战士从草丛中站了起来，用枪对准了这支队伍。

"碰见真的啦，快跑呀。"队伍呼啦一声，转身要跑。

"啪。"队伍里不知是谁朝这边打了一枪。

"哒哒哒"公安队战士一个点射。为首的两个匪徒应声倒地，其余的匪徒赶忙趴在了地上乱作一团。

经过清点，除了打死的两个匪徒外，还活捉8个匪徒。

"你们的头是谁？"李家庚厉声问道。

匪徒们四下望了望，几乎不约而同地说："这个赵连长刚才还在呀！哪儿去了呢？"

战士们在附近的山坡上搜了个遍，也没找到那个所谓的赵连长。李家庚感到有些意外，抓过了那两个穿解放军制服的家伙："究竟是怎么事儿？"

那两个假冒解放军的匪徒吓得早已经尿了裤子，吭哧半天才说："昨天山外面来了两个解放军，说是在找开小差的解放军战士，可不知道怎么回事儿，就找到了我们，说是让我们去当兵，如果去，就给我们每人五个大洋，如果不去就枪毙。我一看，他们找的全是以前当过国军的，我惹不起他们呀！今天早上，他带着我们在闫家坪又找了5个人，说好了要出山的，没想到就碰见了你们。"

李家庚厉声问道："你的衣服是哪儿来的？"

"衣服是那个赵连长的，他让我们穿着他的衣服先走，他断后。"

李家庚心里一凉，坏了！！

十

这是一部美制的CMS电台，体积虽然很小只有一块儿砖那么大，但功率却十分强大，用的也是专用电池，足可以使用三个月。为了防止发生意外，胡雯婕就一直把它藏在了租住房的顶棚里，而且几乎没有使用过这个电台，在胡雯婕看来，不到万不得已，她是不会轻易使用这部电台的，所有的情报都是交由秃老六发送出去的，再由其他的电台发给张家口的老舅。但前两天老舅信中的话让她对赵锦云产生了怀疑，赵锦云此行究竟是为了什么？她想向老舅问清楚。早在北平训练期间，胡雯婕就成为了发报能手，收发报不仅准确，而且速度极快，这样可以减少发报的时间，有效地逃避对方测向仪器的监控。胡雯婕调试好波段，迅速按照老舅提供的备用频段发了报，所用的密码也只有他们两个人知道。

胡雯婕发完报后，点了一支烟，静静地等了十来分钟，果真接到了老舅的电文：

> 兹委派赵赴龙庆系寻找章鱼，获取平绥纵队的名单，你应严密监视之。另，南京前日来电，称吾辈作为有功职人员，将择期赶赴南京履新，请告之你母勿念。
>
> 　　　　　　　　　　　　　　　　　　　　　　　　老舅

胡雯婕把电文纸烧掉后，收起发报机，倒了一杯红酒，呷了一口酒，慢慢品味着，露出了得意的笑容。红酒也是胡雯婕从张家口带来的，是那种进口的，这次回来，她带回来两瓶，一直珍藏着，不轻易喝。胡雯婕喝了几口酒，感觉脸上一阵阵泛热，便小心翼翼地收起红酒，顺手从炕上拿起了编织一半的红毛衣，慢慢地编织起来。这件毛衣是她特意给李家庚编织的，胡雯婕编织这件毛衣的目的，就是进一步取得李家庚的信任，然后一步一步控制住他。

由于李家庚的影子在胡雯婕的心中晃来晃去，她编织毛衣的两只手不由得慢了下来，陡然，她一哆嗦，毛衣针一下子扎疼了胡雯婕的手指，她把手指放在嘴中慢慢吸吮着，慢慢地想着自己的心事。

房门无声地开了。胡雯婕觉察身后有点儿动静，她回头一看，不禁倒吸一口凉气。原来，身穿粗布衣服蓬头垢面的赵锦云正慢慢向她走来，手里还拎着一个大草帽，样子狼狈不堪，好像逃难的一样。

胡雯婕赶忙站起了身，惊奇地问道："你，你是怎么找到这儿来了，是怎么进来的？"

赵锦云看了看桌上的红酒，毫不客气地倒了一杯，慢慢品着，慢条斯理地说："在这个世界上还没有我不能进去的地方。"赵锦云端着酒杯，在屋里踱着步子："师妹，看来你的心情不错嘛，对了，这件毛衣是给谁织的，是给我吗？可是在张家口这么长时间，你也没给我织呀，现在倒想起来了。"说着他歪头端详着胡雯婕手中的毛衣。

胡雯婕不屑地说了一句："你也配？"

赵锦云死乞白赖地仍要朝前凑："我怎么不配了，想当初我…"。

胡雯婕瞪了赵锦云一眼，讥讽道："一边去，瞧你那点德行，你再敢说下去，看我不撕碎你的嘴。"

赵锦云讨了个没趣儿，悻悻地站起身，坐到了胡雯婕对面的小凳上，点了一支烟。

胡雯婕把毛衣放在炕上，转过身冲着赵锦云讥讽道："没想到堂堂的保密局少校副官到了龙庆，居然也落得如此狼狈。"

赵锦云露出了一丝苦笑："他妈的，多亏我多一个心眼儿，跑得快，要不然恐怕见不到你了。"

胡雯婕点了一支烟，慢慢吸着："现在，你就知道我在龙庆的处境有多危险了吧！"

赵锦云不甘心地说："瞧着吧，我会慢慢改变这里的一切。"

胡雯婕看了看赵锦云，冷笑了两声："简直是痴人说梦，就凭你？能改变这里的一切？"

赵锦云恶狠狠地说："我要组织起那些国军的逃兵，成立'别动队'，天天搞爆炸，搞暗杀，让龙庆县天天鸡犬不宁，让龙庆的老百姓生活在恐怖之中，我就不信，共党的政府能坐得住。"

胡雯婕狠狠地看着赵锦云，说："我们的目标是共产党，可不是那些无辜的老百姓，还有孩子，他们是无罪的。"

赵锦云看着胡雯婕仿佛像变了一个人："他们是无辜的？师妹，这才几天呀，你的立场就变了，现在龙庆县的老百姓全他妈的站在共产党那边，我看都他妈的罪该万死。"

胡雯婕看了一下赵锦云，催促道："你快走吧，这两天，公安人员天天来查户口，我这里也不安全。"

赵锦云冷笑一声："你让我到哪里去？我实话告诉你，我暴露了，哪儿也去不了了？"

胡雯婕没想到赵锦云这么快就暴露了，仍有点不相信："不会吧，怎么这么快？"

赵锦云哀求道："雯婕，现在只有你能帮我了，昨天下午，我去王家沟和闫家坪招募力量，被他妈的侦缉队给盯上了，幸亏我发现的及时，要不然……"

听了这话，胡雯婕不由得打了个冷战，看来龙庆确实是个是非之地，得让赵锦云赶快离开这里，但怎样才能逼走赵锦云呢，唯一的办法就是章鱼，想到这儿，胡雯婕说道："看来得想个办法逼章鱼现身。"

赵锦云点了一支烟，慢慢吸了一口："对，这个老狐狸太狡猾了，至今不肯露面，只有他，才掌握着龙庆潜伏小组的名单，张家口那边已经等不起了，必须逼他现身。"

赵锦云的话证实了老舅电报的话，一旦赵锦云拿到潜伏名单，一定会逃之夭夭。想到这儿，胡雯婕笑了笑："逼章鱼现身不是什么难事儿，但你要听我的，这里是龙庆，不是张家口。"

赵锦云盯视着胡雯婕，无奈地摇了摇头："事已至此，你说，下一步咱俩该咋办？"

胡雯婕想了想，说道："好在你没有和侦缉队直接接触，这样吧，这两天你先离开龙庆县城，先躲到乡下去。"

赵锦云不情愿道："那可不行，我不能离开龙庆县城，我要等章鱼现身。"

"我再说一遍，这是在龙庆，张家口的意思是让你配合我工作。这样吧，你先到金鸡岭。侯在山和张二楞现在都在金鸡岭，他的土匪队伍大多数都是一些土包子，一盘散沙，根本就不会打仗，你到那儿后，可以帮助调教一下他们，好为将来党国进攻做准备。"

赵锦云的眼睛顿时一亮，高兴地鼓起了掌："这个主意不错，就这么办，我马上走。"说着，他趁胡雯婕没防备，蜻蜓点水地亲吻了她一下，拎起了那半瓶红酒悄然离开了。

十一

果然不出所料，李家庚对刘春林的排查取得了重大进展。这个刘春林原来是国民党县长张玉山的秘书。龙庆县解放后，刘春林因为没有血债，在培训班训练了两个月，便被遣返回村里接受管制。但据村干部反映，这个人很不老实，经常发表一些反动落后的言论，动辄便吹嘘自己在解放前跟着县长张玉山如何风光，如何吃香的、喝辣的、睡女人什么的，此人还有一个的陋习就是抽大烟。

当李家庚和贺树强等人在村干部的带领下，来到刘春林家简陋的小院时，瘦骨嶙峋的刘春林正歪在炕上抱着大烟枪喷云吐雾。当见到公安人员后，赶忙扔下大烟枪，打开窗子就往外跳，脚刚落地，只见赵梦娟正端着枪对着自己。刘春林被押进了屋里。李家庚怒斥道："刘春林，你跑个啥？"

刘春林结巴着说："我实在忍不住了，刚抽两口，就被你们看到了，我怕你们来抓我去集训。"

贺树强道："小子，你那点花花肠子瞒不了我，实话实说，如果你胆敢跟我玩心眼儿，看我怎么收拾你。"说着把刘春林按坐在凳子上。

李家庚冷笑道："我们今天来，不是为了你抽大烟的事，是为了一个人。"说着他拿出了一张照片。

刘春林双手接过照片一看，顿时吓得魂飞天外，照片上张玉山和自己肩并肩站在一起，笑容可掬。

李家庚道："我问你，你和张玉山一块儿待了多长的时间？"

刘春林有些摸不着头脑："两年不到呀！"

"张玉山是怎么死的？"李家庚话锋一转，突然问到。

"解放龙庆的时候，被贵军打死的呀？"

"张玉山死的时候，你在现场吗？"

"在，他就死在我的面前。贵军在解放龙庆的时候，张玉山带着我们几个正指挥着国军，不，正指挥着国民党兵守城，后来一发炮弹落在我们附近，张玉山就死了，死的时候，连尸首都不全，我也差点被炸死了。"刘春林说完，已经眼泪兮兮的了。

"张玉山死的时候穿的是什么衣服？"

"国民党上校军服呀。"

"刘春林，你在说谎，其实张玉山根本就没有死，那天炸死的只是张玉山的替身，真正的张玉山早在龙庆解放的前一天晚上就已经出城了。"

刘春林一听，吓得面如土色，一下跪在了地上："我该死，我该死，我坦白，千万别杀我。龙庆解放的前一天晚上，张玉山把我叫到他的办公室，我看他正在收拾东西，办公桌上还有一身老百姓的衣服，看样子是想跑。他见到我后，苦笑着问我'龙庆守不住了，你打算咋办？'我说'我听您的。'张玉山当时给我拿出了好多大洋，说：'你跟了我这么多年，我也没啥值钱的东西，这些都给你。'我当时就问：'张县长，您打算今后咋办？'他突然掏出了手枪，说：'我想为党国尽忠。'我说：'好死不如赖活着，你为党国尽忠，那蒋总裁也不知道呀，还不如找个地儿眯起来呢。'在我的再三解劝下，他才收起了枪，然后说：'这样吧，我先找个地儿藏起来，看看形势再说，如果今后能有翻身之日，我一定找你，你还跟着我干不？'我当时也哭了，说：'今后您有用的着我的地方，我一定随叫随到。'然后他就跟我商量，怎么逃才不被发现。于是我就出了诈死埋名的主意。哎。"

"张玉山现在在什么地方？"李家庚厉声问道。

"政府，我真的不知道呀。我只知道，他经常在张家口一带贩运木头，具体在哪里我也不知道。"

回到县局，李家庚把这个情况向专案组做了汇报，因为张家口尚未解放，对张玉山的侦查只能放下，李家庚把精力转移到侯在山和那个赵连长身上。几经侦查，终于在龙庆县和北原县交界的金鸡岭发现了土匪的踪迹，军分区和公安处遂组织力量进行清剿，除了侯在山、张二楞和赵特派员三人漏网外，其余20个土匪全部被捕。

"侯在山真是个老狐狸。"李家庚气得直拍桌子。经过对几个匪徒的审查，侯在山越狱案、训练班的纵火案都是张二楞带人干的，但是每次都是一个叫老六的人送的信，口音好像不是龙庆人。这个老六究竟会是谁？这个赵特派员会不会就是那个赵连长呢？李家庚陷入了深思。

十二

毛一品带来一个重要消息，张玉山已经潜回了龙庆，正准备和侯在山等人接头。察绥纵队的重要成员终于出现了，专案组一下子就紧张地忙碌了起来，但李家庚却高兴不起来，敌人太狡猾了，接头的地点选在了火神庙街，时间还选在一个集日，赶集的人一定很多，不仅不利于抓获，如果发生枪战，弄不好还会伤及无辜百姓。取消集日，会打草惊蛇，专案组经过研究，最后决定：严密部署，争取活捉张玉山等人。

龙庆县的火神庙街是一条南北走向的街道，虽然只有二里地长，但却是最繁华的地方。集日定在每月初五，是县城最为热闹的时候，十里八乡的人都来赶集，不仅可以买到生产、生活必需品，也是看热闹的好去处。

李家庚和贺树强带着30多名公安干部和战士乔装打扮，混迹其中，只等着目标的出现。贺树强装扮成一个商贩，戴了一副大墨镜，带着几个人在街上不停地挑选着东西。李家庚和赵梦娟则打扮成一对情侣，在火神庙街的南口附近，佯装逛街，目光却注视着每一个可疑的人。

陡然，赵梦娟托了一下李家庚的胳膊，李家庚顺着赵梦娟的目光看去。胡雯婕竟然也在集市上闲逛，只见她穿了一件小碎花的外套，正在和一个卖毡子的戴瓜皮帽的年轻男子谈论着什么，不知这个男子说了些什么，胡雯婕爽朗地笑了起来。

"那个男的叫王石头，一直在街上摆小摊。你注意外面的人，别走神儿。"李家庚说。

大概胡雯婕和卖毡子的男人谈好了价钱,她付了钱,抱着毡子向北走去。

一晃已经过了小半天,李家庚也没发现可疑的情况。难道张玉山改变计划了,还是毛一品提供的情报有问题。

正在这时,一个头戴毡帽满脸麻子的中年人赶着一个小驴车进了集市,李家庚的眼睛顿时一亮。"张玉山。"尽管张玉山这身打扮,但是李家庚还是一下就认出了他,李家庚刚想追上去,忽然发现县长赵金强也在朝这边走来,他来不及多想,拉着赵梦娟朝张玉山的小驴车追了过去。

张玉山来到了粮食摊群前,从车上搬下了几个口袋放好,拿出称,喊道:"快来买呀,快来看,这是口外的小米、莜面、红小豆、绿小豆,很便宜啊。"不多时,便围过来几个农民,开始讨价还价。工夫不大,几口袋小米、小豆就卖得差不多了。张玉山点燃一袋烟,和临摊儿的人说着米面的行市。

一个衣衫褴褛的乞丐来到了近前,冲着粮食摊群的商贩挨个作着揖,乞要粮食。乞丐来到张玉山面前,冲着他嘿嘿一笑,说道:"红小豆、绿小豆,我都要,莜面小米,我也要。"说着把装有小豆的口袋弄翻,然后用要饭的盆子舀了半盆小豆就跑,边跑边喊着:"红小豆、绿小豆,我都要,莜面小米,我也要。"张玉山下意识地疾步追过去。

那个乞丐越跑越快,转进了小胡同,张玉山也追进了小胡同。李家庚感觉有情况,拔出了枪拉着赵梦娟也追了过去。贺树强一看,也追了过去。

李家庚和贺树强等人带着两拨人相互掩护着一路前行,看到张玉山和乞丐钻入一条胡同,又过一条街,一闪身,不见了。李家庚和赵梦娟正在犹豫的时候,忽然听到了两声枪响。便循着声音走进了一个院子,两个人一进院子,便被眼前的一切吓呆了。只见那个乞丐和张玉山倒在了地上已经死了,两个人的脑袋中枪的位置,几乎是同一个部位。

李家庚四下扫视了一眼，命令随后赶来的战士迅速封锁了现场。经过勘察，现场没有发现任何有价值的线索，但李家庚发现，张玉山的毡帽头不见了。他再看一下周围的环境，不禁有些吃惊，胡雯婕租住的房子就在附近。

　　当李家庚带着赵梦娟等人敲开胡雯婕的家门时，胡雯婕正在收拾着家务。这是李家庚第一次到胡雯婕的房子来，房子虽然很小，但收拾得一尘不染。地上的方桌上摆着几本书和学生们的作业，靠墙是随身的两个皮箱子，上方挂着一张毛主席像。炕上铺着兰花格的床单，上边放着织了一半的红毛衣。

　　胡雯婕看到李家庚和赵梦娟站在一起，好像有些不高兴："李股长，你们有事儿吗？"

　　李家庚看着胡雯婕，问道："刚才你这里有人来过吗？"

　　胡雯婕话里带刺地说："谁能到我这个教书的家里来。"

　　李家庚闹了个大红脸，赶忙说："不好意思，我们在执行公务，刚才听到有什么响声没有。"

　　"我买毡子刚回来，回来后就插上门儿了，对了，刚才我听见好像有人在放二踢脚，挺响的。"

　　赵梦娟直言快语道："啥二踢脚，那是枪响，都死了人了。"

　　听到死了人的消息，胡雯婕突然抱着头蹲在了地上，体似筛糠地说："谁死了，你这么一说，怪害怕的。"

　　李家庚叮嘱道："你一个人在家，千万要小心。"

　　胡雯婕脸色有些苍白："我一定小心，唉，我不小心又能咋样！"说着挤出了几滴眼泪："梦娟姐，我的命咋这么苦呀。"

　　胡雯婕和秃老六再次来到了龙王庙，当她看到接头安全的暗号后，轻轻走进了院子，击了三下掌，屋里也回应了三下，传出来那个沙哑的声音："水仙，章鱼对你近来的工作很满意，他已经请示张家口站，对你进行奖励。"

　　胡雯婕冷冷地说："我要面见章鱼，有重要事情和他商量。"

　　"章鱼身份极为特殊，现在不方便见任何人。"

"张玉山已经死了，名单在哪里？"

屋里传出一阵沙哑的笑声："共产党以为张玉山就是章鱼，其实真正的章鱼还活着，赵锦云拿走的名单也是一份假的，真正的名单在章鱼的手里。"

听了这话，胡雯婕心中一怔："为啥。"

"呵呵，回去问问你舅舅就明白了。"

胡雯婕将信将疑地回到家，刚刚进到屋里。忽然被两只胳膊牢牢地抱住了，胡雯婕吓得魂不附体，她刚要喊，嘴也被别人捂住了，她只感觉一阵热浪袭来，本能地想挣扎，但对方把她越抱越紧，使她透不过气来。过了好久，对方才松开她，原来此人正是赵锦云。

赵锦云松开了胡雯婕，急促地说："雯婕，想死我了，我真受不了了。"

胡雯婕重重地打了他两记耳光："你他妈的混蛋。"

赵锦云揉着自己的脸说："雯婕，我要回张家口了，我想把你也带走。"说着他拿出了张家口站发来要求他返回的电文。

胡雯婕接过电报看了看，满腹狐疑地看了赵锦云一眼，冷冷地说："我没接到返回张家口的指示，不能撤离，你愿意走你就走，不关我的事儿。"

赵锦云冷笑道："雯婕，你来龙庆三个月了，张家口那边发生了多少事儿，你知道吗？"

胡雯婕疑惑地看着赵锦云，问："张家口怎么了？"

"国防部二厅厅长侯腾任命傅家俊、张之程任新成立的"华北督察室"后，这两个月，傅家俊正准备对察哈尔站改组，你舅舅可能有麻烦，你我应该马上返回张家口，助你舅舅我的恩师一臂之力，现在我已经把龙庆的潜伏组的名单拿到手，这是咱俩的资本呀！"

胡雯婕有心把名单真伪的事情告诉赵锦云，但转念一想，这有可能是赵锦云设下的一个骗局，便冷冷地说："我在龙庆还有点事情没处理完，这样吧，你先回张家口，我处理完马上就回。"

赵锦云还要说些什么，胡雯婕下了逐客令："就这样吧，我要休息了。"

赵锦云只得恋恋不舍地走出了胡雯婕的房间。

待赵锦云离开了，胡雯婕一看和老舅联系的时间到了，她打开了电台，调好了频率，带上了耳机，开始了与老舅的联系，很快老舅那边有了消息，确实和赵锦云所说的那样，华北督察室正准备对张家口站进行整顿，以配合张家口战役，但老舅在电报中也提醒她注意赵锦云的行踪，近期赵锦云与傅家俊等人联系紧密。胡雯婕把赵锦云准备回张家口的消息告诉了老舅，让老舅时刻提防着。

发完电报，胡雯婕和往常一样，倒了一杯红酒慢慢喝着，一边回味着刚才在龙王庙接头的情况，以及老舅的叮嘱。章鱼究竟是谁？她回想着与自己接触过的每一个人，都找不到答案。

夜已经很深了，公安局还在开会，县委书记吴海林在讲话："同志们，解放战争的形势飞速发展，龙庆虽然解放了，但北平和张家口还在敌人手里，据地委通报，大军即将进关，我们筹集的粮食和物资都已经准备完毕，可是龙庆的治安却出了这么大的问题，我真担心龙庆的敌特组织呀。"

张连长说："我们刚刚接到军分区的通报，龙庆县的章鱼并没有死，还在与保密局的张家口站联系。"

听了这话，在座的无不感到惊讶。孙奇峰说："现在越来越复杂了，张玉山死了，敌人还在发报，可是张玉山和叫花子又是谁杀的呢？"

吴海林突然问："李股长，你说说，这是怎么回事儿呢？"

李家庚站起身："我还没有想好，但是，我可以肯定地说，张连长所说的这个章鱼确实还活着，说不定这个人就潜伏在我们内部。"

李家庚的一席话在会场上激起了不小的浪花，大家七嘴八舌议论起来。

孙奇峰示意了一下："李股长，说话要讲证据，不要瞎猜。"

李家庚继续道："大家请想一下，为什么我们的计划敌人会提前知道呢，不是有鬼了才怪呢，所以我们要先把这个内鬼揪出来。"

贺树强补充道："我同意李股长的看法，最近一段时间，我们治安股配合侦缉股，对全县的社会面进行几次清查，没有多少有价值的线索，我们下一步将对全县的内部单位进行集中清查，同时对所有的干部进行政审。"

贺树强的话还没有说完，只见值班室的干部来到会场，和孙奇峰耳语了几句。孙奇峰说道："毛一品上吊自杀了。"

孙奇峰一听，赶紧宣布散会，带着李家庚和贺树强等人向庆和饭馆跑去。

据庆和饭馆的伙计反映，昨天下午毛一品从外面回来后，让伙计们打理生意，他就把自己关在屋里，一直到晚上也没有出来吃饭，伙计做好饭，叫了半天门，毛一品才从里面开门，伙计发现平日里喜眉笑眼的毛一品此时却一声不吭，神色也不对劲儿。最可疑的是毛一品平时很爱干净，而此时却把屋子弄得乱七八糟的，满地是烟头，伙计要帮忙收拾一下，却遭到了毛一品的斥责。伙计一气之下，就没有再理他，第二天一早，伙计感觉不对劲儿，再次来到了毛一品的屋里敲门，见敲了半天门没人理，从门缝一看，发现毛一品吊在屋子的门框上了。

庆和饭馆，李家庚再熟悉不过了，这是一个两进的四合院。前面是一排的门脸儿，后院的东西配房和南房是饭馆的雅间，第二进的东配房是饭馆的仓库，西配房是厨房，南配房则是毛一品和伙计们的居所。李家庚经常出入毛一品的后院，知道在毛一品房间的密室里有一部电台，那是他早就熟悉的，专门用来接收国民党信道的逆用电台。当他对毛一品的密室进行一番认真的搜查后，结果大大出乎他的预料。在毛一品密室的桌子底下，李家庚发现还有一个地下室，走进地下室，里面不仅藏有一部电台，而且还有金条、银圆。在放有电台的桌子上，还有一把手枪和一封信：

李股长：

当你看到这封信时，我已经离开了这个世界，虽然我不想死，但我不得不死。

几年来，承蒙你对我的信任，但你肯定不会想到，我在给你提供情报的同时，也把你们的情报提供给了别人，因为我没有办法,我的家人全在他们手里。人将死矣,其言也善,临死之前,我再向你提供一个重要情报,龙庆县的内部确实存在一个保密局人员。

看完信,李家庚的感觉大惊失色。

十三

李家庚从局长孙奇峰屋里出来,已经快半夜了,他没有丝毫的睡意,独自把自己关在斗室里,开始翻阅起档案来。刚才他把毛一品自杀前的绝命书交给局长孙奇峰时,孙奇峰看完信也大惊失色,随即叫来了公安处的张处长,张处长看完信也皱起了眉头:"看来昨天李股长说得一点不假。"随即拿起电话,向省厅做了请示。得到的答复是:宁可信其有,不可信其无。要对龙庆县的所有干部进行全面的排查,一定要查出这个内鬼。

赵梦娟进来了,提着一个饭盒:"都忙了半夜了,快吃点吧。"

李家庚从材料堆里抬起头:"先放在那儿吧,我一会儿就看完。"

赵梦娟走过去,看到李家庚正面对一张登记表发愣,她定睛一看,原来是胡雯婕的登记表,登记表上的胡雯婕甜甜地笑着,但她怎么看怎么不顺眼,赵梦娟推了一下李家庚:"想人家啦?要不要我把她给你叫来。"

李家庚吃完饭,倒了一杯水:"我说赵梦娟同志,你怎么老是跟人家过不去呢?"

不料赵梦娟一听就火了:"这事儿你得说清楚,我咋和她过不去了。股长同志,我是说,胡雯婕这个人可疑,有问题,我还想问问你呢,干吗我一提起这事儿你就起急呢?你的阶级立场哪里去了?"

李家庚"咣"的一声,把饭盒扔在了一旁,走出了房间。

赵梦娟见此情景,不再言语了,过了一会儿,竟然哭了起来,捂着脸跑出了房间。

其实，凭着职业的敏感，李家庚早就对胡雯婕产生了怀疑，只不过是他不想更多的人知道罢了。平心而论，刚开始的时候，李家庚对胡雯婕的印象是蛮好的，可以说是近乎完美。胡雯婕聪明漂亮，特别是那双会说话的大眼睛，很讨自己喜欢。她的职业也让李家庚羡慕不已，自己虽然在公安局工作，但是常年在枪林弹雨中生活，认识的字并不多，特别是审问起犯人来，有很多字都不会写，让他十分的苦恼。自打遇到胡雯婕之后，李家庚看到了希望，特别是胡雯婕说让自己讲战斗故事，给自己补习文化课的时候，他高兴的好几天没睡好觉。随后的日子里，自己搜肠刮肚地给胡雯婕讲战斗故事，而胡雯婕也不含糊，接长不短地给他补习文化课，那段时间，李家庚感觉自己好像明白了好多事情。通过那段时间的接触，李家庚也隐隐约约感觉，胡雯婕对自己好像有点意思。但随着认识的加深，李家庚渐渐感觉到，胡雯婕所做的一切好像有点假，有点装，在胡雯婕伤感的背后隐藏着另一张脸，这个胡雯婕太不简单了。强烈的好奇心驱使他对胡雯婕的一切十分关心，他甚至开始对她秘密进行了调查。胡雯婕却好像泥鳅一样，李家庚无法抓到她的把柄，上次张玉山被杀的时候，李家庚第一时间想到了，张玉山等人死在了胡雯婕家附近，当自己和赵梦娟来到胡雯婕的家，李家庚就发现胡雯婕表现出的是表面的镇静，只不过大大咧咧的赵梦娟没有发现而已。

赵梦娟回到了家，看到父亲赵县长正在看书，便赌气坐在了方桌前。

母亲端着饭菜走了进来，看到赵梦娟脸上有不悦之色，赶忙喊道："老头子，快来看看，谁欺负咱们宝贝闺女啦。"

赵县长放下书，看了看赵梦娟，笑道："又和李家庚生气啦。"

赵梦娟嘟着嘴说："我才不稀罕他呢。"

母亲放好碗筷，用酒嗉子给父亲斟好酒。赵梦娟突然把酒盅抢了过来："我也喝一杯。"说着率先把酒干了，然后又满了一盅。于是赵梦娟和父亲一边喝着酒，一边和父亲聊着单位的一些趣事。父亲赵金强是个近50岁的男人，早年在县大队当政委，龙庆县解放后，当了副县长，最近发了不少福。他虽然在单位表现得很严肃，但回到家中,面对自己的老婆孩子,也不免露出一丝微笑,看到女儿高兴的样子,他把筷子一放,点了一支烟,笑眯眯地问:"梦娟,家庚最近忙什么呢?"

赵梦娟见到父亲高兴了,便卖着关子:"不告诉你。"

赵金强笑道:"你不说我也知道,他在整天忙着抓特务呢。"

母亲无不担心地说:"你们说这龙庆怎么了,都解放这么长时间了,怎么就这么不安定。"

梦娟和父亲对视一眼,道:"放心吧,我听我们局长说,快了,有眉目了。"

父亲又点了一支烟,意味深长地说:"是呀,也真难为他们了,一个侯在山和一个张玉山都把龙庆搅得不得安定。"

"爸,对了,家庚说,死的那个张玉山是假的。不是章鱼。"

听了这话,赵金强的脸色又有些阴郁了,他不停地抽着烟,呛得母亲直咳嗽:"老赵,你就少抽两口吧,我们都跟着你受罪。"当她看到赵金强不悦的神色,马上笑了笑,对梦娟说:"梦娟,等有时间了,你把家庚带回家里坐坐,你们俩都老大不小的了。"

赵梦娟撇了撇嘴:"还不知道咋样呢?他整天忙着呢。"

母亲见梦娟有些不好意思,便推了推赵金强:"老赵,你们打游击的时候,我就看出来了,家庚是个好孩子。现在进城了,安定了,你给找人撮合一下这件事,不能让孩子们老等着。"

赵金强看了老伴儿一眼:"这事我都和他们局长说三次了。他也满应满许了,而且听孙奇峰同志讲,公安局准备推荐他当副局长,等这件事有了结论了,再做他的工作,这个你就不用操心了。"

"可李家庚现在都被那个胡雯婕迷住了,每天连魂儿都没了。"

母亲一听顿时急了:"老赵,哪个胡雯婕呀?这个你得过问一下,不能让咱们丫头吃亏。"

赵金强呵呵一笑:"这个胡雯婕呢,是龙庆完小的老师,人模样长得不错,很有学问,我听文教办的同志说,表现还不错,正准备把她调到县里工作呢。"

母亲一愣:"别是个狐狸精吧,说不定还是个女特务呢,这个你们得掌掌眼，别让她把家庚勾引走了。"母亲想了想，又说："不过呢，梦娟，当娘的也说你两句，别一天到晚佯风诈冒，有些事情我和你爸能出面，有些事情还得靠你自己，俗语说得好，一个巴掌拍不响，这两个人搞对象呀，就不能太矫情了，得相互随和着。"

"妈……"赵梦娟扶着母亲的肩膀撒着娇。

赵金强笑道："这个你放心吧，我心里有谱。来来来，吃饭，一会儿我还有事儿。"想了想，他又对女儿说："胡雯婕已经和学校请假，到张家口去了。"

赵梦娟听了这话，不由得一怔："爸，张家口现在可是敌占区呀。"

赵金强冲着女儿笑了笑："胡雯婕姥爷病了，咱们共产党总得讲究一下人情吧。再者说了，龙庆完小是个私立学校，咱们管的也不能忒宽了。"

赵梦娟点了点头，又不可思议地摇了摇头。

十四

一切都那么熟悉，潺潺流淌的清水河，霸气十足的德王府，堡子里、大境门，那是她学习和玩耍的地方，也埋藏了她少女纯真的梦想，一切都显得那么熟悉，又那么陌生。

张家口早已有了一丝冷意，身着少校军衔的李云芳来到了谷子庙街的保密局张家口站外，此时的张家口站早已经今非昔比了，出出入入的很多面孔她都不熟悉，北平城被包围三个月了，大家都在为即将到来的大战做着最后的准备。

李云芳本打算直接到保密局去找赵锦云算账的，但是理智提醒了她，这样进去等于飞蛾扑火，于是，李云芳把最要好的朋友丽萍约到了一个小饭馆："丽萍，咱俩的关系最好，你能告诉我，我舅舅是怎么受的伤吗？"

丽萍想了想，说道："这段时间，李副站长每天都陪着张文蔚站长到城防司令部，和城防司令孙兰峰研究城防。前天晚上李副站长从警备司令部出来后，没有回张家口站就直接回家，结果李副站长刚下车，就被别人从暗地里开枪打中了左腿。"

听了这话，李云芳的心在流血。好久她才忍住抽泣："我离开张家口一段时间了，你能判断出，是谁加害我舅舅吗？"

丽萍摇了摇头，又点了点头："一定是赵锦云那个兔崽子干的。"

李云芳疑惑道："我舅舅是他的恩师呀，他为啥要加害我舅？"

丽萍想了想说："前几天，赵锦云从龙庆回来后，经常带着一帮人去喝酒，有一次他喝醉了，说你舅舅手里有一份平绥纵队潜伏小组的名单，他准备拿着这份名单到北平去找热察特别站站长李英献宝。"

李云芳判断，这份名单目前一定还在舅舅手里，要不然赵锦云非下毒手不可。这个消息必须迅速告诉老舅，让他认清赵锦云的狼子野心，但是现在自己还不能暴露，一旦让张文蔚站长和赵锦云知道她私自回张家口，反而不好了。想到这儿，李云芳问："我不方便去医院，你帮我打听一下，我舅啥时能出院。"

丽萍爽快地答应了。一连三天，李云芳住在朋友家里，如坐针毡，白天连街门都不敢出，生怕被赵锦云等人发现行踪。直到第三天晚上，丽萍终于带来了好消息，李汉忠出院了。

保密局察哈尔站副站长李汉忠的家是一个独立的四合院，门口原来有一名卫兵。自打发生枪击案后，又增加了一名。直到夜深人静了，李云芳猜想探视的客人一定都走光了，才从暗处走了出来，向家门走去。

"什么人，站住。"卫兵大声喝道，并拉动了枪栓。

"我，云芳。"李云芳不紧不慢地说到。

"小姐。"其中一个卫兵认出了李云芳，恭恭敬敬向她敬了一个礼。

"小姐回来啦，太太，太太，小姐回来了。"佣人张妈欣喜地喊了起来。

李云芳来不及和张妈打招呼，赶忙跑进了李汉忠的寝室。只见李汉忠正歪在床上，戴着一副老花镜看着报纸，腿上缠满了绷带。李云芳一进屋再也憋不住，扑到李汉忠的床上哭了起来。

李汉忠见到李云芳后，放下手中的报纸，笑道："你哭啥，作为军人哪有不受伤的。"

李云芳仔细看过李汉忠的伤势，突然杏目圆睁，她拔出了手枪就要往外闯："我去杀了这个狗东西。"

李汉忠道："你去杀谁？"

李云芳咬牙切齿地说："赵锦云。"

"你凭啥说是赵锦云下的手。这件事情警察局和张文蔚正在派人调查，你就别管了，好啦，你既然回来了，就在家好好陪陪我两天。"

李云芳拿了个小凳坐在李汉忠的床边，一边削着苹果，一边笑着向李汉忠汇报了自己在龙庆的情况。但听着听着，李汉忠便皱起了眉头："云芳，我怎么发现你在替共党宣传，你是不是被赤化了？"

李云芳安慰道："舅舅，您就放心吧，无论咋样，我都是您的外甥女呀，我怎么会被他们赤化呢。我在想，张家口肯定是守不住了，我这是在替您着想啊。"

"够了。"李汉忠把吃了半截的苹果扔在了一旁："这是在家中说这种话，如果在张家口站，我会停你的职的。"停了停，他又说："连委座都认为'共军在华北地区难以对国民党军主力形成真正的威胁。'更何况我们采取的是"依城野战"的防御方式，城防工事固若金汤，坚守三个月不成问题，再者，傅长官也不可坐视张家口失守而不管的。云芳呀，你出去这三个月，张家口的城防又坚固了许多。就是退一万步讲，北平和张家口都失守了，毛局长已经给咱们安排好了退路。"

李云芳眼圈有些湿润了，她没想到李汉忠这么顽固，但转念一想，现在时局变化得太快了，真的让人难以预料，更何况舅舅受"三民主义"熏陶这么多年。目前看样子劝不动舅舅转变思想，但舅舅目前的处境确实不怎么好，张文蔚对舅舅已经不再像以前那样信任，说不定哪天会对舅舅下手，前两天的枪击案不是很好的证明吗！

想到这儿，她笑了笑："我相信舅舅。"

李汉忠自信地笑了笑："云芳，现在人心叵测，对谁都不可全信，也不能不信，我知道，张家口站有人在做我的文章，但是你要相信舅舅的能力。他们不敢把我怎么样，至于那个赵锦云还嫩了点。"

李云芳将信将疑地看着李汉忠："老舅。我听说，赵锦云和北平的李英联系挺密切的，您可要小心了。"

李汉忠笑道："卖主求荣的东西，他一直在打察绥纵队的主意。前几天，赵锦云从龙庆回来后，就千方百计地向我打听察绥纵队名单的情况，实话告诉你，察绥纵队就是察南以及察北六县的潜伏小组，其余几个县的名单一直在我手里，他休想得到，幸亏前几天你提醒，他拿到的那份名单是假的。"

"那您可要把名单藏好了，千万别落在赵锦云的手里。"

李汉忠摸着李云芳的秀发呵呵一笑："放心吧，这份名单我不说，谁也找不到的，名单是咱们爷俩的护身符，一旦我发生意外，我最担心的是你。"

李云芳的泪水又下来了："舅舅，实在不行咱们投共吧！"

"混账话，我追随委座那么多年，手上沾满了共党的血，他们能饶过我吗？"

为了掩人耳目，李云芳白天躲在闺房里闭门不出，晚上陪李汉忠说话唠嗑。这几天她想了很多很多，但想的最多的是如何能确保李汉忠的安全，她曾想再和李汉忠谈谈，商量一下投共的事情。但当她看到李汉忠对党国无比忠诚，恨不得杀身成仁的样子，便犹豫了。

这天晚上，天气有些凉爽，李汉忠提出要到院子走走。李云芳怎么劝也劝不住，便搀扶着李汉忠走出了房间，可就在李汉忠刚刚走到大门口，突然传来一声枪响，李汉忠便栽倒在地上，李云芳抱着李汉忠大声喊了起来："舅舅，舅舅，你怎么了。"卫兵听到枪声后，立刻赶了过来，帮着把李汉忠抬进了屋里。

李汉忠满嘴冒着血，颤巍巍地说："云芳，看来他们是不会饶过我的。你赶快到我的办公室拿上潜伏小组的名单，带着你舅妈离开张家口吧，走得越远越好。"

看到昔日疼爱自己的舅舅连续被暗算，李云芳眼中充满怒火，她拔出了手枪，想冲出去为舅舅报仇，但自己的腿被人抱住了，定睛一看，是舅妈。

"云芳，听你舅舅的话吧，咱们斗不过他们的。"

李云芳一想，也是，如果现在去找赵锦云报仇，自己单枪匹马一定会吃亏，不如先……

李云芳安顿好舅妈等人，悄声来到了保密局张家口站。凭着熟悉的道路，李云芳进入了保密局张家口站，她四下看了看，直奔二楼，用钥匙打开了李汉忠的房间，拿到了潜伏小组的名单。就在她刚要出门的时候，忽然自己的后背被枪口顶住了。

"李云芳，我在这里等你多时了。"赵锦云出现在她的面前。

"你。"李云芳怒不可遏地看着赵锦云。

"云芳，这么晚了，到单位干什么？"

"我来取药，我舅舅被一个白眼狼给害了，我来取药给他疗伤。"

"呵呵，取药，我看是来取潜伏计划的吧，举起手来。"赵锦云黑洞洞的枪口指着李云芳。

李云芳见赵锦云不肯放过自己，便莞尔一笑："真的，你连我也不信吗？不信你看。"说着她晃了晃手中的药瓶。

赵锦云放下了枪："云芳，跟我走吧。咱们别在张家口待了，到北平去。"

李云芳故作惊奇地说："到北平去，咱们去做什么？去献宝？"

"热察省特别站的李英已经答应了我，如果能提供察绥纵队的潜伏名单，他就给我个副组长干干。"

"要去你自己去吧，反正我不去。"

"那你把名单和潜伏计划给我，要不咱们做个交换，我出十根金条。"

李云芳想了想："锦云，我问你一件事情，你要如实告诉我。是不是你在暗地里向我老舅你的老师下的黑手。"

"云芳，你要相信我，我怎么会干那种事儿呢！一定是有人栽赃陷害，陷害。"停了停，他又说："云芳，反正李老师他已经那样了，咱们就……"

"住嘴，你终于说实话了，你个人面兽心的东西，我舅千辛万苦培养你，你却对他三番两次下毒手，你还是人吗，早晚要遭到报应的。"

赵锦云突然一阵奸笑："李云芳，是我干的又怎么样，今天你还能跑吗？放聪明点儿，好好和我合作，如果胆敢反抗，就别怪老子不讲情面。"

赵锦云的话刚说完，他"哎哟"一声倒在了地上，只见他的后背插着一把匕首。

丽萍出现在李云芳的面前，李云芳掏出手枪准备结果赵锦云的狗命。丽萍说："快走，再不走就来不及了。"说着拉起李云芳出了保密局张家口站，消失在夜空中。当两个人走出老远，才听到保密局的方向响起急促的警报声。

十五

张家口之行，使胡雯婕对保密局彻底绝望了，她厌倦了保密局内部的钩心斗角和尔虞我诈，更对那些失去人性的特务充满了敌意，特别是眼见着舅舅中弹倒在自己的怀中却不能相救。她产生了仇恨，可以说，舅舅为了党国奋斗了一辈子，可最后的结局呢？这种仇恨是对保密局的，同时也是对她自己的，每每想起自己的所作所为，她渐渐有一种罪恶感。不仅如此，她的心中还有淡淡的失望，就是对老舅的所作所为无法理解，既然赵锦云三番两次地暗杀自己，老舅为什么还对保密局心存侥幸呢，胡雯婕攥着舅舅留下的潜伏名单，泪水涌了出来。

胡雯婕本打算把那份罪恶的名单烧了，但当她仔细研究完这本厚厚的花名册，又感觉到了事情的重大。这是一份察哈尔省和绥远十个县的特务潜伏名单，按照甲乙丙丁戊己庚辛壬癸的顺序排列，一共是五百名潜伏人员，唯有龙庆县的名单是空白的，一旦把龙庆县的潜伏名单搞到手，这可是一支不可小视的潜伏力量。也可以说，这份名单决定着五百人的死活。怪不得老舅把它当成了自己的护身符，难怪赵锦云对这份名单觊觎这么久，而且不择手段地把老舅杀害了。

现在老舅已经死了，看样子张家口也不保了，今后自己的出路在哪里呢？胡雯婕绞尽脑汁琢磨自己今后的路，陡然，她想到了这份名单，既然保密局和共产党都想得到这份名单，自己为何不把它交给共产党呢，这将是一份不错的厚礼。这个念头只是一闪就熄灭了，共产党能饶过自己吗？接着，胡雯婕又想到了李家庚，凭着女人的直觉，胡雯婕明显感觉出，李家庚很喜欢自己，可一旦知道自己在保密局做的那些事儿，也不会饶过自己的。胡雯婕把自己关在屋里哭了整整一天，最后擦干泪水，把名单藏了起来。

回到老家杨树沟后，她每天帮助母亲做些家务，以此缓解心中的怨恨。

这天早上，村长带着李校长来了，李校长的手里还拎着两包点心："雯婕呀，你的家可好难找呀！"

胡雯婕一看顿时脸红了："实在对不起您，我一连气歇了这么长时间。"

几个人寒暄已毕，李校长笑着说："我今天来，一是来看你。二是昨天县文教办来电话了，让你写一份材料。"

胡雯婕听后立刻警觉起来："文教办让我写材料，啥材料呢？"

"你把到张家口的经过全写清楚，不能向组织隐瞒。"李校长嘿嘿一笑。

听了这话，胡雯婕感觉到天旋地转，她暗自寻思，是不是自己暴露了，还是哪点让他们产生怀疑了，如果真是这样的话，还是逃命要紧。

不料，李校长却哈哈笑道："雯婕呀，你可为咱们龙庆完小争光了，你要调到县里工作去啦！"

听了这话，胡雯婕悬着的一颗心终于落地了，她笑了笑："李校长，不会吧，怎么可能呢。我连老师都当不好，怎么能调到县里工作呢？"

李校长贴在胡雯婕的耳边说:"听说是赵县长推荐的你。"停了停,李校长又兴奋地说:"雯婕,你还不知道吧,张家口已经解放了,现在解放军已经把北平包围了,北平也要解放了。"

胡雯婕成为了县文教办的一名干部,每天的工作不是很忙,主要是跟着组织全县的一些文化活动。一个月下来,她几乎把老舅的事情忘记得差不多了。

这天下午,张主任把胡雯婕叫进了办公室,她进屋一看,县长赵金强也在,顿时有些紧张,自己虽然上次在医院里见过赵金强,但这么近距离和他坐在一起,还是第一次,胡雯婕忐忑不安地看了看赵县长,不知道说什么好,尴尬地站在了一旁。

张主任悄声对胡雯婕说:"雯婕呀,你知道吗,你到文教办来工作,是赵县长安排的,你还不赶紧感谢赵县长。"

"多谢赵县长!"胡雯婕冲着赵金强深深地鞠了个躬,感激地看着赵县长。

赵金强欣赏地看着胡雯婕,微笑道:"小胡同志,你坐呀。"

"我……我……"她不知道赵金强找自己的真正目的,便坐在了一旁的椅子上。

赵金强点了一支烟,笑眯眯地看着胡雯婕:"小胡同志,你对这个工作还满意吧!"

还没等胡雯婕说话,张主任就抢着说道:"胡雯婕同志自打到文教办工作以来,可积极了,大家的反响很强烈呀,都说她热情,助人为乐。"

赵金强支走了张主任,又端详了一会儿胡雯婕,半晌才说:"小胡同志,今天我找你,是想和你说点私事。"

胡雯婕心中一愣:"私事?"

赵金强笑道:"我是梦娟的父亲,她经常提起过你,说你不仅长得好看,也挺有文化的。"

胡雯婕不好意思地笑了笑:"我哪有梦娟姐好。"

赵金强关切地问:"小胡同志,有对象了吧?"

听了这话,胡雯婕立刻感觉到了无形的压力,但她还是说出了实话:"工作要紧,我还没考虑呢。"

赵金强笑眯眯说:"哦,我听梦娟说过,你好像对他们单位的李家庚也很熟悉吧!"

胡雯婕如梦初醒,她猜想,一定是赵梦娟在赵金强面前说了自己和李家庚的坏话,如果真是那样的话,自己和李家庚的事情肯定就黄了,想到这,她的脸霎时变得通红。

"我,我。"胡雯婕干张嘴,说不出话来,她下意识地拿起暖水瓶给赵金强满水,不料一时手忙脚乱,一下把赵金强的茶杯弄翻在地上,茶水顷刻洒了一桌子,茶杯也滚落到了地上,她赶忙弯腰去捡。赵金强先她一步,把茶杯捡了起来。就在这时,胡雯婕惊呆了,她发现赵金强右手臂上有一个月牙儿的红痣。但此时她已经顾不得多想,赶忙找来抹布,把桌子上的水擦干净。

待重新给赵金强满好水,胡雯婕才坐在了凳子上,心怦怦跳个不停,她再也不敢去看赵金强。

赵金强重新坐好,一边安慰着胡雯婕,一边点燃一支烟,慢慢地吸着。

大概赵金强看出了胡雯婕的心思,没有再多说什么,只是说了几句鼓励她好好工作的话,便起身告辞了。

自打见到赵金强后,胡雯婕忐忑不安,说得更准确一点,是在矛盾和煎熬中度过的。张家口已经解放了,国民党大势已去,自己虽然正式参加工作了,同事对自己的印象也还不错,但北平还没有解放,她不知道保密局察哈尔站那些人的下落,一旦这些人落到共产党手里,把自己供出来,那就惨了。这么想后,一股冷气"嗖嗖"地从脑后冒了出来,她感觉好像有一柄利剑始终悬在她的头上,不知道哪天会落下来。事到如今,她真后悔当初自己为什么要加入国民党,要加入保密局呢?既然赵金强是章鱼,赵金强也一定知道自己的真实身份,可赵金强是怎么混到共产党内部的呢,又是如何伪装的呢,胡雯婕不得而知。

胡雯婕左思右想也理不出头绪,索性倒在床上用被子蒙住了自己的头。"砰砰砰",有人在敲门。一长两短,是秃老六,他怎么来了,胡雯婕顿时吓得魂飞天外。她有心不去开门,但敲门声再次响起。胡雯婕不得不打开了宿舍的门。

秃老六带着一身冷气窜了进来。

"你怎么找到这儿来了。"

"我也不想来呀,我约了你三次,都见不到你,我只能来这儿了。"秃老六两只绿豆眼在室内搜寻着,当看到有两个馒头时,不由分说,拿起来就吃,边吃边说:"可给我饿坏了。"

胡雯婕诧异地看着秃老六:"你从哪儿来?"

秃老六边吃边说:"张家口。"

听了这话,胡雯婕心中一沉:"张家口?"

"我和赵锦云把张玉山干掉后,就去了张家口,可没过几天,张家口也丢了,我原打算跟着张文蔚他们回北平,没想到他妈的,这帮小子早跑的没影了,多亏我跑得快,要不然也被共军俘虏了。"

胡雯婕暗自惊喜,看来秃老六还不知道自己回张家口的事情。想到这儿,胡雯婕问:"老六,你找我有啥事情。"

秃老六点了一根烟说:"组长,是赵锦云派我回来的,他说你手上有一份潜伏计划,让我来取。"

胡雯婕一怔,但很快镇定下来:"我没有名单,那是他想象出来的。老六,姐求你一件事情行吗?"

秃老六奇怪地看着胡雯婕,好久才说:"组长,你说。"

"我从来就不是你的组长,姐不对你起戒心,现在的形势你都看见了,张家口已经落到共党手里,北平也快了,我想你我应该为今后着想一下,说实在的,这么多年,我对保密局厌倦了,我想去投诚,你放过姐吧,姐会记你一辈子好的。"胡雯婕一下给秃老六跪下了。

老六犹豫了一下:"姐,你说的不假,可我拿不到名单,赵锦云能饶得了我吗?姐,你把名单给我吧,我保证再也不来找你了。"

胡雯婕想了想:"好吧,姐这两天挺忙的,过两天吧,到时候我通知你。"

十六

胡雯婕到县文教办工作后，变得格外的勤快，每天上班前，她都把办公室打扫得干干净净，然后打好开水，等待着同事们的到来，下班后又是最后一个离开办公室。用张主任的话讲，毕竟自己是光棍一条，每天吃住在单位，多干点工作对自己的前途有好处。而胡雯婕则认为，用自己辛勤的汗水去洗刷昔日的耻辱，自己以前毕竟做了很多对不起共产党的事情，甚至可以这样说，自己是一个罪人。她准备等工作干出了成绩，在合适的机会，向李家庚说明一切，求得他的原谅。

这天早上，胡雯婕又一大早起床，准备到办公室去打扫卫生。当她打开房门，猛地发现地上有一封信。看样子不知道是谁昨天晚上塞进她门缝的。胡雯婕打开一看，脑袋顿时大了。只见信上只有短短几个字：

星期六下午，城北龙王庙见面。

落款是章鱼。

胡雯婕慌慌张张地走出宿舍，前后左右看了看，然后关好了门，又把门插好，仔细地回忆着昨天晚上院内发生的一切。不对呀？昨天自己除了下班后到商店买了点儿生活用品外，晚饭后根本就没有出门呀。是不是看门的老孙头送的信，也不像呀，她越发感觉到蹊跷，但也理不出个头绪。不管怎样，既然秃老六能够找到她，章鱼能找到她，就说明有很多人的眼睛在盯着她这里，说不定哪一天，李家庚就能带人来抓她，想到这儿，胡雯婕浑身上下起了一层鸡皮疙瘩。

对，一定要找李家庚聊聊，一来探探他对自己投诚的态度，二来自己确实想李家庚了，她曾不止一次地幻想着，一旦李家庚娶了自己，就等于有了靠山，到那时即便是查到自己的头上，李家庚也会偏向自己的。中午，她给李家庚打了一个电话，约他见个面，说有点事情向他请教，李家庚很爽快就答应了。

下班后，胡雯婕认真地打扮了一番，浅浅地化了淡妆，又从箱子底下找到了那瓶特殊的香水，喷了几下，兴冲冲地来到约定的餐馆。

李家庚按时来了，他的脸上略显得疲惫，胡子也没来得及刮。见到胡雯婕后，脸上露出了兴奋之色："其实我早就知道你到县里工作了，这下好了，你可以有用武之地了。"

胡雯婕淡淡地一笑："我刚到机关工作，有很多事情都弄不明白，以后我拜你为师，你要多教我。"

李家庚说："没问题，其实在机关工作和你原来在完小工作一样，只不过原来你是老师，面对的都是小学生，现在呢，面对的全是大人了。"

两个人边说边笑，点了几个菜，胡雯婕又要了半斤酒。她满好两盅酒，端起了一杯，笑道："家庚，咱俩好久没见了，喝了这杯。"说着一饮而尽。李家庚也把酒盅的酒喝尽，满好了酒，端起了酒杯："雯婕，到县里工作习惯吗？"

胡雯婕点了点头："还好吧，大家对我都挺好的，这半个月我学到了不少东西。"李家庚点了点头，和胡雯婕碰了碰酒盅，一饮而尽。

胡雯婕笑了笑："瞧，光说我了，你那里咋样？最近忙吗？"

李家庚笑了笑："还是老样子。"

"那天在我们家附近的杀人案破了吗，那天可把我吓坏了。"

李家庚没有言语，只是催促着："来，吃菜，这些菜是专门给你点的。"

看到李家庚没有反应，胡雯婕感觉十分委屈，她偷看了一眼李家庚，当看到他一脸正气的样子，不免又多了几分爱恋，和这样的男人生活一辈子，是自己的福分。她轻声咳嗽了一下："李大股长，人家问你话呢？"

李家庚停住了夹菜："我说雯婕，公安局有很多规矩，很多的事情是不方便，也不能说的。"

胡雯婕自知讨了个没趣儿，也不再说话，埋头吃起菜来，内心仍在想如何打破眼前的僵局。少顷，她梳理了一下自己的情绪，冲着李家庚甜甜的一笑："家庚，咱们认识快半年了吧。"

李家庚停下了筷子："嗯，三个半月了。"

胡雯婕又甜甜地笑了笑，向前凑了凑："这三个月，你对我有啥感受？"

"我感觉你这个人，有文化，热情，懂事，不像别的女孩子那样，老气横秋的。"

胡雯婕又甜甜地笑了笑，凑到李家庚面前，软绵绵地说道："我和梦娟姐相比呢？咋样。"

听了这话，李家庚不好意思地笑了笑："你们俩咋比呢。她呀，就是个马大哈。"

胡雯婕一看有门，又笑着追问了一句："那你喜欢我不？"

李家庚一看实在绕不过去了，笑着说："这……喜欢。"

胡雯婕站起身，绕过桌子，来到李家庚面前，亲了李家庚脸颊一下，然后依偎在李家庚的胸前。李家庚渐渐闻到了一种奇特的香味儿，再看此时的胡雯婕简直貌若天仙，他感到自己的心在狂跳，下身也开始蠢蠢欲动，但他很快抑制住了自己的感情，开始给自己贸然的激情降温。胡雯婕分明感受到了这一点，她想借此机会把自己的身子给了李家庚，等生米做成熟饭，李家庚再想反悔也来不及了，想到这，她用高耸的胸脯不停地顶着李家庚，并用手摸着李家庚的脸，撒娇道："家庚，我妈想见见你。"

李家庚掏出一根烟点燃，默默地冷却着自己的感情，他在为自己刚才的行径感到可耻，他慢慢说道："这件事等我和我爹娘说一下再说，好吗？"胡雯婕端起酒盅和李家庚碰了一下："好好，我等着你的好消息。"然后把酒喝掉。

两个人吃完饭，出了饭馆刚走几步。胡雯婕便一个趔趄倒在了地上。李家庚吓得赶忙去扶她。胡雯婕站起身，不好意思地说："脚崴了。"她扶着墙试着走了几步，一拐一瘸的。李家庚一看胡雯婕实在走不了了，赶忙俯下身子："来，我背你。"

胡雯婕趴在了李家庚的背上，一下子搂住了他的脖子。好在这儿里县文教办不远，又是在晚上。李家庚背着胡雯婕回到她的宿舍，已经气喘吁吁了。回到宿舍,李家庚帮胡雯婕脱掉了袜子,看到她的脚踝已经肿了,他试着用手摸了摸,胡雯婕疼得尖叫起来,弄得他不知如何是好:"要么我带你去医院吧。"

胡雯婕抱着他的腰说:"没事儿的,过两天就好了,你不是说过嘛,干革命就不能太娇气了。"李家庚不好意思地点了点头:"实在对不起啊,明天我再来看你啊。"他又安慰了几句,离开了胡雯婕的宿舍。

李家庚离开胡雯婕的宿舍后,胡雯婕竟然笑了起来,笑得是那样开心,她在为自己的得意之作感到高兴,自己虽然脚扭伤了,但她认为这样值得,她甚至想象出自己和李家庚结婚时的景象。对,一定要证明给李家庚看,自己是真心投诚的,正在重新做人。

想到这儿,她找出一张报纸认真看了看,开始剪裁,然后用单个汉字拼出来一个情报,这个情报是她刚从电台中监听到的。

十七

李家庚从胡雯婕那里出来后,回到县公安局,和贺树强又一头扎进了档案堆里,认真翻看着敌伪档案,想从那里面找出蛛丝马迹来。

孙奇峰局长推门走了进来,十分神秘地说:"家庚,有一件事情你要马上去落实。"说着把一封信交给了李家庚。

李家庚打开信一看,信是用报纸上的字剪裁后贴成的:侯在山等人明天准备袭击五区的区公所。他认真翻看了几遍信纸,满腹狐疑:这是什么人干的,还害怕别人认出她的笔迹。便问道:"局长,要不要先查一下这封信的来历,辨别一下真伪。"

孙奇峰笑呵呵地说:"信的真伪固然需要去查,但时间已经来不及了,等把信的真伪查清了再去剿匪,黄花菜早就凉了,这样吧,咱们宁可信其有,不可信其无,我已经通知了县武委会,你带领咱们公安队配合他们行动,这次绝不能让侯在山跑了。"

贺树强笑道:"局长,要么我和家庚一块去。"

孙奇峰笑道:"这次行动,以军分区和武委会为主,咱们是配合。贺树强你还有另外的任务。"

贺树强吐了下舌头:"你小子又捡了个便宜。"

"我这就去办。"李家庚转身要走。却被孙奇峰叫了回来:"你身上怎么有这么大的香味儿,是谁的?赵梦娟?"

李家庚的脸顿时红了,拿起了枪走了出去,边走边说:"等明天我告诉您。"

区公所坐落在王家堡边上,是个不大的院子。在区公所西面不远处,就是支前物资的仓库,不仅有几十万斤公粮,还有大车队和担架等物品,仓库外面拉着铁丝网,不远处便是通往县城的盘山马路,马路的对面是一个树林,下面是个深沟;在区公所北面有一个几十米的小山包,山虽不高,但对区公所和仓库进行袭击,后果不堪设想。而区公所和仓库的防卫力量只有十来个民兵。

李家庚和武委会的张排长观察完地形后,简单一商量,决定把队伍一分为二,张排长带领武委会的一个排负责小山包的警戒,李家庚带着公安队的一个班负责仓库的警戒。为了不暴露目标,所有人员除了白天流动放哨外,其余人员全部集中在区公所休息,晚上再进行埋伏。

天阴冷阴冷的,整整一个下午,区公所对面的公路上很少有人经过,只有几辆运粮食的小驴车从此经过。到了晚上,居然飘起了雪花,战士们紧裹着大衣趴在冰天雪地里,艰难地等待着。但直到天亮,也没见到土匪的踪迹。

第二天一早,雪还在下,张排长找到了李家庚:"李股长,咱这样等也不是办法呀,战士们都冻病了,到时候怎么剿匪。"李家庚拍了拍张排长的肩膀:"李排长,这个侯在山是有名的土匪头子,鬼点子很多,前两次被咱们打怕了,没有把握,他是不会轻易行动的,现在咱们只有等了。"

李家庚和张排长正在屋里研究着敌情,忽然看到对面马路上过来两辆小驴车,赶车的都穿着白茬皮袄,戴着皮帽子,车上装得鼓鼓囊囊的,他便拿起望远镜观察,看着看着,不由得笑了:"侯在山来了。"

两辆车在仓库附近突然停了下来,赶车的人下了车,向仓库这边张望了一会儿，忽然向旁边的树林走去。

两个人刚走几步，仓库巡逻的区小队的两个战士突然走了过来："站住，你们是干什么的？"

两个赶车的男人赶忙指着旁边的树林说："大军，我们内急，实在憋不住了，要在这里解个手。"

两个战士打量了一番赶车的男人："不行，这里是军事禁区，不能进去。"

赶车的人又是作揖又是说好话，但战士们仍然拦住不放。

张排长走了过来，简单地问了一下情况，然后笑着说："咱们解放军怎么能跟老百姓耍态度呢！"

两个赶车的满脸堆着笑："就是嘛，大军就是爱护老百姓呀！"说着走进了树林。

过了好半天，这两个男人才从树林里出来。当走到张排长面前时，其中一个男人指着区公所说："这是啥地方？"

张排长说："区公所。"

赶车人问："这里距离青龙县城还有多远？"

张排长说："六十里路。"

赶车人又仰天看了看："哎呀，这么远呢！又下这么大的雪，长官，我和您打听一下，这附近有没有大车店，俺俩今天住一晚上，明天再去青龙县城赶集。"

张排长向县城的方向指了指："您再向前三里路，有一个大车店，可以住宿。"

两个男人向战士道过谢后，赶着马车走了。待马车走远后，李家庚走了过来，和张排长两人哈哈大笑起来。李家庚道："刚才那两个人撒尿的时候，我就认出来了，这就是侯在山，今天晚上他们一定来。"

傍晚时分，雪越下越大，不足两个小时，足有半尺来厚。李家庚等人埋伏在仓库外，不敢有一丝大意。到了后半夜，他感觉到树林的方向有一丝响动。举目望去，工夫不大，只见几个人影向仓库的方向摸来，来人摸索着过了马路，很快接近了仓库。

"什么人？站住。"仓库里突然射出十来道手电光，照亮了来人。

来人正是侯在山和张二楞等人。匪徒们看中了埋伏，立刻脱掉了皮大衣，亮出了冲锋枪，向仓库扫射了过来，手电光顿时灭了，李家庚带领队员们奋起进行还击。

霎时，小山村外响起了激烈的枪声。

侯在山带着匪徒们边射击边向仓库冲锋，妄图冲进仓库院内，而李家庚带领战士越战越勇，不时传出匪徒们中弹后的惨叫声。

战斗进行了半个多小时，侯在山见无法进入仓库院子，便边打边向仓库后面的小山包撤去，结果刚走不远，就被冲出的战士打了回来。天光渐渐放亮，偷袭的匪徒全都暴露在雪地之中，战士们借助掩体，把侯在山等人团团围住。侯在山和张二楞看着带来的土匪一个个倒下，后悔不迭，当看到确实无法突出重围时，只得用手枪自杀。

十八

中午刚上班，赵梦娟来到了李家庚的办公室，笑着说："我妈说了，今天晚上，要你到我家吃个饭。"

李家庚冷冷地看了她一眼："我没时间。晚上我还有事儿？"

赵梦娟近乎央求道："我妈都说了好几次了，你就给我这个面子吧！"

李家庚冷冷地看着赵梦娟："今天晚上不行，我真的有事。"

赵梦娟哀求说："家庚，我妈都说了好几次了，你就给我这个面子吧！算我求你好了，你别这么折磨我，好不？"

李家庚笑道："谁折磨你啦？今天晚上我真的有事，局长晚上要开会，说是要研究案子，这是真的，不信你问问局长去。"

赵梦娟的眼泪一下下来了："那好，李股长，既然你公事公办，我找局长去。"说着摔门而去。

李家庚有些自我嘲地笑了笑，摊开稿纸，拿起了蘸水笔，从王家堡剿匪回来后，孙奇峰局长要求他写一份破案报告，这下把李家庚愁住了，平常抓人破案无论有多难，他都不在乎，而要动起笔墨来，他还真有点发怵，他想起了胡雯婕。如果自己和胡雯婕结婚了，真像雯婕说得那样，就能文武双全了。他这样心猿意马地想着，思路始终理不清，写了半页后感觉不满意，赌气撕了，团成一团扔在了地上。

局长孙奇峰推门走了进来，看到了地上的废纸，又看了看冥思苦想的李家庚，拉来了一把椅子坐定，掏出了烟发给了李家庚一支，自己也点上了："家庚呀，材料写的咋样了。"

李家庚苦笑了一下："局长，您还是饶了我吧，我肚里没有墨水，文化水平低，您还是让秘书股的同志写吧。"

孙奇峰呵呵一笑："这次咱们一下打死了六个土匪，战果赫赫呀，地委还要奖励咱们呢！可是这材料一定要写好喽。"停了停他又扫了一眼档案室："梦娟呢？让她写呀，她不是内勤吗？"

"她在大办公室呢。"李家庚不加思索地说。说完这话，他感觉局长这个时候来找他，肯定跟赵梦娟有关。

果不其然，孙奇峰首先说了一些单位的事情，无非是最近破了哪些案子，全县目前的土改进展情况，最后才笑眯眯地问："家庚呀，你们俩的事儿进展到啥程度了？"

李家庚明知故问道："谁俩。"

孙奇峰笑道："好小子，你别揣着明白装着糊涂，你和赵梦娟，赵县长问了我好几次了。"

李家庚的脸色一下子阴郁下来了："我俩能有什么事儿。"

孙奇峰立时被噎住了："怎么，你们俩吵架了？李家庚同志，这我可要批评你几句了，咱们男子汉要有个肚量，这个搞对象呀，千万不能搞大男子主义，再说梦娟的爸爸是县领导，你怎么得给人家留点面子呀。对你来讲，这也是终身受益的，你想呀，我们把你的任命报到县政府了，这个时候你千万不能给我掉链子。"

"局长，不是这么回事儿？我跟她真的不合适。"

孙奇峰急了："那是怎么回事，你当了英雄就翘尾巴啦。那你相中谁了，说出来我听听。"说完，孙奇峰哼了一声。

好久，李家庚才从敌伪档案里抽出了一本，递给了孙奇峰，然后喃喃地说："局长，我向您检讨。"

孙奇峰接过档案打开后，慢慢看着，看着看着，孙奇峰的心不禁紧缩了一下。这是一本被战火烧的残缺不全的敌伪政府档案。上面的一句话引起了他的注意："据在共匪卧底的赵报告，他们刚刚在龙庆山开完会议，准备5月23日向县城进攻……"孙奇峰看到这里，不禁倒吸一口凉气。因为他清清楚楚记得，那天开会的时候，只有三个人，分别是：县委书记吴海林、县大队的赵金强，还有自己。半晌，孙奇峰才低沉着说："如果赵金强有问题，那么龙庆县城解放前五名县大队队员牺牲很可能是他告的密。"停了停，他又问："你在暗中调查赵县长？为什么不向我请示？"

"我，我只是怀疑，在没有拿到证据以前，我不想让任何人知道。"

孙奇峰沉思了片刻："家庚，此事关系重大，你不能自作主张，要等我向吴书记汇报再说。"

"这，我担心……"李家庚噎住了。

"你要相信组织，记住这件事情在没有被批准以前，必须停止对赵金强同志的调查。"孙奇峰见李家庚面有难色，笑道："李家庚，我给你一项新的任务。"

李家庚惊奇地问："啥任务？"

孙奇峰笑道："去赵县长家，赴宴。"

李家庚一听，顿时惊住了，但仔细一想，又笑了。

傍晚时分，李家庚穿了一身崭新的衣服，提着两包点心和两瓶酒，在局长孙奇峰的陪伴下，走进了赵金强的家门，让赵金强一家人喜出望外。

赵金强笑呵呵地拉着孙奇峰的手说："本来是家庭聚会，没想到把您给惊动了。"

孙奇峰指着李家庚呵呵地笑着："这小子打仗、抓特务是把好手，可是相对象却面皮儿薄，磨不开面，还得我亲自出面。"

梦娟妈看着李家庚的一副窘态，乐得合不拢嘴。

最高兴的莫过于赵梦娟了，中午她和李家庚呛了两句，自己落了个没趣，本以为这件事黄了呢，没想到没过多长时间，李家庚就来找她,先是道了歉,又说今天晚上一定去。赵梦娟的脸这才阴转晴,并趁着李家庚不注意,亲了他一口,请了假回家准备去了。毕竟是李家庚第一次到自己家去,菜做的一定要丰盛一点,她还专门买了李家庚最喜欢的老白干酒,然后帮助妈做了个最高级的"八八席"——九个凉碟,八个小碗、八个大碗。但她万没想到的是局长孙奇峰会来。

酒席摆上之后,赵金强和孙奇峰等人落座。赵梦娟给大家满好酒,赵金强端起酒盅呵呵一笑:"今天呢,一来欢迎孙奇峰同志,我们是出生入死的战友;二来呢欢迎家庚同志。"

孙奇峰赶忙纠正:"赵县长,您说错啦,今天你们是家庭聚会,我只是来讨杯喜酒喝的。"

赵金强赶忙说:"今天是私人聚会,我也不是什么县长,你也不是局长,来,喝酒。"说着一饮而尽。

一家人边喝边聊,不知不觉,两瓶白酒喝完了,赵金强和孙奇峰都有了几分醉意,两个人回忆起当年打游击的往事。孙奇峰道:"我们能在这里喝酒,说来真不易呀,想当初,敌人把我们追到了山沟里,没吃的,没喝的,还有很多同志都牺牲了,那些国民党太可恶了。"

赵金强的脸红成了猪肝色,点了一支烟:"是呀,那时候,县大队和公安局就和一家人似的,我缴获的战利品分给你,你缴获的战利品分给我。"

孙奇峰说:"老赵,你还记得不,有一次你到县城执行侦查任务,一个礼拜后,你带回来好多战利品,我们公安局饱吃了一顿,可算解馋了。"

听了这话,赵金强脸上的眉毛一挑,但很快又谈笑风生了。

赵金强略微的变化没有逃出李家庚的眼睛,他端起酒杯笑道:"赵县长,您那时候在县大队当政委,经常乔装去侦查,无论是多难搞的情报,您手到擒来,我一直很佩服您,来我敬您一盅。"

孙奇峰喝住了李家庚:"孩子,怎么说话呢,以后你得叫赵县长爸爸才对。"

李家庚的脸顿时红得像绸子。

几杯酒下肚,赵梦娟早已满面桃红,再加上红色的毛衣,更显得俊俏了几分，她心里正美滋滋地想着好事，突然见到了李家庚面有难色，赶忙站起身，端起了酒盅："爸，孙叔叔，我们俩敬老前辈一盅。"

李家庚见赵梦娟为自己解了围，冲着她淡淡一笑，也赶忙站起，把酒喝掉。

饭后，孙奇峰和赵金强喝茶闲聊。李家庚跟随赵梦娟来到了她的房间，一进门，赵梦娟醉眼蒙眬地望着李家庚，她渴望得到李家庚的亲吻，但等了半天，见李家庚无动于衷，便扑进了李家庚的怀里，一边不顾一切地狂吻着，一边捶打着李家庚的前胸，并嗔怪着："傻瓜，一点也不理解人家的心，人家想死你了。"

李家庚被赵梦娟突然的举动吓懵了，他本想拒绝赵梦娟，但很快被她的激情点燃，两个人紧紧抱在了一起。待激情过去，李家庚发现赵梦娟早已经是泪水涟涟，他掏出手绢递了过去。赵梦娟又深情地吻了一下李家庚的面颊，破涕为笑："来，试试合身不。"赵梦娟说着拿出了刚刚织好的红毛衣，看着他换好，左右端详了一阵儿，满意地点了点头："人靠衣裳马靠鞍，穿这身更显得精神了。"

"咱们出去走走吧。"

赵梦娟无不高兴地说："好呀。"说着拉着李家庚出了自己的房间。对屋里的人说："爸妈、孙叔叔，我和家庚出去逛逛。"

母亲摸了摸赵梦娟的脸蛋，笑道："都那么大丫头了，还没羞没臊，疯疯癫癫的，穿暖和点。"

赵梦娟在妈的脸上又亲了亲，拉着李家庚出了门。

李家庚跟着赵梦娟在大街上漫无目的地走了半天，一句话也没说，引得赵梦娟不高兴了，她用胳膊挽住李家庚的胳膊："傻瓜，咱们就这么干走着呀。"

李家庚抽出了自己的胳膊，点了一根烟，慢慢吸着，他不敢把自己的猜测告诉赵梦娟，怕她接受不了这严酷的现实。

"我有点冷，你抱抱我好吗。"赵梦娟停住了脚步，靠在了李家庚的胸前。

李家庚扶着赵梦娟的双肩，轻声问道："梦娟，告诉我，你爸妈对你怎么样？"说完这话，他竟有些后悔了。

赵梦娟诧异地望着李家庚，又摸了摸他的脑门儿不依不饶起来："李家庚，你今天是怎么啦，中午就开始闹驴脾气，现在倒好，又问起我的父母来了，我问你，你想干什么？"

"我，我是想，你的父母都在身边，你爸还是县长，我又是外地的，将来住哪儿？"李家庚一看赵梦娟真的生气了，担心把事情弄砸，赶紧编起了瞎话。

听了这话，赵梦娟顿时高兴起来："我爸说了，将来你当了副局长，县里就给你分房子了。"

李家庚看着赵梦娟得意扬扬的样子，心里却万分地苦恼，他暗自寻思：梦娟呀梦娟，如果你知道你父亲的历史，你还能高兴起来吗？

十九

就在胡雯婕紧锣密鼓为投诚做着准备的时候，突然，一封信把她的周密击得粉碎。

这天半夜，胡雯婕正休息，忽然听到窗外有轻轻的脚步声，她本能地轻声下地，来到了窗前。透过玻璃窗，只见窗外月光下，有一个蒙面人正悄悄向这边走来。蒙面人的身材和赵金强差不多。胡雯婕心中纳闷：这么晚了，他来干什么？

只见蒙面人来到近前。从衣兜掏出一样东西，从门缝塞了进来，紧接着轻轻敲了一下房门，快步离开了。

胡雯婕又观察了一小会儿，确信安全后，从门缝里拿出纸条，打开一看，大惊失色，只见上面写着：你如果胆敢叛变党国，将会有灭门之灾。落款：章鱼。

看罢纸条，胡雯婕吓得几乎瘫倒在地上。怎么办？看来保密局是不会放过自己的，自己的死倒没什么，但如果把亲生父母都连累，那自己还叫人吗？想着仍在深山区靠种地生活的父母，胡雯婕心如刀绞，但她又不甘心就这样任由别人的宰割，可面对章鱼的苦苦相逼，自己暂时又没有更好的办法。

胡雯婕足足想了一夜，才想出了这样一个主意。以和章鱼接头为借口，杀了他，然后向李家庚亮明身份，把名单交给李家庚。

第二天一早，李家庚正在翻阅档案，突然接到了胡雯婕的电话，说有事情要和自己说。李家庚没来得及多想，赶忙来到了城外的小树林。

李家庚刚到树林，就看到胡雯婕在心神不定地来回走着。走到近前，才发现她的脸色是那样惨白，好像几天没睡觉似的："雯婕，你这是咋了？怎么成了这副模样，怪吓人的。"

胡雯婕好像头一次认识李家庚似的："你是李家庚吗？龙庆县公安局的侦缉股长。"

听了这话，李家庚一愣："雯婕，你今天是咋了。你急急忙忙地找我，有啥事？"

胡雯婕低着头，用手使劲揪着自己胸前的头发，半晌才抬起头来，已经是满脸的眼泪："家庚，有件事情，我想了好久，也憋了好久，想和你说。"

"啥事儿，你说吧。"

"这……"胡雯婕欲言又止，不停地流着眼泪。

李家庚料想胡雯婕一定有重要事情要对自己说，但又难以启齿，便严肃地说："雯婕同志，我们接触也不是一天两天了，你有什么难事都可以跟我说，咱俩一块儿想办法，行不。"

胡雯婕点了点头，又摇了摇头，终于哭出了声："晚了，一切都晚了。"

李家庚一下拽住了胡雯婕："你如果相信我，就说出来，就是天大的事情，咱俩一起去面对。"

"那你跟我走吧，咱俩从此浪迹天涯，你敢吗？"胡雯婕恨恨地说道。

"雯婕，这究竟是怎么回事儿，你能告诉我吗？"说这话的时候，李家庚已经证实了自己的判断，胡雯婕果然有问题。他本能地向腰间摸去，但出来太突然，他没有手铐，更没有带枪。

胡雯婕蹲在地上哭了："你不用害怕，我也不会跑的。"

李家庚没有说话，他也不想说什么，严酷的现实摆在了那里，但是他不知道胡雯婕的问题有多么严重。

"你不是想知道上次那封信是谁写的吗，我告诉你，那是我写的，你不是想知道察绥纵队的情况吗，我都知道，我全告诉你。"

李家庚的头"嗡"的一声，他简直不敢相信，这个柔弱的女子居然是个彻头彻尾的特务，他不知道自己该怎么做是好，赶忙点了一支烟，深吸了两口，才平息住自己的情绪："胡雯婕，省公安局已经命令，所有的特务人员应立即投案自首进行登记，交出武器和组织证件，凡是真诚悔改者，政府给予宽大，要是能够戴罪立功，协助人民政府破获案件者，政府给予奖励。你能认识到自己的罪行，这很好，你又帮助政府破获了侯在山敌特案，我想政府会宽大你的。"

胡雯婕满眼含泪看着李家庚："我多么想跟你一起走进婚姻的殿堂呀，可是我没那个福分，让我最后叫你一声亲爱的吧。"说完转身要跑。

"胡雯婕，你站住，虽然你犯了罪，只要你能自首，政府会宽大你的，你要顽固不化，将是死路一条。"

胡雯婕跑了两步，突然停了下来，慢慢转过了身："我，我听你的，我去自首。"说完，发疯了一样跑远了。

李家庚一看，紧追不放。

已经是万籁寂静的深夜，龙庆县委大院，只有县委书记吴海林室内的灯光还亮着。

吴海林正戴着老花镜，认真看着关于龙庆县干部审查的报告，看着看着，吴海林的眉宇间渐渐拧成了一个大疙瘩。他放下了文件，点了一支烟，问道："奇峰，你给我交一个实底儿，你们对赵金强的调查究竟掺杂着个人的感情因素没有。"

孙奇峰认真地说："吴书记，我可以用自己的党性担保，我们对任何一个人的调查都是有充分依据的，根本不会掺杂着个人的感情，从情理上看，赵金强同志在解放前是咱县大队的政委，为革命确实做了不少工作，可是经过我们的调查，他确实可疑。您还记得咱们进城前遭到敌人袭击的情况吗？"

吴海林惊奇道："怎么不记得，那天晚上，咱们一次就牺牲了五个同志，如果不是你的提醒，咱们的县委会就让敌人给端了。"

孙奇峰从卷宗里掏出了那本敌伪时期的档案，翻了几页，递给了吴海林："吴书记，您看这个。"

吴海林戴好老花镜，拿起了卷宗，认真看了起来，刚看了几眼，就勃然大怒，把卷宗摔在了办公桌上："怎么会这样，怎么会这样。"

孙奇峰看着在室内来回走动的吴海林，也不知如何是好。

吴海林停住了脚步，点了一支烟，问道："你们到张家口调查，查到什么重要线索没有？"

孙奇峰道："我们派李家庚等人到张家口市查阅了国民党时期的档案，没有发现关于咱们县这方面的情况。"

吴海林想了想，说道："我们刚刚接到省委的通报，东野和华野已经全面展开了平津战役，现在张家口和天津都已经解放了。我军已经把傅作义团团包围在北平。为了北平这座古城免于遭受战火，我军正在动员傅作义缴械投降，可以说北平的解放也指日可待了。"说到这里，吴海林想了想又说："现在地委的领导也忙着北平的解放这件事情，这个时候不能干扰地委领导的工作，这样吧，你马上派几个可靠的同志，密切监视他的行动，必要的时候，可以先逮捕他。另外，你们要对材料进一步核实，我们既不冤枉一个好同志，也决不能放过一个敌人，不管他的职位有多高。"

孙奇峰敬了一个礼，出去了。

吴海林掐灭香烟，伸了一个懒腰，熄灭了灯，准备休息。

一个黑影儿蹑手蹑脚地来到了吴海林的门外，他侧耳听了听屋内的动静，掏出了一把闪亮的匕首，插进了门缝里，准备拨弄门的插棍。拨了几下，吴海林的房门打开了。

黑衣人刚想进入屋内，忽然听到走廊传来警卫班战士严厉的声音："什么人？"黑影转身一看，一个哨兵正端着长枪指向自己，他一猫腰，随手把匕首投向哨兵。哨兵发出了一声惨叫，倒在了地上，就在他倒在地上的一瞬间，开枪报了警。

黑影从腰中掏出了手枪，就要冲进吴海林的房间，这时候，警卫班的战士冲了过来。

吴海林听到了院内的动静,也提着手枪冲出了房间。

黑影见势不妙,朝着吴海林的房间胡乱打了两枪,一转身借着夜色逃走了。

二十

按照约定,胡雯婕老早就只身一人来到了王庄村外。为了不引起别人的注意,胡雯婕把自己打扮成了一个农村妇女。

破庙距离王庄村还有一里多路,为了稳重起见,胡雯婕来到村子附近,仔细观察了一阵儿,感觉确实没有问题时,才缓步向大庙走去。这次,胡雯婕是下了决心的,如果赵金强确实是章鱼,胡雯婕将他除掉,永绝后患。

她走进大庙,才发现大庙的院子确实很大,她在大庙里面转了一圈儿,没有发现接头人,刚要转身离去,忽然听到了背后传来了沙哑的声音:"水仙,李云芳,果然是你,举起手来。"胡雯婕背后又被枪顶住了,只得乖乖举起了手。紧接着,有一双手在她的前胸后背摸了一遍,当对方发现她没有带武器后,才命令她转过了身。

胡雯婕转过身,发现一个乞丐正站在自己的面前,先是不由得一愣,定睛一看才认出来,此人经过精心打扮,正是赵金强。赵金强收起了手枪,冷笑道:"我们终于见面了,没想到吧。"

胡雯婕注视着赵金强片刻,冷冷地说:"我不认识你,我也不是什么水仙。"

"可我认识你呀,塔势如涌出,孤高耸天宫。"赵金强念完了这两句诗,凝眉深思了一下:"对不起小姐,我把后面的忘了,你能告诉我吗?"听了这话,胡雯婕心中一怔,这正是老舅当初留给自己与章鱼接头的暗号,看来赵金强果真是章鱼。

"誓将挂冠去,觉道资无穷。"胡雯婕说出了这首诗的最后两句。

赵金强笑了笑:"这下你放心了吧,我就是章鱼。"

胡雯婕也摘掉了围巾，不怀好意地笑道："赵金强，共产党的副县长，章鱼，是呀，我到龙庆已经半年了，你不觉得现在见面晚了吗？现在张家口已经落到了共产党手里，北平也快了。"

赵金强一屁股坐在了台阶上："是呀，李云芳，想想你今后怎么办吧，向共产党投诚？"

胡雯婕反唇相讥道："你昨天晚上不是已经向我下战书了吗？"

赵金强的脸色顿时难看起来，好半天才说："聪明，你是知道的，干我们这行的，开弓没有回头箭呀！你以为向共产党投诚，他们就会饶过你吗？不会的。"赵金强说着摇着头。

胡雯婕道："看来咱们得另选良策了？"

赵金强长叹一口气："侯在山和张二楞已经死了，现在知道你我身份的人已经很少了。"

胡雯婕道："他们是怎么死的？"

赵金强不紧不慢地说："被李家庚他们打死的，他们是为了掩护你我，才为党国殉职的，当然了，这里面也有你的功劳。"

听到这个消息，胡雯婕内心有些惊喜，但随之而来的就是一种担忧，从说话的口气看，看来这个赵金强是不会放过自己的，胡雯婕想到这儿，看着赵金强愤愤地说："那么下一个死的该是我了。"

赵金强笑道："你放心，现在咱俩是一条船上，我是不会出卖你的，咱俩必须同舟共济。现在你明白我的良苦用心了吧，张家口解放后，李家庚已经派人到张家口调查过你，这说明什么。说明他们已经不信任你了，说不定他们已经知道了你胡雯婕就是李云芳，我才把你弄到了文教办，保护起来的。"

胡雯婕把最近的事情冷静地考虑了一遍，开口问道："章鱼，能告诉我吗，你是怎么潜伏下来的呢，又是怎么混到他们内部的呢？"

赵金强点了一支烟，若有所思地说道："这还要感谢你的舅舅李汉忠。抗战期间，我在龙庆游击大队的时候，有一次到县城搞情报，不料被军统局的人抓到，对，就在毛一品的庆和饭馆，我经不住他们的严刑拷打和美色诱惑，那时你的舅舅就在龙庆，我就投靠了你舅舅，这件事情只有你舅舅一个人知道。他给我安排了潜伏的任务，让我长期潜伏。"

听了这些，胡雯婕才恍然大悟，但她对很多事情还是不解，便问道："那你为什么又变成章鱼了呢？"

赵金强没有回答胡雯婕的问题，点了一支烟，继续道："我的代号之所以叫章鱼，一是当时的县长叫张玉山，他也在布置潜伏人员，只不过他布置的潜伏人员全是当时的还乡团，我把这个情况向你舅舅汇报后，他密令我在此基础上继续开花，部署潜伏力量。二是张玉山一旦暴露了，我们还可以丢卒保车，掩人耳目。好了，我都给你讲完了，你把名单给我吧。"

"这……"在胡雯婕看来，赵金强是章鱼不假，但他目前是共产党的县长，张家口已经解放，北平的解放也指日可待，他放着共产党的县长不做，而去追随一个即将垮掉的政府，这可能吗？他一定会在得到名单后，就把自己干掉。这样一来，龙庆就没有任何人知道赵金强的底细了，他也可以在龙庆高枕无忧了。想到这儿，胡雯婕打了一个寒战，但她随即满脸堆笑说道："我来的比较匆忙，真的没带名单，下次吧，下次接头的时候我交给您，反正您也知道我在哪儿工作。"胡雯婕说着用眼睛的余光看了一下四周的环境，她料想赵金强不会善罢甘休的，必须尽快脱身。

赵金强猛然掏出了匕首，架在了胡雯婕的脖子上，冷笑道："李云芳，别给我开玩笑了，把名单交出来吧。"

胡雯婕大声说："我说过，我今天真的没带名单。"

"不带名单，那你为什么来给我接头。"赵金强说着一只手拿着匕首，另一只手翻剥开了胡雯婕的外衣，搜索着名单。

就在赵金强的手刚刚伸进胡雯婕内衣的时候，一个身影突然出现在赵金强的背后，用枪牢牢顶住了他："章鱼，不，赵县长，你终于露面了。"紧接着，从大殿里又走出了一个人。

胡雯婕一眼认出，来人竟然是赵锦云和秃老六，不由得一愣，原本以为能从赵金强手中逃脱，没想到赵锦云和秃老六也出现在这里。

赵金强的手从胡雯婕的前胸拿出，干笑了两下："你是谁？"

赵锦云从赵金强的衣兜里搜出了手枪，在手里掂了掂："我是红鲤鱼，保密局张家口副站长兼察绥纵队队长赵锦云，章鱼，你没想到吧！"说着他从赵金强的衣兜里搜出了假的花名册，扫了一眼，然后用手掂了掂："章鱼，没想到吧，云芳，咱们走。"

胡雯婕想了想，没有挪动脚步，而是冷冷地看着赵锦云，她不明白赵锦云是如何找到这里来的。

赵锦云冲着胡雯婕笑了笑："云芳，跟我走吧，咱们去北平，不，去南京，你在这里迟早会暴露的，到那时候，共产党是不会放过你的。"

胡雯婕横眉立目地看着赵锦云："赵锦云，你这个恶魔。"说着挣脱着要去撕扯他。

谁也没有料到，赵金强突然掏出了隐藏的另一把手枪，冲着赵锦云和秃老六连开两枪，秃老六当场倒在地上断了气，赵锦云躲闪不及，子弹正中他的前胸，他倒在地上，掏枪刚要反抗，赵金强上前一脚，踢掉了他手中的枪，然后踩在了他的前胸上，赵锦云发出了一声惨叫。

枪声和惨叫声划过冬季的天空，令人毛骨悚然。赵金强冷笑道："今天你们两个人谁也跑不掉，杀掉了你们，从今往后，龙庆就没人知道我。哈哈。"说完他得意地笑着，掏出了匕首冲了过来。

听了这话，胡雯婕不知从哪里来了那么大的力气，冲了上去和赵金强扭打在一起。正在这时，门外传来了一声枪响。赵金强和胡雯婕定睛一看，顿时吓呆了，原来李家庚正气喘吁吁地站在了面前。

原来李家庚没有追到胡雯婕，料想她不会跑远，便带人搜查了胡雯婕的宿舍。结果不仅搜出了袖珍电台，而且起获了电池和密码本，另外在桌子上还有一件刚刚织好的红毛衣。在场的文教办的干部谁也不会想到，昔日漂亮勤奋好学的胡雯婕竟然是个女特务。

李家庚派人在胡雯婕的宿舍蹲守，又带着全局的干部和公安队员在全城开展了清查，折腾了一夜，也没有发现胡雯婕的踪迹。正在这时，他得到报告，在城东王庄附近有枪声。孙奇峰局长听后顿时急了，赶忙打电话向吴海林书记报告情况，同时向人武部通报情况，请求增援。

赵金强见到李家庚，知道到自己已经无法脱身了，狗急跳墙，一把抓过了胡雯婕，用匕首抵住了胡雯婕的脖子，另一只手用枪瞄准了李家庚:"李家庚,你来得正好,今天你们谁也跑不了。"

李家庚厉声喝道:"章鱼,今天你跑不了了,放下武器。"

赵金强歇斯底里地喊着:"李家庚,今天咱们不是鱼死就是网破。"说着用枪指点着李家庚,随时都要扣动扳机。

胡雯婕大声喊着:"章鱼,不要杀家庚,要杀你杀我好了,我早就该死。"说完她哭泣了起来。

"爸。"赵梦娟带着人冲了进来,声嘶力竭地喊着:"这究竟是怎回事,是怎么回事呀,你快松手呀!"她想跑过来,却被孙奇峰和贺树强牢牢抓住了。

孙奇峰摇着头叹息道:"真没想到呀,你会是章鱼。赵金强,眼前你唯一的出路就是,放下武器。"

赵金强冷笑道:"孙奇峰,大概你还不知道吧,这个人就是张家口的谍报之花,李云芳。"

孙奇峰听后更是感到意外,他直视着胡雯婕:"你是李云芳。"

胡雯婕一脸愧色地点点头:"我对不起政府。"

"爸,你把枪放下,爸。"赵梦娟呜呜地哭出了声。

赵金强无奈地冷笑道:"放下武器,你们能饶过我吗?死去的那些战士能饶过我吗?梦娟,爸对不起你了。"说着流出来几滴眼泪。

胡雯婕感觉到赵金强的手在颤抖,急中生智,突然一蹲身子,转身用足了力气向赵金强撞去,飞起一脚,踢飞了赵金强手中的匕首,但赵金强的枪响了,胡雯婕"啊"的一声倒在了地上,就在赵金强要开第二枪的刹那,李家庚的枪响了。

赵金强一声惨叫,倒在地上,枪也扔出老远。

残阳如血,胡雯婕浑身是血倒在地上,由于失血过多,脸色异常惨白,鲜血已经把雪都染红了。她见到李家庚向自己走来,嘴角先是蠕动一下,艰难地笑了笑,断断续续地说:"李股长,潜伏小组的名单都在我的宿舍,还有杨树沟我家地窖里,还存着一箱手榴弹,我这算不算自首,另外还有我给你织的毛衣……"

李家庚感觉自己的心都要碎了,他点了点头,弯腰擦去了胡雯婕嘴角的血迹,抱着胡雯婕,一步一步向前走去……

终极博弈

瓷娃娃王丽颖

王丽颖是个典型的北方女孩，一米六五的个头儿，长得跟面团儿似的，瓜子脸，柳叶眉，一笑两个酒窝儿，特别是一双会说话的大眼睛散发着无穷的魅力，难怪在学生时代同学们都称她"瓷娃娃"。王丽颖不仅漂亮，身材也好，而且所在学校的牌子也很亮——省重点财会院校。

王丽颖如期毕业了，虽说是重点院校，人又长得漂亮，但王丽颖在找工作上却是一波三折。其实早在王丽颖还没有毕业的时候，父母就开始紧锣密鼓地为她张罗着，先是托了十多个同学好友，但都没有结果。后来在高人的点化下，才明白过来，敢情光靠红嘴白牙和哥们儿友情不灵呀，得动真格的才行。当他们听说卫生局要招人，赶忙四下运作，还给人事局的马局长送了五万块钱。王丽颖的父母满以为王丽颖的工作肯定就板上钉钉了，但不料公布录取通知的时候，里面竟然没有王丽颖。丽颖的父母当时差点没背过气去，那可是五万块钱呢！这对于王丽颖的父母来讲，无疑是巨大的伤害，一家人两年的血汗钱就这样打水漂儿了。

随后的日子里，王丽颖尽管参加了十几次人才洽谈会，投递了几十次个人简历，甚至还远赴北京，参加了人才招聘会，但是仍没有找到理想的工作。最后，王丽颖按照公司简介，选择了一家据说收入还不错的民营公司。王丽颖参加工作不久就发现，该公司简介和实际情况有着天壤之别，这家公司的老板不地道，涉嫌买卖增值税发票，王丽颖顿时吓出了一身冷汗，于是没过多长时间便辞职不干了。辞职后的王丽颖无所事事，每天待在家里靠上QQ聊天打发无聊时光。眼看着同学们都找到了工作，有的已经结婚生了孩子，而自己至今却连工作都没有着落。

她虽然是个80后的女孩子，但毕竟还不是啃老族，看到父母每天起早贪黑地忙着挣钱，自己却待在家里无所事事，她心里很不是滋味儿。当她得知卓美制药招工的消息后，立刻从网上查了卓美制药的相关信息，并打印了厚厚一本资料，还着实认认真真地复习了一个礼拜，那简直比高考还用功。

面试那天，王丽颖刻意地打扮了一下自己。因为她知道，现在女孩子找工作光凭文凭是远远不够的，需要的是各方面能力，现在的大学毕业生简直多如牛毛，而像样儿的工作却没几个。经历过几次的挫折后，王丽颖冷静了许多，也清醒了许多，当今的大学生不都是这样吗？再试一次吧！俗话说"有枣没枣打三竿"，万一呢！

当王丽颖走进气派的卓美大厦的那一刻，她仿佛找到了自己的归宿。

卓美大厦位于台山市的开发区，虽然位置比较偏僻，但是却成为了台山市独特的一景，13层的办公大楼在台山虽然不是最高的，但是在开发区里已经是鹤立鸡群了。特别是到了晚上，卓美大厦顶上巨大的霓虹灯在台山市的夜空格外醒目。

面试是在卓美制药的大会议室进行的，招工指标虽然只有20个，但前来面试的足有300之众。为了赶早儿排队，王丽颖连早饭都没来得及吃，眼看到中午了，嘴里发黏，但又不敢走开，她只得看着一个个人进去面试，盼着能叫到自己。

那位系着丝质领带的员工又出来喊了下一批面试的名字，王丽颖竖起耳朵终于听到了自己的名字，心中不免有几分忐忑，她赶忙掏出唇膏照着小镜子简单涂了几下，怯生生地走进了面试室。

面试席前端坐着两男一女，那个女的大概是秘书之类的，在记录着什么。

王丽颖毕恭毕敬地把自己的资料递了过去，不安地四处打量了一番。

面试官是个40多岁的男人，文质彬彬的，头发梳得整整齐齐，带着一副金丝边眼镜，给人一种精干的感觉。

"了解我们公司吗？"面试官看着王丽颖冷冷地问道。

王丽颖半个屁股坐在凳子上，红着脸说："了解一点儿，卓美制药是本市最大的一家制药企业，有员工2000人，主要生产中成药和生物药剂。"

中年男人放下简历，一下子被眼前的姑娘吸引住了。只见王丽颖有着高挑的身材，瓜子形的脸细嫩而又白亮，长长的凤眼垂着，有一种独特的气质，密密的睫毛覆在那两轮弦月上，略带着桃红的脸蛋上有两个豌豆大小的酒窝，而嘴角儿一颗浅浅的美人痣更添了三分妩媚。紫红色的圆领衫箍在她那细长的脖子上，衬得圆润的下巴颏儿更加洁莹透明，给人以梦幻般的感觉。瀑布般的长发披在左肩，微微咧着的嘴里吐出半点红杏舌，勾弄着那飘到左颊上不多的几丝乌发，有点像电视台做化妆品广告的女孩，有着80后女孩儿典型的特征。

中年男人稳了稳神，开始按部就班地提问，王丽颖则不卑不亢，微笑着一一作答。不知是由于王丽颖出众的回答吸引了中年男人，还是王丽颖的气质打动了他。中年男人点点头，拿起王丽颖的简历，端详了一会儿，接着问道："卓美制药最高的追求是什么？"

"最高追求，最高追求，是……"王丽颖这几天就一直在研究卓美制药的有关资料，资料上没有写这些，但又不好意思说出来，她面色有些绯红，心想：完了，这下肯定又没戏了。

中年男人道："卓美制药最高追求就写在卓美大厦大堂正面的屏风上，好了，对你的面试结束。好，下一个。"

王丽颖悻悻地站起身，转身要走，但一抬眼看到地上散落着一张面试表，大概是谁面试完落下的，便弯腰捡起放到案头上，向面试官鞠了一个躬，走出了考场。

王丽颖感觉自己找工作无望，便约了好姐妹武秀菊和李梅，骑着电动车来到了解放路，一头钻进了夜逍遥歌厅，疯狂地蹦了两个小时迪，直跳得通身是汗，随后又和她们狂饮了两大杯扎啤，直到半夜才回到家中。她一觉睡到第二天日上三竿，才迷迷糊糊醒来。

一连几天，王丽颖都是在等待的煎熬中度过的。直到第三天一早，王丽颖才接到短信通知：王丽颖，你已被我公司录取，请于三日内到公司人事部报到。

看到这个消息，王丽颖简直不敢相信自己的眼睛，难道好运就这么无声无息地降临在了自己的头上吗？简直爽到家了。

她立刻抱着母亲亲了一口，说道："我找到工作了！"然后高兴地跳了起来。

母亲也被王丽颖的情绪感染了，一连问了几句："先别发疯了，告诉妈，是哪个单位？我也高兴高兴！"

"是卓美制药！"王丽颖兴奋地说。

父亲不知什么时候走了进来，不无担心地说："卓美制药是个不错的单位，但也是个民营公司呀！"

"民营公司怎么啦？卓美制药比我原来的公司强多了，最起码是个正儿八经的单位，是台山市最牛的企业，据说还是咱市的利税大户呢。"

"阿弥陀佛。"父亲长出了一口气。

遭遇爆炸案

雨是从傍晚开始下的，而且越下越大，不一会儿，就变成了滂沱大雨，且雷电轰鸣。

此时，朱亚军正在小心翼翼地接近祥云宾馆。

那是一座三层楼的宾馆。两年前，香港凯龙投资集团准备在青龙市投资建设一个五星级大饭店，剪彩仪式可谓是搞得轰轰烈烈，省里、市里的领导来了不少，省电视台还做了专门报道。但这座五星级大饭店刚刚挖好了地基就停了下来，因为投资方的资金链发生了断裂。眼看一年过去了，五星级酒店还停留在图纸上，投资方还在为资金的事情四处奔走，但施工方的一个小公司却沉不住气了，一个劲儿地要钱，弄得投资方只能四处躲债。在这个大雨滂沱的夜晚，一个背着双肩包的男子潜进了甲方代表租住的祥云宾馆，双肩背包里装的不是别的，是一大包炸药。

市公安局接到报案后，局长李向南亲自带着特警大队、刑侦大队赶到了现场。行动是在夜间，且下着瓢泼大雨，为了不让罪犯发觉，十几辆警车悄悄地把这个三层楼包围了。

这里虽然不是闹市区，但毕竟是涉及爆炸的严重事件，一旦发生爆炸，后果不堪设想。

谈判专家、狙击手已经各就各位。谈判的专家去了，但不一会儿又回来了。

据谈判专家介绍，原来宾馆里有30多个客人，听说有人要搞爆炸，便四散而逃。在甲方包租的三楼办公室，一共有4个人，1个是甲方项目部经理，另外还有3个人是经理的亲戚，他们在房间里玩麻将时，案犯破门而入，把他们全堵在了屋里。

"说一下案犯的情况。"李向南急切地问道。

刑侦大队大队长陈卫国介绍道："案犯是清河镇的，叫王大亮，据王大亮讲，他的目的很简单，只是追要100万工程款，如果给钱就把人放了，如果不给钱的话，就鱼死网破，反正他已经活不下去了。这个王大亮是个亡命徒，自小就爱打架，是一个二进宫的主儿，2009年8月24日晚上在大排档吃饭时，因为结账与服务员发生了纠纷，王大亮用啤酒瓶将摊主打成重伤，被判了3年。王大亮2011年出狱后，先是在农贸市场练摊儿，3年赚了几十万元，后来听说要建五星级酒店，感觉有利可图，便召集一帮外地民工拼凑了一个施工队，承包了土建工程，本打算赚上一笔，没承想赶上甲方资金链断了。为了组建施工队，王大亮购买设备连同疏通关系，已经投进去了300多万元。"

李向南问:"王大亮的情绪怎么样?"

陈卫国说:"王大亮现在控制了甲方的副经理,已经抱定了念头,要么拿钱来,要么把楼炸了,谁也别想活。"

李向南焦急地问:"和甲方联系上了吗?"

"我和市政府联系过了,这个凯龙投资集团说白了就是一个空壳公司,总经理叫梁艺芳,据说是从英国留学回来的,她的干爹是香港人何大力,她 2011 年在香港注册了凯龙投资公司,注册资金一个亿。2013 年台山市的王副市长在一次去香港招商时认识了梁艺芳,经过几次谈判,才敲定这个项目。"

"哦",李向南不时点着头,"和梁艺芳联系上了没有?"

"据市政府办公厅的同志讲,梁艺芳的手机这两天就一直关着,据说她正在北京运作资金。"

"唉,这么大一个工程,联系的方式只有一个手机,一旦关了机,就如同断了线的风筝,不知道这些领导是怎么想的,简直是拿着国家的项目当儿戏。"李向南摇了摇头。他想了想,拿出手机拨通了市委李书记的电话,把这里的情况向李书记做了汇报。

李书记电话里指示道:"一定要妥善解决,一旦发生爆炸,无法向台山市的老百姓交代。"

李向南放下电话,问道:"周围的环境搞清了没有?"

"已经搞清了,这里毗邻省道,从这儿向东 500 米是一个加油站。"

李向南暗自捏了把汗,指示道:"一方面继续与梁艺芳联系,争取尽快找到她,这是最好的办法;另一方面继续与王大亮谈判,只要有一线希望,务求感化他。同时也要做好最坏的打算,一旦谈判破裂,组织突击队进行强攻,将其击毙。"

"朱亚军和王大亮是发小儿。"陈卫国忽然向局长李向南提醒道。

"朱亚军?"李向南眼睛一亮,"快,马上让朱亚军到这里来。"

朱亚军跑步来到指挥部时,已经被淋成了落汤鸡,在路上,侦查员就已经向他介绍了这里发生的一切。

"朱亚军同志,你和王大亮是发小儿?"李向南眼巴巴地看着朱亚军。

朱亚军抹了一把脸上的雨水，迟疑了一下："嗯，我和王大亮是发小，初中毕业后，我考上了重点中学，王大亮只考上了普通高中，没能考上大学，高中毕业后就在社会上混。"

李向南问："我没问你这个，这个王大亮懂得爆破吗？"

朱亚军想了想说："应该懂，他以前搞过拆迁。"

"朱亚军，你有把握说服他吗？"李向南看着朱亚军，一字一板地说。

朱亚军迟疑了一下："我试试吧！"

李向南盯着朱亚军："不是试试，朱亚军，今天把你找来，就是让你必须说服王大亮，这是关系到台山市群众安危的大事，必须确保万无一失。"

朱亚军点了点头："我一定尽力，我先了解一下情况。"说完，他找了找儿时几个伙伴儿的电话，几经周折，终于找到了王大亮的电话。

朱亚军缜密地理清了思路，走进了祥和宾馆，他拨通了王大亮的手机。

话筒里先是一阵嘈杂的声音，接着，传来了王大亮狂躁的声音："我不管你是谁，今天不把钱拿来，谁也别想从这里出去，咱们鱼死网破，鱼死网破！"说完竟把电话挂了。

朱亚军又拨了几次王大亮的电话，全都被王大亮挂断。

朱亚军找来一个大功率喊话器，大声喊着："亮子，我是你的同学朱亚军，我知道你有难处，想和你谈谈，你快接电话，接电话呀。"

王大亮这才肯接朱亚军的电话。朱亚军本打算先和王大亮叙叙旧情，缓和一下气氛，不料王大亮在电话中哭着说道："朱亚军，这事不用你管，你也管不了，我辛辛苦苦赚的几百万打了水漂，要搁你，能不急吗？都是梁艺芳这个骗子害的。这个婊子，今天她不给钱，我就把这个宾馆炸平了，拉上四个垫背的，我王大亮值了！我这是20公斤的TNT炸药足够把这地方炸个一干二净！"

朱亚军一听王大亮带了20公斤TNT，心中顿时一惊，这些炸药足以把这座大楼夷为平地。他镇定了一下，慢慢说道："亮子，你听我说，事情没有像你说的那么严重，现在是法治社会，你就不能退一步想吗？你要钱也要讲方式和方法，不能胡闹呀！"他听到王大亮不再咆哮了，继续说道："亮子，你听我说，你的事情，政府不会不管的，如果你一意孤行，将来对你没好处的。"

王大亮急切地说："我要了一年的债了，谁管我了？我妈现在正等着我的钱去看病呢，现在你们倒来了，你们无非是让我把他们放了。我把他们放了，问谁要钱去？你们的话我不听，不听，不听！"

朱亚军说："亮子，你能听我一句话吗？先把这些人都放了，咱俩好好谈谈，你有什么难处，我帮你想想辙，你我是发小儿，难道还信不过我吗？"

沉默，足有五分钟，王大亮终于同意释放人质，条件是所有的警察必须撤走。

朱亚军向局长李向南请示，李向南经过认真思考，同意了朱亚军的建议，并再三叮嘱，要注意自身安全。

门开了，四个人质慌慌张张地向楼下跑去。最后王大亮走了出来，他身上背着一个鼓鼓囊囊的双肩背包，朱亚军估计里面装的一定是炸药。

王大亮从房间里拖过一把椅子，在距离朱亚军五米多的地方一屁股坐了下去。朱亚军发现，王大亮的手指上套着铁环，估计是引线，不禁暗自捏了一把汗。他递给王大亮一瓶矿泉水，看到王大亮疑惑地看着自己，自己打开一瓶，先喝了一口。王大亮这才拿起了矿泉水。

和王大亮的谈判异常艰难。朱亚军从与王大亮儿童时代无忧无虑的嬉戏，一直谈到学生时代相互帮助做作业，再从毕业后的同学聚会一直讲到对80后对人生的思考，但任凭朱亚军怎么开导，王大亮就是一句话不说，始终冷冷地看着朱亚军，不时看着窗外。

雨还在下，不时还响着炸雷，时间在一分一秒地过去。

朱亚军在暗自担心：一旦天光放亮，宾馆外所有的警察就会暴露无遗，这样会触怒王大亮的，自己必须加大说服的力度。

朱亚军讲到了王大亮的母亲，讲到了王大亮买房是为了母亲安度晚年，钱可以少挣一点，但是儿女的平安是母亲最大的福。朱亚军讲到了在王大亮服刑期间，自己多次去看望王大亮的母亲，讲得眼圈儿都有些红了。

听着听着，王大亮突然"哇"的一声哭了。朱亚军想趁机上前控制住王大亮的双手，但王大亮突然一激灵，马上回复了常态："朱亚军，我知道你对我好，但是，今天的事儿不是咱俩的事儿，拿不到钱我是不会走的。"

眼看一夜的工作白做了，朱亚军苦笑了一下："大亮，咱俩老同学一场，我也知道你一根筋的脾气。这样吧，我知道上学的时候，你跟女同学丽颖关系不错，咱不如给丽颖打个电话，你听听她意见行吗？"

王大亮将信将疑，勉强点了点头。朱亚军拨通了王丽颖的电话，并把手机设置了免提，然后把电话递给了王大亮。

话筒里传出王丽颖半梦半醒的声音："谁呀？"

王大亮僵硬地说道："丽颖，我是……"

就在王大亮分神的刹那，朱亚军一下扑了上去，牢牢抓住了王大亮的双手。王大亮本能地反抗着，并大声号叫着："朱亚军，我操你妈，你敢骗老子，等老子出来弄死你！"

朱亚军牢牢地抓着王大亮的手，嘴里还在一个劲儿地劝着，两人僵持了两分钟后，王大亮的双手松软了。

防暴警察一拥而上，给王大亮戴上了手铐。

朱亚军凭着智慧和勇气成功化解了险情，在台山市引起了轰动，一时间成了街谈巷议的话题，更有甚者添油加醋，把朱亚军说得神乎其神。

朱亚军开完庆功大会，刚回到刑警队，不知从哪里冒出一群记者，对着朱亚军拍个不停，闪光灯晃得睁不开眼。紧接着，记者们开始刨根问底地进行采访。

说实在的，朱亚军不想接受记者的采访，有啥可说的呢？一来公安局内部有纪律，所有的新闻一律由宣传科发布，尽管局长再三叮嘱，要借此机会大力宣传警察的高大形象,让朱亚军主动接受媒体的采访,但朱亚军还是很犹豫的,感觉没什么意思;二来朱亚军始终忘不了王大亮母亲那绝望的神色,那也是母亲呀,刚刚五十岁就已经满头白发了,当她听说儿子因为搞爆炸被抓,急得一下子昏死了过去,半天才缓过来。因为羞于见人,她把清河镇的楼房卖了,回乡下老家去了。

"嗨,大英雄,让我好好看看你,你可是咱同学们的骄傲呀!"朱亚军耳边传来一个甜润的女性声音。

朱亚军扭头看去,竟然是老同学苏美娟。朱亚军早就知道,苏美娟靠着她当副市长的父亲在电视台当记者。

苏美娟拿着话筒走了过来,抑制不住兴奋的心情,笑吟吟地说:"大英雄,说说当时的情况吧,我给你走个后门,好好宣传宣传你。"说着把话筒递到了朱亚军的嘴边,一旁扛摄像机的记者则紧张地忙碌着。

"算了吧,苏大记者,你饶了我吧,你要采访就采访我们局长去吧,他最辛苦。"

"一会儿就去采访李局长,现在先采访你。"说完就开始了现场采访:"各位观众,昨天晚上,一名歹徒带着炸药,闯入我市的祥和宾馆预谋引发爆炸,我市公安人员与犯罪分子斗智斗勇,最终将其制服,从而避免了一起爆炸案件的发生,现在我们就来认识一下这位英雄,他就是市公安局刑侦大队中队长朱亚军。请问朱亚军警官,你是怎样制止这起爆炸案的?"说着又把话筒递到朱亚军的面前。

看到兴冲冲的苏美娟,不知怎的,朱亚军眼前又浮现出王大亮母亲绝望的表情。他一时语塞了,然后冲出了记者们的包围,跑出了刑警队,失声痛哭起来。

康珊珊设宴

"王丽颖。"

王丽颖骑着电动车来到了卓美制药大门口,刚要进门,突然听到背后有人在叫她的名字,她回头一看,原来是同学朱亚军,赶忙停了下来:"你来干吗呢?"

朱亚军满脸通红地说:"丽颖,我给你道歉来了。"

王丽颖纳闷道:"你道啥歉呀?"

朱亚军一本正经地说:"为我昨天晚上给你打电话的事儿呗,打扰你休息了。"

王丽颖笑道:"对了,我还想问你呢,都后半夜了,你给我打的哪门子电话?"

朱亚军一时语塞了。好半天才说:"王大亮出事儿了,谁都劝不了,我想你平常和他来往多,所以就……"

王丽颖出于对同学的关心,赶忙问道:"他的事儿,我从电视上都看到了,他要炸祥云宾馆,亚军,他不会被枪毙吧?"

"反正这次轻不了。"朱亚军看了看王丽颖,又看了看卓美制药的大楼,"原来你在这里上班?"

王丽颖笑了笑:"我这是第一天上班,看来咱俩真有缘分。"她说着看了看表,抱歉地说:"我快迟到了,明天再聊吧。"说着进了公司的大门。

到卓美制药上班一晃已经两个月了。这两个月,王丽颖一直是在困惑中度过的。因为这两个月中,刘总没有安排王丽颖做任何事情。她每天的工作只是打打水,打扫一下卫生而已,把王丽颖憋得够呛。眼看着别人忙忙碌碌,而自己却十分清闲,心中很不是滋味儿,她隐隐约约有一种被冷落的感觉,但又找不出原因,不知道是因为自己初来乍到,还是把刘总给得罪了。

财务室只有两个人,除了王丽颖外,还有一个女孩叫康珊珊,是董事长康学军的女儿,比王丽颖小一岁。康珊珊长得瘦小瘦小的,瓜子脸上有几粒雀斑,身高还不足一米六,给人的感觉好像没有长开,最大的特点是康珊珊的耳朵上佩戴着近十公分宽的大黄金耳环,与小巧的脸形成了鲜明的对照。她负责公司的出纳,每天无所事事,玩手机成了主要的工作。

王丽颖对康珊珊一直毕恭毕敬,总是康姐康姐地叫着,毕竟是董事长的女儿嘛!休息的时候,王丽颖总是有意识地和康珊珊聊一些省城好玩的地方，做一些感情的交流。

女孩子有女孩子的共同语言，王丽颖经常带着康珊珊到台山市区去逛街，品尝台山的特色小吃，还把台山的特产带给康珊珊，康珊珊对此十分高兴，两个人很快就成了好朋友。康珊珊也不含糊，闲暇时间，开着自己的大黄蜂跑车带着王丽颖去兜风，时不时地给王丽颖一些国外的化妆品。尽管如此，凭借女性的敏感，王丽颖还是感觉到，康珊珊是对自己存有戒心的，只不过随着时间的推移，由原来的敌视转变成了防备。

康珊珊的男朋友叫石永祥，看起来相当精干。石永祥在公司任市场开发部主任，负责市场的开拓，经常外出，有时一个月也见不到人影，只要一回到公司，便和康珊珊腻在一起。石永祥不在的时候，王丽颖总想是找机会和康珊珊多说几句话，因为王丽颖知道，必须尽快打开局面，否则，自己将会被公司边缘化。

两个月来，王丽颖对卓美公司的内部情况有了大致的了解。卓美制药是康学兵、康学军共同创办的。康学军原来是内蒙古呼和浩特市一个单位的干部，康学兵则是一家医院的大夫。康学军利用一个偶然的机会得知，草原上一个叫白石仓的赤脚医生有治疗糖尿病的专长，他有两个祖传秘方专门治疗糖尿病，而且疗效很好。康学军做了市场调查，认为用中药治疗糖尿病的市场需求很大，如果能研制出一种国家批准的治疗糖尿病的特效药，经济效益一定十分可观，同时还能弘扬国粹，政府一定会支持的，于是康学军花了5万多元购买了这两个祖传秘方。拿到药方后，康学军考虑如果雇人研制，会有泄密的可能，自己弟弟恰好是学医的，所以他当时就和康学兵商定，由康学军负责提供全部资金设备，康学兵利用工作之便把这两个秘方投入临床，进行试验，将来赚钱后哥俩五五分成。于是他们在两个秘方基础上，研制出了"消糖丸AB丸"，最后正式定名为"消糖丸"，并通过了省科委组织的科学技术成果鉴定。康学军负责行政管理，康学兵负责医疗以及消糖丸的配制。康学军的女儿康珊珊大学毕业后，负责收账，全家靠卖消糖丸收入2000万元。2011年，康氏兄弟投资2000万元，在台山市开发区建起了卓美制药公司，经过几年的发展，卓美制药已经成了台山市响当当的民营企业。

这天下班时分，王丽颖收拾好房间刚要走，康珊珊叫住了她："王姐，晚上有安排吗？"

王丽颖笑了笑："一会儿我回家，帮我妈做饭。"

康珊珊冲王丽颖神秘一笑："晚上我请你吃饭吧！"

傍晚时分，当康珊珊和王丽颖走进饭店，服务员便把她俩引导到一个包房。

房间内已经摆上了丰盛的菜肴，瘦小的石永祥正在一旁吸着烟，看来早在这里恭候多时了。石永祥看到康珊珊和王丽颖进门后，立刻站起笑道："两位小姐驾到，有失远迎。"

康珊珊嗔怒道："石永祥，你脑袋进水了吧，什么小姐小姐的，你把我俩当成什么人了？来来，王姐，这边坐，这边。"

石永祥给王丽颖和康珊珊斟满酒，自己端起一杯，操着浓重的南方口音道："实在对不起两位大姐，刚才冒犯了，我先干了，算是赔罪吧。"说完一口干掉。

王丽颖看了看石永祥，又看了看康珊珊，端起杯又和康珊珊碰了一下，抿了一小口儿。

三杯酒下肚，石永祥的话开始多了起来，一会儿说王丽颖如何如何漂亮，一定建议董事长把王丽颖培养成公司的形象代言人；一会儿又说王丽颖是省内名牌大学毕业的，将来公司事业发展壮大了，一定要把王丽颖安排在一个能发挥作用的岗位上。康珊珊则不失时机地在一旁插嘴，简直是夫唱妇随。

石永祥看着王丽颖俏丽的脸笑嘻嘻地说："丽颖，我一看你就是天生的美女，盘又条又顺，如果你再戴上铂金耳环和黄金项链，一定比电影明星还明星。"

康珊珊瞪了石永祥一眼："就是嘛，王姐本来就是明星嘛，咱们卓美制药的第一美女。"

一席话说得王丽颖有点云山雾罩，她不知道康珊珊和石永祥唱的是哪一出。

康珊珊端起一杯酒，脸色粉红地说道："王姐，按说我早就应该请你吃饭，公司这么大的摊子，父亲又不在身边，叔叔每天也忙，我和石永祥在台山市没有别的亲人，今后还仰仗着姐姐的帮助，来，我和石永祥敬姐姐一杯。"

"这从何说起呢，放心吧康姐，我一定做好自己的工作。"王丽颖有点丈二的和尚摸不着头脑。

康珊珊把杯中酒喝净，盯着王丽颖道："王姐，我和石永祥待你怎么样？"

王丽颖说："不错呀！你和我就像亲姐妹一样。"

康珊珊脸色绯红地说："公司里人多嘴杂呢，这些日子你大概也看出来了，我爸仰仗着刘总，遥控着公司的一切，我叔叔呢，也在拼命展示着自己的实力，我在公司里根本没法和你多说话，我想你不会介意吧。"

听了这一席话，王丽颖仿佛有些明白过味儿来了。

康珊珊接着说："王姐，你也看出来了，现在公司正如日中天，以后还要发展壮大的。"

石永祥点了支烟，认真地说："王姐，有些事情你还不知道吧，董事长都已经安排好了，再过三年，他就把公司交给珊珊了，关键的时候，你可要站在珊珊这一边。"

王丽颖这才想起，怪不得卓美制药的每一批药品出厂时，康学兵、刘总和康珊珊都那么盯着，原来卓美制药内部已经产生了矛盾。想到这儿，她故意问："康姐，我只是个普通的小会计，能做什么呢？再说我初来乍到，我说话，有谁能听呢！"

石永祥插嘴道："千万别说自己是小会计，慢慢的，你就知道这个位置的重要性了。我要是你呀，就和珊珊站在同一战壕里，将来呢，珊珊当了总经理，你就是第一大功臣。"

康珊珊也眼巴巴地看着王丽颖："王姐，说实在话，我真心希望你能帮我。"

王丽颖犹豫了，心里想：这是哪儿跟哪儿呀？就康珊珊现在这个样子，还想当总经理？简直异想天开。她没想到这个富二代会有如此野心。

石永祥见王丽颖不说话,以为她动心了,便接茬说道:"所以呀,珊珊才给你提这个醒,别像侯阿妹似的,傻乎乎的给人家当枪使。"

王丽颖明知故问:"哪个侯阿妹?"

康珊珊说:"就是原来坐在你那个位置的会计,说来她也算公司的元老了,公司成立的时候她就来了,后来不知为什么竟然把公司电脑搞瘫痪了,还把账本给弄丢了,最后还在财务室放了把火。"

听了这话,王丽颖惊愕得嘴巴张成了一个圆圈:"竟然会有这种事儿。"

康珊珊继续说:"大家都怀疑是她干的,但谁也没有证据,我爸说了她几句,她倒好,居然辞职不干了。"

王丽颖惊讶地睁大了眼睛:"是吗,账本难道没有备份?"

"好了,不说这个了,来,咱姐俩喝一个。"康珊珊端起了酒杯。

王丽颖抬眼看着康珊珊,感觉她是个很有心计的女孩儿,不像当今的富二代那样,只会躺在父母的怀里撒娇。从康珊珊的眼里,王丽颖看出康珊珊是想干一番大事业的,只不过她在等待时机。

从会计到助理

王丽颖的思想和康学兵进行了一次激烈的碰撞,正是这次碰撞,使得王丽颖在卓美公司脱颖而出。

这天,王丽颖经过再三考虑,敲响了总经理办公室的屋门。

康学兵正在看一本厚厚的医药方面的书,见王丽颖进屋后,抬头看了看王丽颖,他看到王丽颖欲言又止的样子,感觉有些奇怪,便问:"丽颖,有事儿吗?"

王丽颖犹豫了半天,才红着脸说道:"我想提个建议,不知该不该说。"

"啥好建议,快坐下说。"康学兵让王丽颖坐在沙发上,然后给她倒了杯水。

王丽颖想了想说道："按说这事也不归我管，我只是个会计。只不过是我这是为公司着想……"话到嘴边，她又犹豫了。

康学兵点了一支烟，笑了笑："可你是公司的员工呀，只要对公司有利，我就采纳，说不定我还要重奖你呢。"

"真的？"王丽颖睁大了眼睛。

"真的。"康学兵认真地说。

王丽颖忽闪着大眼睛说道："我，我最近认真地看了一些现代企业管理方面的刊物，我想咱们公司应该在企业文化方面做做文章，以提高咱们公司的影响力。"

康学兵一听，顿时来了兴致："好啊，现代企业文化是很重要，快说说你的想法。"

"一个成功的现代企业是一个企业团队的化身，所以企业团队氛围十分重要。如果企业是一个房子，那么企业的业务能力，包括产品能力、营销能力等是屋顶；企业的管理、架构、运作等是墙身；企业的制度、文化、用人机制是基础。特别是对于我们这些民营企业而言，只有重视并建设企业文化，才能摆脱早期家族式的企业管理，才能调动大家的积极性，才能拢住人心，才能真正把企业做大做强。国外的很多现代企业都是这么做的，这也是公司软实力的一种体现。"王丽颖一口气把自己的想法都说了出来。

康学兵看着王丽颖，惊奇道："公司的软实力，说得好，你继续说说看。"

王丽颖看自己的建议得到了领导的赏识，便继续说道："咱们虽然有自己的理念，但在我看来，这只是写在墙上的。前些日子，我陪珊珊到两个药厂去转了转，发现工人都很迷惘，对公司的事情一点都不关心，关心的只是赚钱，这样是拢不住人心的。再者，公司的整体形象还需要包装一下，这样才能体现出我们的软实力。"

康学兵道："别给我讲大道理了，你就简单说，咱们该咋办吧。"

王丽颖兴奋地说道："我觉得，当务之急是做三件事情：第一，召开职工代表大会，让他们有一种归属感，把公司当作自己的家，这样大家才能抱团；第二，举办一系列文体活动，体现出一种团队精神，比如说办一次职工运动会；第三，加大宣传力度，比如在我们的网站上增加企业文化的内容，再办一份内部报纸，宣传我们的企业文化，对了，最好用铜版纸印刷，而且是彩印。"

"好，好，好。"康学兵一连说了三个好。

王丽颖本以为，康学兵只是说说而已，没想到，第三天上午，康学军来到了公司，他一来公司，便召开了紧急会议。王丽颖被破格允许参加只有高管才能参加的会议。

康学军在会上宣布了一个惊人的决定：任命王丽颖为卓美制药的总经理助理，具体负责卓美制药的宣传策划等工作。

王丽颖听到这个消息，激动得眼泪都快下来了。

康学军感慨道："虽然我们是民营企业，但我们也要做大做强，也要像联想电子、红豆制衣那些民营企业那样，走向世界。但是，我们缺乏的正是这种软实力，王丽颖给公司提出了很好的建议，我想只要我们认真地努力，我们一定会成功的。"

董事会散了之后，王丽颖被康学军叫到了董事长办公室。当王丽颖走进董事长宽大的办公室时，顿时被里面的陈设惊呆了，那种豪华只有在电视中才能看到。与众不同的是，在康学军的办公室多了一套茶具，三米多长的根雕做的条案上摆放着几个巨型的茶宠，很是气派。条案的一旁是一个木质的围棋棋盘，一左一右的草篓中放着黑白分明的围棋棋子。

想想刚才康学军慷慨陈词的样子，再看看董事长办公室的陈设，王丽颖觉得康学军不像人们所说的长了瘆人毛那样呀！看到这些，一种敬佩不禁油然而生，王丽颖暗自赞叹起来，不愧为省城来的大老板，很有品位。不像那些本地的土财主，有了钱后，只管喝酒、耍钱、搞女人。

此时康学军坐在根雕凳子上，正在翻过来调过去地倒腾着茶具，见到王丽颖进来，激动地说："请坐，请坐。"

毕竟是第一次到董事长的办公室里来，王丽颖感到有些拘谨，于是坐在了一旁的沙发上。

康学军看了一眼王丽颖，招呼道："过来坐吧。"

王丽颖怯生生地坐在了康学军对面的木雕小椅子上。

康学军给王丽颖递过来一杯刚刚沏好的工夫茶，看了一眼王丽颖，说道："尝尝这个，这是别人刚送给我的明前茶。"

王丽颖战战兢兢地接过只有核桃大的茶杯，笑道："董事长，您真有品位，又是茶道又是围棋的。"

康学军喝了一小口茶，慢慢品着，又问："怎么，丽颖，你也懂围棋？"

王丽颖摇了摇头："不会，上学的时候，简单玩过一点儿，刚刚知道什么是死活，还没学会做眼呢，就毕业了。"

康学军好奇道："哦，很不错嘛。看来我算找到知音了，等有时间咱俩点两盘。"

王丽颖又摇了摇头："不敢，您真是太有品位了。"

康学军笑道："这茶道和围棋与中医一样，都是国粹，特别是品茶，如同品味人生，奥妙无穷呀。茶道由茶礼、茶规、茶法、茶技、茶艺、茶心这六事构成，称作茶道六事。茶文化中融汇了儒、释、道三家思想的深刻哲理，负载了民族优秀文化的思想内涵，就和中医理论一样，是中华民族优秀传统文化的重要组成部分和独具特色的一种文化模式。围棋不单单是一种博弈，更主要的是对社会的思考，有着博大精深的内涵呀。"

王丽颖认真听着，感到有些费解。

康学军点燃烟斗，兴奋道："丽颖呀，昨天晚上徐总把你的合理建议对我讲了，你的建议对卓美制药的发展太有好处了。你要好好策划，尽快实施，尽快提高公司的软实力。对了，你现在的工资是多少？"

"一千一百块，怎么啦？"王丽颖有点摸不着头脑。

康学军兴奋地说："从这个月起，调整到五千，对了，我还要给你配车。"

"啊！"王丽颖惊讶得张大了嘴巴，她赶忙推辞道："我不是为了这个，这些我都不要，我只是为公司着想。"

康学军站起身走到王丽颖面前，兴奋地拉着王丽颖的手说："这不仅是一种待遇，也出于便于你工作的考虑呀。我是很爱惜人才的，你要知道，卓美制药的高管都姓康，都是省城的，你可是……第一个台山的。"边说着边直勾勾地看着王丽颖。

王丽颖这才头一次认真地打量康学军。这是个 50 多岁的男人，乍一看，浓眉大眼的，长得有些粗犷，脸上刻满了岁月的沧桑，然而那双眼睛，很有神，充满了一种自信，但也隐含着一种淡淡的无奈。这是怎样一个男人呢？会像康学兵说的那样刚愎自用吗？

有人在敲门，王丽颖赶忙收回自己的思绪。

康学军也赶忙收回自己的目光，整了整西装，回到了老板台前，说道："进来。"

康学兵快步走了进来，一进门便笑了起来："王助理，祝贺你呀！"

王丽颖不好意思说："感谢董事长和总经理的栽培，我一定会尽力的，对得起卓美制药，对得起董事长和总经理。"

康学军重新坐到老板椅上，点了支烟："王助理，你得感谢康总呀，当初可是他鼎力举荐你的呀。"

康学兵客气道："是董事长慧眼识珠，当初招聘的时候，就是董事长力排众议，拍的板。"

康学军呷了口茶："咱俩就别相互吹捧了，王助理，要充分调动你的主观能动性，同时也要发挥你的人脉优势，尽快拿出一套完整的方案。康总，做企业，咱俩是内行，做企业文化，咱俩还要多听听年轻人独特的见解，特别是运动会，一定要搞得气派。至于资金嘛，公司会全力保障的。"

"我想咱们搞运动会的时候，不仅要请市里的领导，还要请咱们的一些老客户，这样可以向他们展示咱们卓美公司的实力和形象。"王丽颖建议道。

康学军和康学兵同时惊讶了，进而鼓起掌来，康学军道："这个建议忒好了，就按照你的想法办，快去策划吧，要尽快出结果，我要的是结果。呵呵。"

接下来王丽颖忙得真可谓是不亦乐乎。她首先在卓美制药建立起

30人的通讯员队伍，并专门请台山报社的记者对他们进行培训，然后绞尽脑汁地在公司的网页上做起了文章，增设了卓美文化的版块，上面不仅刊登卓美制药的好人好事和歌颂卓美制药的诗歌散文、摄影作品，而且与旅游局和文化馆取得了联系，将台山市的名胜古迹和风土人情进行了挖掘整理，并配上了风光照片，这一下使得网页的点击量大增。与此同时，王丽颖主编的内部报纸《卓美制药》也出炉了，第一版是公司要闻，第二版对公司的先进人物进行逐一报道，第三版为企业文化版块，让全公司的管理干部对企业管理和发展企业文化各抒己见。而让王丽颖颇为自豪的是第四版，不仅刊登公司员工撰写的文学作品，还设置了"员工心声"的栏目。

最让王丽颖得意的是卓美制药运动会的召开。为了这个运动会，王丽颖可谓煞费苦心，她动用了所有的关系，把运动会策划得相当圆满。从领导来宾的招待到运动会项目的确定，从每一个代表队解说词的撰写到奖品的购买，无不倾注了她的心血。

运动会召开那天，从台山市委李书记到主管经济的苏副市长，从客户代表到职工家属代表来了足有一千多人。

运动会租用的是台山市万人体育场，这天正好是大晴天，王丽颖派人在观众席上插了足足50面彩旗，装扮得格外气派。开幕式上，随着形似如日中天图案的卓美制药标志的入场，彩旗方阵及12个代表队方阵依次入场。为了营造气氛，王丽颖为每个方阵都配备了手持物。方阵经过主席台时，如同阅兵一样，均振臂高呼口号，引得主席台上掌声一片。

开幕式由总经理康学兵主持，康学军代表董事会致辞，随着运动员代表和裁判员代表的宣誓，康学军宣布卓美制药第一届职工运动会开幕。

比赛项目王丽颖也设计得别出心裁，除了几个竞技类比赛外，大部分都为趣味类项目，如托球跑、钓鱼、跳绳、大脚竞走等。王丽颖还专门为领导和客户设计了比赛项目，与其说是比赛，倒不如说是娱乐，由于李书记有事提前退场了，康学兵陪着苏副市长参加了跳绳比赛。

康学军由于腿残疾，只得在一旁助兴加油。市领导参加了运动会，自然吸引了众多的媒体，苏副市长和卓美制药董事长康学军分别接受了媒体的采访。

康学军在采访中除了感谢市委市政府的亲切关怀外，还对这次运动会提出了独到的见解："多年来，卓美制药除了不断扩大企业规模，制造出人民群众满意的药品，为台山市创造经济效益以外，还始终致力于企业文化建设，以此不断提高公司的软实力，今天的运动会就是我们企业形象的一次集中展示。今后，我们还要通过召开职工代表大会、推行人性化管理等形式，使我们的团队精神更加彰显。"

"卓美制药在企业文化建设方面带了个好头，如果台山市的每一家企业都这样重视企业文化建设，对市委市政府确定的打造科技台山、人文台山的战略目标将会起到巨大的推动作用。"苏副市长手里拿着跳绳补充道。

仓库被盗

第二天一早，保卫处长慌慌张张地跑了进来，在楼道大喊着："康总，不好啦！"

康学军和康学兵同时推开了房门，跑了出来。康学军大声喝道："大清早的，你他妈的号丧个啥！再把老子吓出病来。"

保卫处长上气不接下气地说："董事长，不好了，昨天库房失窃了。"

听了这话，康学军大吃一惊，立刻带着康学兵、王丽颖等人跑到了仓库。

经过清点，卓美制药仓库被盗的药品多达20种，价值50万元。这么大金额的药品被盗，康学军拄着拐杖在办公室不停地走着："你一个保卫处长是干什么吃的？这么多药品被盗，简直是渎职呀！"

保卫处长解释说："前两天，全公司的人都在忙运动会，谁会想到，谁会想到呀！"说完后，便战战兢兢地看着董事长。出了这么大的事情，他不知道如何收场，更不知道自己面临着怎样的结局。

康学兵问保卫处长："报警了吗？"

保卫处长战战兢兢地说："报了。"

康学军顿时急了："谁让你报的警，你还想让全世界都知道这些烂事儿吗？"

保卫处长诧异地望着康学军："这……"

康学兵隔着玻璃向楼下看去。一辆警车闪着警灯开进了院子，保卫处长小跑着下楼了。

朱亚军下车后，带着民警认真地查看着现场，力图找出蛛丝马迹来。他四下观察着：仓库大门在卓美公司办公大楼的西面侧院，与大楼内的卓美制药一楼最核心的车间正对着，各个分厂把药品的半成品运到核心车间后，由康学兵按照偏方的比例配置成成品药，制作出药丸和胶囊，然后交由仓库，最终通过销售部和邮购部发往全国各地。药品仓库的大门是那种防撬防火卷帘门，一般人没有钥匙是很难进入的，卷帘门的一侧是个小门儿，主要供内部人员出入，而且在仓库四角都装有监控探头。就这样一个防守严密的仓库怎么就会被盗了？朱亚军陷入了沉思。

陡然，朱亚军被离仓库不远的侧门吸引住了，这个门儿很小，平时锁着，只能通过自行车之类的交通工具，大型机动车是无法通行的。

两辆警车鸣着警报闪着警灯驶进了卓美制药的大门，径直来到仓库前，主管刑侦的张副局长和刑警大队大队长陈卫国下了车，两人下车后直接走进了仓库。

朱亚军见到张副局长，赶忙跑了过来，好奇地问道："张局，您怎么来了？"他知道，按照常规，这种案子局长没有必要到现场。

张副局长关切地问："情况怎么样？"

"现场勘查完了，没什么有价值的线索。"朱亚军指了指仓库的大门，"我怀疑是内盗，窗子和门完好无损。"

张副局长提醒道："欧阳，你再认真勘查一遍，别放过任何一个角落。对了，看过监控录像了吗？"

朱亚军说："还没有。"

康学军拄着拐杖一瘸一拐地走了过来，见到张副局长后，赶忙握手，干笑了两下："实在不好意思，这点事儿把您给惊动了，唉！"

张副局长笑道："这个案子都把区长惊动了，我能不来吗？"

"走，到我屋里坐着去，让他们忙。"康学军笑道。

康学军和张副局长上楼去了，朱亚军再次勘查了一遍现场，仍然没有发现有价值的线索，便和保卫处长来到了监控室，想去调监控录像。可当他看完监控录像后，鼻子险些气歪了。按说仓库是监控的重要目标，可卓美制药的监控录像恰恰相反，对办公大楼的楼道监控录像十分清晰，而仓库、财务部的录像却模糊不清。特别是仓库的录像，时有时无，竟有好长时间没有记录。

这时朱亚军的手机响了一下，朱亚军一看，是王丽颖发来的短信：下班后我找你，有要事。

朱亚军关掉手机，继续勘察着现场。

正在这时，一辆红色的马六开进了院里，从车上下来一个衣着华丽的姑娘。

原来是苏美娟，她来干什么？朱亚军满腹狐疑。

苏美娟下了车，刚走几步，看到仓库旁的警车和忙碌中的刑警，竟然快步向这边走来，朱亚军想躲已经来不及了。

苏美娟好奇地问："朱亚军，你怎么也在这里，出啥事了？"

"没什么，一点小事儿。"朱亚军想把话岔开。

"小事儿能来这么多警察？"苏美娟更加怀疑了。

"真的，昨天晚上卓美制药失窃了，丢了点东西，我们过来看看。"朱亚军见瞒不住了，只得实话实说。

"是吗？丢的东西多吗？"苏美娟更加怀疑了。

"还不清楚，你这是？"朱亚军再次岔开话题。

"哦，台里让我们做一个企业文化的专题，卓美制药一直是我们的广告大户，我过来找康董谈谈。"

朱亚军看了看苏美娟："哦，那你去吧。"

苏美娟看了看忙碌中的警察，把朱亚军拉到了一旁："最近忙吗？"

朱亚军调侃道："呵呵，我不忙台山人民能安全吗？"

苏美娟咯咯笑着："得了吧你，哎，今天下班了，咱们聊聊好吗？"

朱亚军回答道："好。"

苏美娟上楼了，走进大楼的刹那，还回过头来，冲着朱亚军挥挥手，并冲他莞尔一笑。朱亚军也挥挥手，惹得几个侦查员产生了妒意："呦，哪来的美女？八成是看上朱警官了。"

"青龙电视台的女记者呗！"

"去去去，快干活儿去！"朱亚军喝令道。

做完笔录，朱亚军回到了警队。他刚刚进门，便接到了局办公室的电话，说局长李向南找他。于是朱亚军不敢怠慢，赶忙来到了三楼。朱亚军走到局长室门前，看到陈卫国大队长也在局长的门外，只听见李向南在屋里正在接电话，口气好像在和一个领导汇报着什么："就是省长知道了，能管什么用，我们侦查破案哪像你说的那么容易？嗯，嗯，我知道影响，请你转告李书记，我立即组织力量，争取早日破案，就这样吧。"听到李向南挂断电话的声音，朱亚军和陈卫国才敲了敲门。

朱亚军和陈卫国大队长进了屋，发现李向南的脸色不对劲儿。李向南照例给他们每人发了一支烟，自己也点了支："刚才你们也听到了，市委办公室在催呢。"

"不就是一起普通的盗窃案吗，犯得着这么急吗？"陈大队长有些怨气。

"也难怪，卓美制药虽说是个民营公司，但在咱们台山也算得上是龙头企业，那也是李书记引进的项目，这样的企业发生了问题，领导能不急吗？再说了，人民警察就是保护人民的，侦查破案、打击犯罪是我们的职责。陈大队长，说说吧，你们准备怎么办？"李向南说道。

陈卫国掐掉了手中的烟："按照您的指示，我们马上成立专案组，我担任组长，争取早日破案，挽回影响。"

李向南问:"专案组成员呢?"

陈卫国说:"以朱亚军这个探组为骨干,再加上技术队的同志。"

李向南点了点头,把目光转向朱亚军:"朱亚军呀,昨天晚上,苏副市长给我打来电话,点名表扬你呢。"

朱亚军想说些什么,但不知从何说起。

这起盗窃案件的侦破工作自然落到了朱亚军的头上。他和探组的几个侦查员一商量,盗窃案件虽然有些蹊跷,但一定会留下犯罪痕迹的,犯罪分子不可能是飞进来的。他组织侦查员从治安大队和交通大队调取了卓美制药附近一周的视频资料,经过两天的紧张忙碌,终于理出了一个头绪,并且把犯罪轨迹连接了起来。

录像资料显示,在案发前的一周时间内,有一辆人力三轮车,连续两次在夜间出现在药厂那个侧门的外面,在装了几个大纸箱子后,沿着南环路向南关村而去。由于南关村地处城乡接合部,没有安装探头,所有线索到这里就中断了。

朱亚军决定去探个究竟,他找来当地派出所的民警,对这里的情况进行了一番分析。

南关村是名副其实的城中村,这里原为农村,后来随着城市的扩张,都转为了居民户口。外来人员便看中了这里,开始租房做生意,当地人看到了发财的机遇,开始无休无止地建房,把宽敞的街道弄得弯弯曲曲的,外来人口多于当地居民。出了南关村,便是高楼大厦,一派繁荣景象。

傍晚时分,朱亚军正准备和几个侦查员在一家小餐馆随便吃点什么,刚要进店吃饭,突然听到路边嘈杂了起来。"抢劫啦,还我的包!"朱亚军抬眼望去,只见从胡同中冲出一辆摩托车,摩托车上一前一后是两个年轻人,后面的年轻人手里还抓着一个红色女式挎包,一脸惊慌失措的样子。一个女子跑着追出了胡同,边追边喊着什么。

"骑抢。"朱亚军头脑立刻反应了过来,他一挥手,几个侦查员准备拦车,但摩托车丝毫没有停下来的意思,加着油门冲了过来。就在摩托车经过朱亚军的刹那间,朱亚军飞起一脚,重重踹在了摩托车上,摩托车重重地摔在了路旁,几个侦查员一拥而上,把两个骑抢的嫌疑人摁在地上，麻利地戴上了手铐。

刚才被抢的那个女子气喘吁吁地跑了过来，冲着朱亚军几个人一个劲儿地作揖感谢。

经过审讯，得知这两个嫌疑人中的一个竟然是卓美制药的保安，叫张国良。更令朱亚军感到惊讶的是，张国良竟然是网上的在逃人员，真名叫李伟国。

朱亚军立刻对李伟国进行了审讯，朱亚军判断这个李伟国说不定与卓美制药盗窃案有关系，因为他已经从李伟国那飘忽不定的眼神中看出了什么。

但李伟国一口咬定，除了参与了这起抢劫外，什么事都没做。

"李伟国！"朱亚军大喝一声。

李伟国一激灵，但很快又镇静了下来："你叫谁？"

"叫你，李伟国，别以为你伪造了身份证，别人就认不出你了，2005年在锦州市幸福大街驾车抢劫的是不是你？2010年在河北省衡水市南三环抢劫水果摊的是不是你？"

李伟国重重地低下了头。

朱亚军带人把李伟国的情况向卓美制药保卫处处长做了介绍，保卫处处长听后大惊失色，一个劲儿地解释，是自己的失职。当朱亚军要找和李伟国一块儿当班的保安员胡志强了解情况时，胡志强却已经失踪了。

地下仓库

卓美制药会议室里，正在召开着高管会议。

康学军正在讲话："市领导刚到咱们公司视察完，就发生了这种事儿，如果这件事传出去，说堂堂的卓美制药发生了盗窃案，这不是打领导的脸吗？这些事情对我们来说是个考验呀！但话说回来了，我们要认真汲取教训，振作起来，也不能因为这个盗窃案就一蹶不振了。前几天，我和苏副市长做了沟通，现在国家正在紧缩银根，长城酒店资金链发生了问题，市政府正在研究，考虑由我们卓美制药接手这个烂尾工程。"

康学军的一席话立刻引起了轩然大波，大家七嘴八舌地议论起来："听说，那是一个五星级的酒店，咱们有这个实力吗？"

"咱们不是制药的吗，咋又要经营酒店呢？"

康学军呵呵一笑，继续说："我和总经理认真考察了这个酒店项目，他们刚刚完成土建工程，他们的基础正和我们生物制剂车间设计的差不多，只要稍加改造，就可以利用。"

"这不是乘人之危吗，梁艺芳会同意吗？"康珊珊冷冷地问道。

康学军呵呵一笑："这就由不得她了，有本事，她把钱拿来呀！按照国家法律规定，土地征用后，两年之内未开工的，政府有权收回重新开发。所以，当务之急，我们要成立一个开发中心，负责厂房的建设。"

"这个让石永祥负责吧！"康珊珊迫不及待地说道。

康学军白了女儿一眼："石永祥，他顶多做个营销部经理，生物制药车间可关系着咱们公司的核心利益，哪能让他来办。"

"核心利益，凭什么别人可以进入公司的高管，石永祥就不行？"康珊珊说着向王丽颖瞟了一眼。

王丽颖立刻感觉到芒刺在背，康珊珊在发难。

康学军有些激动："你这孩子怎么这么不懂事，这儿没有你说话的份儿。"

康学兵想了想，道："董事长，我有一个建议，我们可以向社会招聘。"

康学军以不容商量的口吻说："不行！这样吧，你和珊珊还负责公司的运转，这个筹建处由我亲自负责。"

在场的人无语。康珊珊鼓了鼓嘴巴，还想说写什么，但最终没有张开口。

康学军接着说："明天，我带王助理和珊珊到北京去一趟，专门到医药管理局，去找专家论证生物制药的可能性，另外再对消糖丸二型的安全性进行论证，同时到专利局去一趟，申报专利。学兵，最近一段时间,你要认真研究一下东南亚的市场,做出可行性报告,我们在国内已经占据了半壁江山,但是我们是不能满足的,港澳地区和东南亚可是个巨大的市场呀,潜在发展空间很大,我们要紧紧抓住机遇,不断培育这个市场,让我们的产品走出国门,让世界认识我们卓美制药……"

大概康学军讲得过于精彩了,以至于在座的人无不报以热烈的掌声,并纷纷议论着:"忒给力了,董事长给我们描绘了宏伟蓝图,简直太好了!"

"董事长说得就是好,看来,我们也有机会到国外去转一转了。"

"董事长就是高明!"

这时,王丽颖隐隐约约地听到了手机振动发出的嗡嗡声。康学军看了看手机,然后兴高采烈道:"今天就到这里吧,散会。"

第二天,康学军带着王丽颖和康珊珊到了北京。他们一行人先到了清华紫光公司,找专家对消糖丸二型产品的安全性进行论证。所谓的论证,无非是送上一大堆台山的特产和消糖丸二型的分子式结构和中药配伍。接着他们就来到了中医药管理局,找专家咨询了一些情况。一切事情办理妥当后,康学军带着她俩到北京的名胜古迹走马观花地看了一圈。

吃饭的时候,康学军旁敲侧击着康珊珊:"珊珊呀,你应该和王助理学一学,别一天到晚光顾着玩,啥时候能够真正成熟起来,也让我省省心啊!"

康珊珊倒不以为然:"我哪能跟人家比,人家是重点院校毕业的,又会来事儿。"说着端起一杯酒,阴阳怪气地说:"王助理,来,我敬你一杯,既然父亲让我跟你学,你可要不吝赐教哟!"

王丽颖不置可否地笑了笑,她知道康珊珊说这话的用意,赶忙端起酒杯:"公司既然瞧得起我,我就会全力做好助理工作的。珊珊,你放心吧,到什么时候,咱俩都是好朋友,一切我都听你的,对了,珊珊,今天晚上你教我做面部按摩好吗?"

"好嘞。"康珊珊听了这话,露出了欣喜的笑容。

"这就对了,咱们本来就是一家人嘛。呵呵,我祝贺你们俩。"

康学军端起酒杯，一饮而尽。

康学军他们住宿在北四环的迎宾大酒店。康学军自己住一个房间，王丽颖和康珊珊共住一个房间。

早上起来的时候，王丽颖让康珊珊去叫康学军吃早点，按了半天门铃，里面也没有开门。王丽颖有些纳闷，莫不成是董事长昨天喝酒喝多了？不对呀！他们是一块儿回的宾馆呀。她让康珊珊给康学军打电话，打了半天也没人接。

王丽颖陡然想起康学军有两部手机，赶忙问："康姐，你知道董事长另外那个手机的号码吗？"

康珊珊摇了摇头："不知道，我爸的那个手机号码保密，听说是专门和市领导联系的，谁也不敢问。"

王丽颖反复拨打着康学军的电话。过了好一会儿，电话终于通了，话筒里首先传出来一种异样的声音，接着传出康学军气喘吁吁的声音："你和珊珊先吃，我昨天晚上拜访一个老中医，喝多了，就住在那里了。"王丽颖刚想挂断电话，猛的从话筒里传出一个女人恶狠狠的声音："康学军，你今天要是走了，今后就永远别再找老娘了……"电话突然挂断了。

王丽颖顿时明白了，怪不得昨天晚上在吃饭的时候，康学军一个劲儿地看手机的短信。难道真像康学兵说的，康学军在北京乱糟蹋钱吗？但她转念一想，人家是董事长，企业是康氏家族的，自己最多是个总经理助理，何必为这些事情劳神费力呢？

早餐是自助餐，王丽颖和康珊珊默默地吃着。突然，康珊珊的泪水下来了："丽颖姐，今天的事情千万不要对我叔叔讲。你明白吧？如果叔叔知道了这件事情，卓美制药就要发生内讧。"

王丽颖无言地点了一下头。

王丽颖和珊珊吃完早饭，刚回到房间，康学军就回来了，脸上还挂着几道血痕，像是被什么抓的。王丽颖和康珊珊心中顿时明白了八九分，两人没好意思问。

康学军看了看王丽颖和康珊珊，有些惭愧地低着头："咱们回台山吧。"

朱亚军带着侦查员经过半个月的调查，终于在台山市的南关发现了一个秘密仓库，仓库的药品远远多于卓美制药这次被盗的药品，几乎卓美制药所有种类的药品这里都有。

这个秘密仓库位于南关村外一个废弃的水泥制品厂里，这里毗邻公路，交通十分方便，由于即将拆迁改造，厂子早已停产，机器都拆得差不多了，显得十分荒凉。

大门是那种铁管焊制的简陋大门。厂子只有一个50多岁的男子看门，另外还有一条狗。朱亚军找到了工厂的主人，是南关村的一个中年男子，叫李志。

据李志讲，从去年开始，就有人租借这间仓库，租主不是外地人，说是省城一个贸易公司的，叫古月，在台山长城服装厂做保安工作。古月讲自己当保安挣钱少，想在这里收购些当地特产，贩回老家赚几个零花钱，由于这里出货方便，才选择了这里。但令人纳闷的是，每次都是用三轮车送货，而且大多都在晚上。出货的时间也不多，当时谈的时候，每个月的租金一千块钱，李志一想，反正仓库也是闲着，能挣一个是一个，便同意了。

朱亚军拿出一堆照片，放在了李志的面前："你看看，这些人当中有没有这个人？"

李志拿起照片一张一张看了起来。

这是十个男人的照片，那个神秘男人也在其中。其他照片也是朱亚军精心挑选的，那些人看起来都和这个男人有点相像。

李志看过很快就挑出那个神秘男人的照片，肯定地说："没错，就是他！"

朱亚军说："你再看看！"

李志说："不用看了，就是他，没错！"

朱亚军问："他最后一次来这里是什么时间？"

李志想了想说道："好像是5月27号的晚上，因为那天晚上，我和东关村的李金刚一块儿喝的酒，我们喝完酒后，又在钱柜歌厅唱歌，唱完歌我来给看门的老张头发工资，正好看见古月带着一个板车来送货，我还和他说话来着。"

朱亚军追问道："车上拉的是什么东西？"

李志笑了笑："我也不好意思问呀，看像是大纸箱子吧，上面蒙着帆布，四棱见线的。"

朱亚军点了点头。

"奇耻大辱，这简直是奇耻大辱！这是谁干的，谁干的！老子活剥了他。"闻讯赶来的康学军用拐杖敲击着地面，怒不可遏地说。

朱亚军慢慢说道："你们公司的胡志强。"

康学军听到这个名字，差一点儿晕倒了："这个吃里爬外的东西。哎！"

朱亚军再次提审了李伟国。经过几个来回的较量，李伟国供出了胡志强真实的情况。

在台山市政府的全力撮合下，经过几次谈判，凯龙投资集团总经理梁艺芳终于同意转让长城国际大酒店的投资项目，所有的烂尾工程由卓美制药接收，同时凯龙集团先期投资的5000万也由卓美制药支付。不仅如此，为了弥补卓美制药做出的贡献，台山市政府还给卓美制药特批了10亩闲置地，准备建设居民小区。

按照康学军的规划，这10亩地可以建设5栋住宅楼，按照现在房地产的价格，起码可以赚2个亿。经过紧锣密鼓的准备，卓美制药生物制剂工厂即将举行奠基仪式。

王丽颖这段时间格外忙碌，除了陪同康学军到规划局、建委、发改委、供电局等部门办理征地的有关手续，还得陪同他到拆迁工地进行视察，因为拆迁的每一步都进展得相当艰难。

这天一早，康珊珊把一张信用卡塞到了王丽颖的手里，然后不好意思地一笑："王姐，这是董事长的意思，收好啊。"

王丽颖推辞道："康姐，我不要这个。"

康珊珊红着脸说："有件事情算是我求你了，北京的事情你千万得保密啊。"

王丽颖想了想："珊珊，我不会说的，但卡我是不要的，你替我感谢董事长的关心。"

"不行，说什么也得收下。"康珊珊有些急了。

王丽颖推辞不过，只得把信用卡放进写字台里。

康珊珊见王丽颖接受了信用卡，顿时高兴了："那你先忙吧，晚上我请你吃饭，石永祥回来了。"

王丽颖笑道："好嘞。"

门响了，秘书进来了："王助理，董事长让你过去一趟。"

王丽颖来到董事长办公室门前，刚想敲门，手却不由得停在了半空，因为她听到了里面争吵的声音。

康学军吼道："动不动你就说我是家族式的管理，家族式的管理怎么了，从近代史到当代的大公司，哪个不是家族式的管理？你说提拔王丽颖，我答应了，你说办运动会，我答应了，你还让我咋样？我告诉你，愿意干你就干，不愿意干就趁早回省城去，我挣钱养着你。"

"你怎么不讲道理呢？"那是康学兵的声音。

康学军霸气十足地说："我对你有什么道理可讲？我是董事长，我是老板，这个公司我说了算。"

康学兵有些没好气地说："你也不听听珊珊他们咋说你的，公司员工是咋说你的。"

康学军仍在以教训的口气说："我的傻兄弟，我不是听话长大的，我是靠奋斗长大的，是靠智慧，靠脑子，懂吗？现在市委李书记和苏副市长这么看好咱们，这是个千载难逢的好机会，你别和以前一样，整天冒傻气，我就纳闷了，难道你的书都念到狗肚子去了？兄弟呀，记住，机不可失，失不再来。"

门开了，康学兵带着红眼圈儿走出了房间，他看了一眼王丽颖，啥话也没说，向隔壁自己的办公室走去。

康学军则没事人一样，哈哈笑道："王助理，咱们去一趟工地，看看工程进展到哪里了。"

王丽颖答应了一声："好。"她知道马上就要举行开工仪式了，而现场的一切还都没有布置。

王丽颖随康学军来到了工地，在原来长城国际大饭店的建设工地上已经陆陆续续出现了挖掘机和建筑工人，正准备搭建临时的工棚。

康学军和王丽颖下车后，康学军把一个红色的安全帽扣在了王丽颖头上，自己也戴了一个，然后一边走着，一边滔滔不绝地讲起了自己的大手笔。什么现在正值房地产的高峰，建设卓美住宅小区的宏伟蓝图啦，什么生物制药车间建成后为卓美公司带来的可观的经济效益啦。

王丽颖认真地听着，渐渐感觉到，康学军是一个极为复杂的男人。一方面他凭借着独特的思维，钻政策的空子，找到了发财之路；另一方面却又极端自私，将大把大把的钱花在养二奶上。最让人难以接受的是他的刚愎自用，听不进去康学兵的话。王丽颖暗想，其中一定有什么原因。

王丽颖侧面看着康学军，希望能从他的目光中找到答案，没承想，却和康学军的目光相遇了。

康学军低下了头："丽颖呀，有些事情是我不对，请你理解我。"

王丽颖目视着前方："董事长，你放心，有些事情虽然是您的隐私，但是您也要多替珊珊着想，她很无辜。"王丽颖不想把那件事情说透。

不知什么时候，几个当地的无赖出现在康学军的奔驰轿车前。为首的一个说："这不是卓美公司的康老板吗，怎么今天带着小妞来看工地呀？"

康学军笑呵呵地和他们打着招呼。

另外一个人说："你们占了我们的地，给我们那么点钱可不行。"

康学军笑嘻嘻地解释着："我们给你们的占地补偿款，是按照国家有关政策给的，有什么疑问你们可以到政府去咨询。"

"什么国家政策，你们给的那俩钱，还不够塞牙缝呢！我们要的是钱，不给钱，今天你们就别走。"几个人见康学军要走，便拦住了康学军的退路。

王丽颖瞪了一眼那几个人："你们怎么不讲道理？"

为首的见王丽颖说话了，便嬉皮笑脸地凑了上来："呦，哪来的小美妞呀！长得够靓的，来，让我们哥儿几个好好看看。"说着就要摸王丽颖的脸。

康学军挡住了伸向王丽颖的手,拉着她上了车:"别理他们,咱们走。"

"你们不能走,今天咱得把事情说清楚。"为首的拦住了奔驰车的去路。

康学军没好气儿地说:"我说过了,关于征地款的事情,你们找政府去说,我还有事儿,请你们让开。"康学军发动了汽车。

为首的顺手抄起了一根木棒,向奔驰车砸来,其他几个人也从地上拿起砖头,向奔驰车一通乱砸。奔驰车的挡风玻璃一下就被砸坏了。

王丽颖哪里见过这种阵势,顿时大呼小叫起来。康学军弯腰护住了副座上的王丽颖,任凭砖块儿砸向自己。

一旁工地上的工人见到这种情景,立刻丢掉手中的活儿,拿着棍棒之类的东西向这边跑来。

那几个无赖见闯了祸,立刻四散而逃。

康学军和王丽颖被紧急送进了市第一人民医院。

当王丽颖醒来的时候,首先看到的是康学兵那张焦虑的脸,此时王丽颖的头上还缠着绷带。

康学兵见王丽颖醒来了,欣喜地说道:"简直吓死我了,你一直在说胡话。"

王丽颖还在回想着刚才惊心动魄的场面:"这些人怎么这么不讲道理,上来就打人呢?简直和土匪一样。对了,董事长呢?他伤的咋样?"

康学兵安慰道:"丽颖呀,你放心吧,董事长也没什么大事儿,我们已经报了警。"

听了这些,王丽颖的一颗心落到了肚子里。

"总经理已经守了你大半天了。"康珊珊补充道。

朱亚军接到报案后,带着办案人员迅速赶到了医院了解情况。当他看到王丽颖受伤的模样时,也禁不住心中一怔。他没想到,这些人下手这么重。

看到朱亚军,王丽颖委屈地哭了。

朱亚军安慰道:"丽颖,事情基本已经查清了,是当地几个小痞子干的,派出所正在调查取证,很快就会处理的。"

康学兵道:"还取什么证,赶快把那几个小子抓起来算了。"

朱亚军笑了笑:"呵呵,总得有个过程吧。"

王丽颖难为情地看着朱亚军:"我的脸没事儿吧,不会留下疤吧?"

朱亚军看着王丽颖,呵呵笑着:"放心吧你,没事儿。"

夜晚时分,在台山市的一个宾馆。

侯阿妹和石永祥正在床上缠绵着,侯阿妹夸张地呻吟着。

良久,两人停止了缠绵,侯阿妹勾着石永祥的脖子,意犹未尽。

侯阿妹妩媚地笑着:"以后咱俩咋办?还得想想办法呀,仓库被警察发现了。"

石永祥起身点燃了一支烟,深深吸了口:"那个老东西,全他妈听王丽颖那个骚货的,珊珊的话根本听不进去。"

侯阿妹开心地说:"听说老东西和那个骚货被人家打了,是真的吗,伤得严重吗?"

石永祥想了想,道:"嗯,前天,他俩去看工地时,被当地的痞子打的。"

"不会是你搞的鬼吧?"侯阿妹神秘一笑。

石永祥笑了笑:"怎么会是我呢?那些痞子嫌征地款给得少,才闹的事。"

侯阿妹戳着石永祥的脸:"嗷,你骗得了别人,还能骗得了我?你不是早就惦记着卓美制药了吗?"

"胡说八道。"见侯阿妹道破了天机,石永祥有些急了,要去捂侯阿妹的嘴。

"看把你急的。"侯阿妹哈哈大笑着,"你心中肯定有鬼,哎,警察介入了吗?小心警察给你抓起来,到那时什么卓美制药啦,还有董事长的女儿,全他妈的没了,落得个鸡飞蛋打的结果。"侯阿妹说着点了一支烟,露出了一丝奸笑。

石永祥若有所思道:"嗯,也不知道张国良他们能不能扛得住。"

"要是把咱俩招出来，可咋办呢？"侯阿妹有些急了。

"放心吧，警察是不会查到我这里的，别忘了，现在我可正在外地出差，再说了，这两个人根本不认识我。"

"可看门的认识我呀，我去过那个仓库呀。就是上次给湖南发那批药的时候，我去过一次那里。"

"什么？"石永祥听后不禁倒吸了一口凉气，但随之就稳定了自己的情绪，"阿妹，这段时间你也要小心了，对了，上次你说的那个U盘，放在哪儿了？"

"我是说着玩儿的，我哪里有什么U盘。"侯阿妹掩饰道。

石永祥盯着侯阿妹："不对吧，我记得你提到过，说如果把U盘交给警察，能把康学军送到监狱里去。"

侯阿妹深情地说："永祥，请你相信我，我是说着玩儿的，我啥时候背叛过你？你说怕被别人发现你的证据，让我把电脑弄坏，我按照你说的办了，你让我帮你代收地下仓库的账，我做了，还要我怎么样！你说看不惯康学军家族式的管理，要取代他，还说要娶我，我看你就是一个感情骗子，拿我当枪使，在玩儿我。"侯阿妹红着眼圈有些激动了。

石永祥顿时心软了："阿妹，放心好了，我知道你对我是一心一意，只要把老东西送进地狱，你很快就会回公司的，如果你想开美容院，咱这不是正在攒钱吗？"石永祥一下子抱住了侯阿妹。

侯阿妹有些欣喜地说道："真的？"

"真的。"石永祥点了点头

石永祥和侯阿妹离开宾馆时，石永祥给侯阿妹打了一辆车，临上车的时候，石永祥紧紧拥抱着侯阿妹："阿妹，很快的，咱们躲躲藏藏的日子就快到头了。"

"嗯。"侯阿妹满足地答应着，上了车。

出租车离开了宾馆上了主路，不一会儿来到了侯阿妹居住的沿河小区。侯阿妹下了出租车，刚刚走到楼门口，一束车灯突然亮了起来，晃得她睁不开眼睛。她赶忙手搭凉棚去看，不料，身边上来两个年轻人，不容分说，一下把侯阿妹蒙上眼睛，塞进了车，车一溜烟儿驶出了小区。

"你们是谁？凭什么抓我？放开我，放开我！"侯阿妹刚一上车，就被套上了头套，但她一直大喊大叫。

"侯小姐，你喊也没用，我们是奉命行事，到了地方你就知道了，现在只能委屈你了。"一个人说道。

总经理与康叔叔

康学兵是在没有任何征兆的情况下突然造访王丽颖家的，这让王丽颖始料未及。

王丽颖从省城回来后就一直宅在家里，闲来无事，便上网和几个网友聊天，然后百无聊赖地进入淘宝网，准备网购一些时尚的衣物。

父亲王全林回来的时候，母亲已经把饭菜做好，父亲看了看做好的饭菜，特别是看到了炖的鱼，顿时眉开眼笑。

妈妈喊道："丽颖，吃饭了。"

王丽颖穿着睡裙，趿拉着拖鞋来到饭厅坐下。刚刚拿起碗筷，门铃就响了。

正是饭点儿，谁会来造访呢？一家人感觉很纳闷。

母亲赶忙去开门，接着听到母亲与敲门人的对话："您找谁？"

门外传来一个男人的声音："这是王丽颖家吗？"

母亲惊奇地问："是，您是？"

门外的男人道："我是丽颖单位的，叫康学兵。"

"康总！"王丽颖一听，顿时大惊失色，赶忙跑进了卧室。

当王丽颖穿好衣服来到饭厅，看到康学兵提着大包小包已经站在了客厅里。

康学兵笑容可掬地对着王全林说："丽颖是为了公司才受的伤，我代表公司向您道歉。"

王全林赶忙站起身："还道什么歉，快请坐。"

康学兵在沙发上坐下，看了看王丽颖："丽颖，好点了吗？"

王丽颖拿了个小凳坐在了康学兵对面，不好意思地说："多谢总经理，我好得差不多了，过两天就去上班。"

康学兵呵呵一笑："不急不急，反正这两天，公司的事情也不多，你就再休息几天，等好利索了再去上班。"

丽颖妈道："哪有那么不讲理的，简直就是土匪，一定要严惩。"

康学兵一个劲儿点着头："是是，一定要严惩。"

王全林看了看王丽颖，埋怨道："丽颖，单位的领导来，你咋也不提前打个招呼呢？我和你妈也好准备准备，来，抽支烟。"

丽颖站起身，给康学兵倒了杯茶水。

康学兵一笑："都是自家人，不用客气，我今天在市里开会，顺便来看看您。我听丽颖说，您也当过兵？"

王全林道："八四年在云南昆明。"

康学兵眼睛一亮："我也是八四年的兵，是卫生兵，您是哪个师的？"

王全林也兴奋了起来："哎呀，越聊越近了，我是三十一师。"

康学兵道："敢情咱俩是一个师的，八四年四月的老山战役？"

王全林简直不敢相信："你也参加过老山战役？哎呀，真没想到，真没想到呀！"说着站起身与康学兵拥抱了起来。

丽颖妈和丽颖见此情景，也都兴奋得不得了。

几个人重新落座，王丽颖为康学兵把烟点燃，然后涨红着脸道："康总，您还没吃饭吧？咱们到外边吃去吧！对了，王哥呢？"王哥叫王刚，是康学兵的司机。

康学兵道笑了笑："哦，我让王刚开车回去了。丽颖呀，记住，以后我是你的叔叔，我和你爸是出生入死的战友。"

看到出生入死的老战友，王全林激动地说："老战友，那咱们就在家里吃。"

康学兵也不客气："对，就在家里。"

毕竟是军人出身，王全林听到战友一词，又是女儿的老板，不禁激动得热泪盈眶，他立刻翻箱倒柜地找出了两瓶珍藏10年的老酒，倒了两大杯，然后端起："战友，十五年没听到这个词了，这让我想到老山，想到了死在中越前线的战友。唉！"说着干掉了一大半，康学兵也干掉了一大半。

接着，王全林和康学兵谈起了中越自卫反击战的往事，两个老兵感动得几次落泪。

王全林擦拭掉眼泪，感慨道："我50多了，快要退出历史舞台了，比不上你，有知识，有思想，置了这么大一份产业。现在，丽颖在你的手下，你可要多多照顾呀。"

康学兵客气道："那是，那是，丽颖是个人才呀，年纪轻轻的就当上助理了，将来一定大有发展！哎，老战友，不对呀，咱俩不是战友吗，你怎么就50岁了？我才45岁。"

王全林苦笑了一下："你有所不知，那工夫我为了当兵，托人把岁数改了。"

王丽颖对康学兵的到来感到万分惊奇，也忧心忡忡，康学兵这次贸然造访的目的是什么呢？难道是他说的专程来看自己吗？前几天偶然的聊天，使王丽颖对这个本来高深莫测的总经理渐渐产生了同情心。可以说，在卓美制药中，康学兵虽然是个总经理，但始终是一个忙忙碌碌的角色，按照康学兵的话讲，他也是个打工的，始终处在董事长和康珊珊的监督之下。最近一段时间，王丽颖对公司的情况进行了一次认真的思考，自己虽然是个助理，但她明显感觉到，自己也只是个摆设。康学军有自己的想法，康珊珊有自己的如意算盘，而康学兵的一举一动都在这两个人的监督之下，稍微不留神都会产生不可预想的后果。那么，自己该和这个人保持怎样的距离呢。

王丽颖倒了一杯酒，笑吟吟地说："康叔叔，我敬您一杯，感谢您对我的照顾。"

康学兵冲着王全林说道："这个丽颖呀，确实是个难得的人才，有股子闯劲儿。"说完和王丽颖碰了一下酒杯，也把酒干掉了。

酒一直喝到了半夜，康学兵才摇摇晃晃地离开了王丽颖家。

早上，王丽颖刚刚整理完材料，就接到了李秘书的电话："康总找你。"

王丽颖整理了一下自己的思路，便敲开了总经理办公室的门。

此时康学兵正在接电话。王丽颖进屋后，发现康学兵的头发有些凌乱，他好像熬夜了，桌子上有一本打开的《商战三十六计》。

康学兵打完电话，关切地看着王丽颖："昨天我没有失态吧？"

"谢谢总经理。"当他看到康学兵的眼神有些异样，立刻改口道："谢谢康叔叔。"

"这就对了。以后在公众场合。我是你的总经理，私下，你得喊我叔叔。"

"嗯。"王丽颖放松了许多。

"一会儿准备做些什么？"

"准备一下生物制药厂开工剪彩的文案材料。"

"和我出去一趟吧。"康学兵深深地看了一眼王丽颖。

康学兵驾车在新开发的顺泽园小区徜徉着，四周是风格各异的别墅，一些刚刚入住的居民正在大车小辆地搬运着家具。

王丽颖从侧面打量着康学兵，她深切地感受到，康学兵眼睛里燃烧着一种异样的火焰，这种目光紧紧包裹着她，她感觉将要发生些什么。

车子在一栋崭新的别墅前停下，康学兵带着王丽颖打开了别墅的房门。

房间里还散发着淡淡的油漆味儿，里面各种家具一应俱全。

这是哪儿呀？王丽颖正在犹豫着，猛然感觉好像有人在火辣辣地盯着自己，抬眼望去，正是康学兵火辣辣的目光。王丽颖回避了："康总，这套别墅是你的吗？"

康学兵拉着王丽颖坐到沙发上，像刚刚认识似的盯着王丽颖，一字一板地说："喜欢吗？"

王丽颖不敢与康学兵的眼睛碰撞，而是把目光滑向窗外，笑了笑："房子确实不错，位置也好，还是水景儿，布局也不错，一定值不少钱吧？"

康学兵一下子抱住了王丽颖："丽颖，丽颖，我真的受不了了，快要崩溃了。"

王丽颖拼命地挣脱着。

但康学兵的胳膊越抱越紧："丽颖，你听我说呀，这个别墅是我给你买的。"

王丽颖略带哭腔地说："我不听，不要，康总，在单位，你是总经理，在私下，你可是我的叔叔啊，注意你的身份。"

"身份？总经理？"康学兵抬起脸。

王丽颖感觉康学兵的手臂渐渐松了。抬眼望去，看到的是康学兵泪流满面的样子。她也有些诧异："康总，你这是……"

"我……"康学兵拼命地揪着自己的头发，随后点燃了一支香烟，深深地吸着，样子局促不安："想听听我的故事吗？"

王丽颖不知所措地看着康学兵，她不知道康学兵今天演的是哪一出。如果是为了性，更是不可思议，在很多场合，康学兵是躲避这个字眼儿的，无论是在单位，还是在对外交往，康学兵一直没有绯闻，与康学军形成了鲜明的对照，很多人都在背后都称呼他为"太监"，通过近一时期的接触，王丽颖猜想康学兵是否真的像人们说的那样。可他为什么今天一反常态要拥抱自己呢？要知道，昨天他还刚刚到过自己家里，向父亲做出承诺。难道康学兵也是个表里不一的伪君子？

"按说我这个60后是没有资格和你们80后谈感情的，尽管你不喜欢听，但我还是要倾诉的，倾诉，你知道吗？我现在是有一肚子的苦水啊！通过前一时期你给我上课，我就感觉，你是我的知己，看过电影《知音》吗？我虽然不是蔡锷，但我也是想干一番大事业的。"

听到这儿，王丽颖的心不禁为之一动，她虽然听说过康学兵没有桃色新闻，但是没打算认真打听过，因为王丽颖始终认为，那是他的个人隐私，至于他那方面的功能如何丧失的，她更不想打听，更何况自己是来打工的，尽管被破格提拔为总经理助理，但民营企业的官就和黑板上的字儿一样，说擦掉就给擦掉了。

康学兵眼巴巴地看着王丽颖："以后你叫我康哥吧。"他拉过王丽颖的手，好像抓住了一根救命稻草。

随着康学兵的描述，王丽颖的眼前浮现出这样的情景。

康学兵从部队复员后，成为了乡卫生院的一名医生。每天工作之余总喜欢找一些医学书看，当时康学兵梦想有朝一日能够到省城的大医院进修，成为一名全科大夫。

一天下午，康学兵正在自己的卧室看书。康学军回来了，不仅手里拎着酒瓶子，还带回来一个花枝招展的女孩儿。康学兵猜想，哥哥一定是新交了女朋友，作为弟弟，应该感到高兴才是，于是他没有理会哥哥，而是继续看自己的书。过了一会儿，隔壁传出哥哥和那个女子的嬉笑声。正在这时，院子进来几个戴墨镜的男子，径直冲进了康学军的房间，紧接着就听见哥哥屋里一阵拳打脚踢的声音，其中还夹杂着一个男子的骂声："你吃了豹子胆了，竟敢勾引我老婆，看我不打断你的腿。"随后就传来了哥哥的惨叫声。

当康学兵从厨房拿起菜刀冲出屋要和那帮人拼命时，那些人已经跑出了院子，上了一辆面的扬长而去。

康学兵回到哥哥的房间，看到赤身裸体的哥哥脸上一片血污，最关键的是腿已经被打断了。后来虽然几经治疗，康学军的腿最终还是没能治好，落下了残疾，而康学兵也由此落下了病根儿，每每见到漂亮的姑娘，眼前总是出现哥哥血淋淋下身的影子，虽有那个心，但不能性冲动。后来谈了很多次恋爱，虽然姑娘都很主动，但康学兵的下身始终没有反应。

康学兵揪着自己的头发痛苦地说道："丽颖，我虽然是个废人，但我也有志向呀，我不想就这样度过一生，丽颖。"

"康学军通过一个偶然的机会，在草原上找到了秘方，后来是我把秘方进行研制并进行临床试验，其实我才最有资格担任董事长。当时我妈考虑我哥是残疾人，才让他当这个董事长，一方面能减免税，一方面是照顾他，让我当了这个总经理。没想到，我哥这个人，唉，你也知道，尽管公司有几个股东，但这些股东都是凑数的，我也是一个摆设。公司从成立到现在，除了上缴国家的税收之外，股东们就一直没分过红。我哥他大权独揽，每天花天酒地，根本听不进别人半句话。"

听完康学兵的讲述，王丽颖半天没说话。卓美制药的神话在她的心中破碎了,她感到了一种恐惧,这样的企业能生存下去吗?王丽颖默默地站起来,走出了房间,她想到了辞职。

逃离卓美大厦

地下室的防盗门打开了,进来了两个穿黑衬衫的男人。

为首的拉了把椅子坐下,笑嘻嘻地说道:"侯小姐,我们也不想为难你,只要你交出账本和U盘,我们马上就会把你放了。"

侯阿妹冷冷地说:"我没有什么账本,更没有什么U盘,我要见康学兵。"她猜想一定是康学兵搞的鬼。

黑衣人点了支烟,深吸一口,然后把烟雾喷在了侯阿妹的脸上,看着烟雾在侯阿妹的脸上慢慢散去:"我不知道康学兵还是什么王学兵的,只知道我们老大要得到他想要的东西。"

"我没有U盘。"侯阿妹说这话时,打了个哈欠,感觉头晕脑涨,隐隐约约地感觉到自己想干点什么。对了,想喝水了,她看着两个黑衣人,央求说:"给我口水喝,好吗?"

一个黑衣人扔过来一瓶矿泉水。

"我要喝昨天的那种果汁。"两天来,侯阿妹感觉对那种果汁儿有了依赖性。"你们给我喝的是什么,是毒品吗?"她感觉浑身上下出奇地痒。

"呵呵。"黑衣男人拿出一瓶饮料,在侯阿妹的眼前晃了晃,侯阿妹感觉这就是那种饮料,像是看到了救命的稻草,汗顿时下来了,骨头缝痒得出奇:"给我,给我!"她声嘶力竭地哀求着。

黑衣人奸笑了两下:"那咱们达成一个协议吧,你给我U盘,我给你饮料。"

由于毒瘾发作,侯阿妹汗流浃背,只好同意:"我答应你们,你先给我水,我带你们去取。"

为首的黑衣人笑着把果汁扔给侯阿妹,侯阿妹接过果汁儿,不顾一切地喝了起来。

正值下班的高峰，侯阿妹带着两个黑衣人开着车在城区转了两圈，驶向了郊区，最后车子在南关附近的一片菜地旁停了下来。侯阿妹向前努了努嘴："在旁边的电井房里，你们俩谁跟我去拿？"

高个黑衣人扭着侯阿妹的胳膊说道："别耍花招，小心我弄死你。"

这是一个废弃的电井房，侯阿妹带着黑衣人来到了电井房前，装模作样在墙上摸着什么，她见黑衣人放松了警惕，突然跑进了一旁的小树林。

黑衣人紧追几步，也没追上，只得悻悻而归。

这几天，王丽颖一直躲着康学军和康学兵兄弟俩。她上下楼不乘电梯，上下班不走正门。凡是可能与他们相遇的地方，她都小心地回避。她实在是无法面对康学兵那火辣辣的目光，更无法面对康学军色眯眯的眼睛。当然她内心也明白，躲是躲不掉的。他们俩想要见她，随便找个借口都能办到。

树挪死，人挪活，王丽颖本打算离开卓美制药的，但是仔细一琢磨，还真有点儿舍不得这份工作。自己毕竟已经做到了总经理助理，无论是职务还是薪水，在同龄的女孩子中已经是很优秀的了，如果此时辞了职，别人会咋想呢？如果处理好与康学军、康学兵的关系，自己仍然有发展的空间。特别是听说康学兵在想方设法摆脱康学军的控制，想按照现代企业模式管理卓美制药的时候，王丽颖心里多少有了一点儿希望。

经过两天的冷静思考，王丽颖首先找到康学兵，提出了自己的想法。她满以为康学兵会拒绝的，不料，他却爽快地答应了："你不提出下基层岗位，我还想安排呢。丽颖呀，千万别急，你先下去了解一下情况，出不了一个月，我会亲自把你接回来的。"

王丽颖在电话中向康学军提出自己的想法时，康学军随即又说，丽颖是难得的人才，只要留在公司，可以给加薪。

丽颖义正词严道："董事长，我王丽颖挣的每一分钱都是靠我的智慧和能力。我并不是离开卓美制药，我只是离开这座大楼一段时间，让我们也冷静地考虑一下，免得再发生不愉快，不过您放心，我还可以做总经理助理,您有什么事情尽管吩咐,我不会耽误工作的。"

"那你准备到哪里去呢?"康学军在电话那头问,王丽颖感觉,康学军已经没了底气。

王丽颖说:"我想到咱们公司的仓库去。"

康学军妥协了:"好好好,只要你不离开卓美制药,到哪里都行。"

第二天一早,王丽颖上班的时候没有到办公大楼,而是径直到了药品仓库。结果刚到仓库的办公室,她就发现仓库的所有职工都列立两旁,见到王丽颖进来,员工们齐刷刷地喊道:"王总好!"

仓库主任领着王丽颖来到办公室,王丽颖发现,门头挂上了"总经理助理办公室"的牌子,她感到有些纳闷,便问道:"这是怎么回事儿?"

仓库主任笑道:"董事长说您要下来体验生活。"

王丽颖走进了办公室,更感到惊奇,不知是谁把王丽颖在办公楼的电脑搬了下来,还布置了和自己办公室一模一样的办公家具。

王丽颖的电话响了,是康学军打来的:"王助理,不好意思,我让人把你的电脑搬下去了,还需要什么,你尽管吩咐他们去做。"

"谢谢董事长。"王丽颖挂断电话,打开电脑,准备开始工作。

有人来提货了,司机探头探脑地向这边看着:"你们什么时候来了一个大美妞?"

仓库主任没好气地说:"闭上你的臭嘴,这是我们总经理助理。"

司机开着玩笑说:"总经理助理不好好在楼上待着,跑到这里来干什么?真是新鲜啊!"

王丽颖静了静心,开始撰写方案。按照公司的计划,月底将举行生物制剂车间暨卓美房地产公司揭牌仪式,到时候,市里的头头脑脑都要参加。对于这样的大型活动,王丽颖不敢有丝毫的懈怠。

谈　判

康学兵给王丽颖发来短信：最近将有大事发生。

不出所料，没过几天，王丽颖就被康学军叫到了办公室。

康学军给王丽颖倒了一杯热水，笑道："王助理，公司要委派给你一个很重要的任务。"

王丽颖好奇地问："啥任务？"

康学军笑了笑："这件事情对于咱们公司来说，是开天辟地的大事情；对于台山市来讲，也是第一次，我们要成台山市第一个吃螃蟹的了。我和康总研究了半天，只有你能够担此大任。"

王丽颖不解地问道："啥任务您说，我一定会尽力的！"

康学军点了支烟，盯着王丽颖，满怀激情地说："卓美制药将成为台山市第一家上市公司了。"

王丽颖高兴得几乎跳了起来："太好了，真是这样的话，对于公司的发展太有好处了！董事长，您说，我能为公司做什么呢？"

康学军说道："我和总经理认真研究过，这件事只有你能够胜任。听总经理说，卓美公司上市的建议最初是你提出来的，是吗？"

王丽颖点了点头。

康学军继续说道："看来我们这些人都落伍啦，我们的思想还都是上个世纪的思想。"

王丽颖谦虚地说："您这样说，我都不好意思了，我能做什么呀？"

康学军一本正经地说："你将作为卓美制药的代表和形象代言人，全权负责公司上市前的一切准备工作，包括与城建公司的谈判以及与相关部门的协调。"

王丽颖问："您能说得具体点儿吗？"

"我们公司是市委李书记引进的，这两年来，卓美制药的经营效益可以说在台山市独占鳌头，也是台山的利税大户。按照市委的安排，我们将与城建公司组成新的卓美控股集团进行上市。"康学军认真地说。

"啊！"王丽颖感觉有些吃惊，简直不敢相信康学军会有这样的想法，于是她马上改口道："董事长，这件事事关重大，我真的做不了，真的。一是我的资历不够，二是我对这方面还不了解。顾总和唐总他们两个都比我强。"

康学军拉开抽屉，拿出一张信用卡："你的资历我和总经理是了解的。第一，你是省财会学院的高才生，了解上市公司所需要的一些程序；第二呢，据我所知，近一年来，市委、市政府对你的印象都相当不错，你担此重任，是再合适不过的了。顾总和唐总他们，虽然在台山有一定的人脉，在传统企业管理方面也还不错，但和我一样，对于现代企业还是摸不到窍门呀。丽颖呀，你就不要推辞啦！至于资金方面，我们会全力保障的。这个你收好，今后会用得到的。"

王丽颖迟疑道："我……"

"丽颖呀，别发怵呀，这也是你施展才华的大好机会。这件事情办成了，你将是卓美公司的第一大功臣，我还会另有重谢的。"康学军说着拍了拍王丽颖肩膀。

王丽颖推辞着："我怕辜负董事长和总经理的期望，这件事情来得忒突然了，您让我好好想想。"

康学军继续道："丽颖呀，关键时刻，公司的利益是第一位的。拿好卡，上面有50万，一切支配权在你，这样总可以了吧。"停了停，康学军继续说："当然啦，公司上市，有一个过程，但是，我希望你能够以公司的利益为重，发挥你的特长，尽快拿出一套完整的方案。我想，你是不会让我和总经理失望的。"

王丽颖想了想，收起了信用卡："谢谢董事长对我的信任，我将尽最大的努力。"

康学军继续道："你要按照市领导的指示和上市公司的要求，尽快建立一个专业团队，人员你随便挑，这个团队由你负责，你直接和我联系。"

回到办公室，王丽颖的心里久久不能平静。她翻阅了大学时期的现代企业管理的各种课本，又上网查询了相关资料，然后向几个大学同学进行了咨询，陷入了深思。

按说，把卓美制药做成一个上市公司，是王丽颖和康学兵梦寐以求的事情。但是王丽颖十分清楚公司上市的基本条件：需要同时聘请三家中介服务机构，也就是证券公司、会计师事务所、律师事务所，这三家是法定的中介服务机构，其中以券商为首，承担保荐和承销任务，会计师负责上市审计，律师负责上市相关法律问题。其中的关键还不在于此，是需要按照上市公司的要求，对公司进行现代企业体制改革，允许其他企业参与。按照市委李书记的意思，就是城建公司加盟卓美，这样一来，不仅可以扩大公司的规模，而且可以增加公司的资产。但民营企业进行股权改革，一直困难重重，其中主要的一点问题，就是现代企业是按照投资的股份确定管理权的，而这些民营企业家独断专行惯了，挣钱心切，又抱着家庭管理模式不放，不愿意对企业进行改革，康学军就是这样的人，这样的企业改革能成功吗？

王丽颖拨通了康学兵的电话，想征求一下他的意见。

康学兵说讲话不方便，晚上再说。

按照康学兵的授意，王丽颖拟了一份"卓美公司上市筹委会名单"和一份"卓美公司与台山市城建公司谈判的工作规划"，呈送给了康学军。康学军只是简单地看了一眼，很快就签了字，并让秘书迅速召集这些人开会。

在会上，康学军慷慨陈词，把卓美公司上市后的愿景描绘得辉煌无比，随后公布了筹委会的名单。

王丽颖代表筹委会作了发言。当王丽颖以新的面目出现在董事会的时候，人们忽然觉得眼前一亮——这是昔日的王丽颖吗？

只见王丽颖将过去的披肩长发剪短了不少，向耳边微微弯曲着，显得更加干练，瓜子脸更加白皙，那双凤眼更加传情。最让人感到惊讶的是，王丽颖的装束也发生了明显的变化，衣服的颜色不再是昔日管理人员的深蓝色，而是穿了一身浅色的西装，里面为淡粉色的衬衣，特别是胸前那串金灿灿的黄金项链，别具一格，给人一种既时尚又含蓄、既奢华又大方的感觉。

是王丽颖吗？简直是一个模特。这样一个人物能够担此大任吗？人们不由得发出嘘声。

王丽颖站起身向大家深鞠一躬，接着侃侃而谈，从上市公司的历史，一直讲到民营企业上市的成功案例；从上市公司应具备的条件，一直讲到卓美制药的现状。王丽颖在讲解时使用多媒体演示，更具有视觉冲击力。由于卓美制药的高管们一直在传统模式下经营，对于现代企业管理的名词很少了解，听了王丽颖的讲解，感到耳目一新。人们不知道王丽颖是从哪里得到这些材料的，特别是很多卓美公司的内部信息，都被她拿了出来。由此可见，这个姑娘太不一般了，原来真是小看她了！

王丽颖最后说："感谢公司对我的信任，我将会在董事会的领导下，团结筹委会的所有人员，用自己的智慧，向董事会交上一份合格的答卷。最后，我想借用董事长的一句话来结束我的讲解，就是'卓美制药的明天会更加美好'，谢谢大家！"

康学军和康学兵带头鼓起掌来，与会人员见董事长和总经理如此器重王丽颖，也都报以热烈的掌声。但他们不知道，这个花瓶一样的女人究竟会有多大的本事，将如何带着这个团队完成这项关系公司命运的任务。

王丽颖重新搬回了卓美大厦，而且就在康学军和康学兵办公室的旁边办公，房间的面积和康学兵一样大。在她办公室的对面，则是筹委会办公室。王丽颖之所以建议把筹委会放到与公司高管同一层办公并且放在自己的对面，有两层意思：一是抽调的人员原来都是总公司的部门经理，在公司都是有一定身份的，与高管在一个楼层办公，无形中提高了他们的自信心；还有一层意思只有她自己清楚，就是自己与康学军和康学兵在一个楼层办公，可以避免他们哥儿俩没事儿朝自己房间跑，引起不必要的麻烦。

按照康学兵确定的名单，筹委会主任由董事长兼任，副主任是康学兵，成员是公司的两个副总和王丽颖，王丽颖兼任办公室主任。具体办事人员一共有五个人。

王丽颖认真分析了一下这五个人的基本情况：其中三个人是公司

的元老级人物，都50多岁了，自恃与康氏兄弟一块儿创业，平时对下面的分厂指手画脚惯了，根本不把王丽颖放在眼里，更可气的是这三个人中竟没有一个会电脑操作。王丽颖明白，他们是康学军的嫡系，到这里来每天的主要工作就是看报纸和喝茶，说白了，就是来养老的。

另外两个人王丽颖还都满意，都是年轻人，男的是公司财务部的，叫李明，学的是财会，女的原来是公关部的，叫小魏，大学学的行政管理。王丽颖把五个人做了分工，自己与小魏，加上老张负责与城建公司的谈判和与市发改委、上市公司以及会计师事务所等方面的联系，李明与老王、老郑负责联系律师事务所等方面的工作。

经过近一个月的精心准备，王丽颖终于理出了头绪，但也遇到了前所未有的问题，那就是如何对卓美制药进行改革。按照康学军的意思，就是不想让城建公司介入卓美制药，想独立上市，但按照卓美公司目前的状况，是无法完成独立上市的。

城建公司加盟卓美公司的谈判一直持续了两个月，竟没有丝毫的进展。两个月来，王丽颖按照康学兵的安排，不但没有把卓美公司的底牌亮出，反而把城建公司的底牌摸了个清清楚楚。

台山第一美女

早上刚刚上班，王丽颖就接到了通知，市委李书记要到卓美公司视察并听取公司上市情况汇报，康学军让王丽颖马上准备一份汇报材料。

王丽颖按照康学兵所说，准备了一份详尽的汇报材料，汇报首先对市委李书记赞赏了一番，然后说卓美公司正在按照市委的英明决策，与有关部门积极配合，争取明年早些时候，使卓美公司成为全市第一家上市公司。

康学军拿着汇报材料看了半天，猛地鼓起掌来："天才，简直是天才！丽颖呀，真没想到，真没想到，你竟有如此的才华，文笔如此之好!"

第二天一早,市委李书记在苏副市长的陪同下如期而至。毕竟是市委书记视察工作,全市几乎所有媒体都来了,忙前忙后,好不热闹。

市委李书记走进卓美制药的大楼,康学军带着公司所有的高管列立两边,夹道欢迎。李书记认真地参观着卓美公司企业文化墙,在大堂的屏风前停了下来,那里恰好有一张王丽颖笑容可掬的大幅海报。李书记端详了半天,问道:"你们这是哪里请的模特,很不错嘛!"

康学军指了指旁边的王丽颖,笑道:"李书记,海报上的就是她,她叫王丽颖,是公司的总经理助理,也是卓美制药的形象代言人。"

李书记赶忙伸出了手:"小同志,不错嘛,你可是才貌双全呀,参加工作几年了?"

康学军道:"从卓美制药在台山安家,她就在这儿,省财会学院的高才生。"

李书记哈哈一笑:"学军呀,你这里真是藏龙卧虎。"然后指了指王丽颖:"一会儿我可要听你的专门汇报哟。"

王丽颖此时不知说什么是好,只是一个劲儿甜甜地笑着。那些新闻记者见李书记如此夸奖王丽颖,纷纷把镜头对准了王丽颖,闪光灯闪个不停。

汇报会在总公司的会议室进行,卓美公司董事长康学军和城建公司张董事长详细汇报了新卓美制药的谈判情况。

王丽颖默默地记录着,内心却打着小鼓:如果李书记真要问起来,该怎样回答呢?

李书记的目光果真向她这边射来:"小同志,说说你的工作情况,你不是在卓美公司具体负责此项工作吗?你最有发言权。"

王丽颖不好意思地站起身,但李书记赶忙示意她坐下:"别紧张,坐下说。"

大概头一次接触这么高级别的领导,王丽颖一时说不出话来,脸色通红地憋了半天,才说道:"感谢李书记对卓美集团的爱护。我们在董事会的领导下，按照上市公司的要求，正在进行积极的准备，这两个月来，我们与市发改委、市审计局、律师事务所等单位进行了协商，和城建公司也进行了认真的洽谈……"

"嗯，小同志，你说得很好，你认为，从技术层面上看，有哪些具体困难？"

王丽颖脸色通红："这个……"她看了一眼康学军，希望能得到他的帮助，而此时的康学军正毕恭毕敬地对着李书记笑，根本没有理会王丽颖。

李书记安慰道："小同志，别紧张，实话实说嘛。"

王丽颖心一狠，看着李书记说道："卓美制药上市是大家期待的结果，但是卓美制药上市的前提，是进行现代企业改革，使卓美制药更加适应市场经济的需要。"

王丽颖的话犹如一颗重磅炸弹，顿时在会场炸响。大家的目光纷纷向她射来，或不解，或猜疑，还有的就是不满。王丽颖寻思着，这番话语一定会招来记恨，她可能会因此离开卓美制药。不料，李书记首先鼓起掌来："学军呀，这正是我要听的话。丽颖呀，看来你这个公司代言人没白当，人长得漂亮，也很有思想呀。"有了李书记的夸奖，在场的人无不报以热烈的掌声。

接着李书记话锋一转："同志们，卓美公司上市事关全市，是我市的重点工作，各部门都要通力协作，卓美制药虽然是个民营公司，但它做出了品牌，是台山人的骄傲。卓美公司成为我市第一家上市公司，首先要下大力气进行改革，与国际接轨，也要与相关部门精诚合作，特别是全市的龙头企业城建公司，在合作中要虚心学习先进经验，促进我市经济的稳定发展……"

王丽颖精彩的发言在台山引起了媒体的关注。第二天台山日报的第一版是市委李书记到卓美集团调研的消息，第二版显著位置上便刊载了《卓美制药美女助理笑谈民企改革》的文章，上面还有王丽颖发言时的照片。文中除了介绍王丽颖关于卓美公司改革的观点外，还有市委李书记对王丽颖的评价，十分吸引眼球。台山晚报的报道更加醒目，题目是《走近台山第一美女》，那些记者不知从哪里得到的消息,把王丽颖的身世挖了个底儿朝天,并添油加醋地进行了渲染。更有甚者,把王丽颖的电话泄露了出去。一上午王丽颖的电话响个不停,全是陌生的号码,有的是记者邀请采访的,还有好多是莫名其妙的电话,张口就是和王丽颖交朋友。王丽颖简直哭笑不得,但电话也不敢不接,一块电池不到半天就没电了。

让王丽颖感到害怕的倒不是这些,而是公司大门口不时出现的探头探脑的那些陌生男青年,大家都想目睹一下台山第一美女的形象。

王丽颖把自己锁在房间里,感到万分的恐惧,她不知道明天将会发生什么,甚至担心自己在回家的路上会被绑架。

最先得到消息的是康珊珊,她拿到报纸后,赶忙来找王丽颖,手里拿着报纸、目不转睛地看了王丽颖好一会儿,鼓起掌来:"让我看看这个台山第一大美女长什么样,嗯,漂亮极了。"

王丽颖有些不悦了:"珊珊,你还是拉倒吧,你看看窗外那些人。"

康珊珊抬眼看去,在公司大门外,果真有几个男人在探头探脑。

王丽颖不高兴地说:"这些记者也真是,这让我咋出门呢!我都要崩溃了。"

康珊珊呵呵一笑:"王姐,我要是你呀,就让他们看个够,反正也看不掉什么东西。"

王丽颖生气地把报纸摔在了桌子上:"哎呀,人家都要郁闷死了,你还开我的玩笑。"

"哪会呀!"康珊珊打开了房间门。

康学军笑容可掬地走了进来,手里还拿着一沓报纸。当他看到王丽颖惊恐万状的惨样,又看了看康珊珊,不解地问道:"你们这是?"

康珊珊没好气地说:"都怨你,你看把王姐吓的,都不敢出门了。"

王丽颖见到康学军后,正感觉无地自容呢。对于眼前的一切,她不想解释,因为白纸黑字写得清清楚楚,心想康学军一定不会饶过自己的,她猛地想起了传说的康学军暴君的形象,他会不会把自己骂得狗血喷头,甚至把自己辞了?

没想到康学军反倒笑了起来:"丽颖呀,这可是件好事,天大的好事呀,谁不想出名呢?对你是一件好事,对公司更是一件天大的好事,这是在免费为咱们做广告呀!你要把握住机遇,宣传卓美,让卓美公司走进千家万户,让全市乃至全国都知道,卓美公司不仅有台山第一美女,还有上等的药品。"

王丽颖央求道:"哎呀,董事长,您饶了我吧。我还是好好干我的本职工作吧。"

康珊珊也帮着说道:"爸,你不能因为公司的事情,就把王姐豁出去呀!"

康学军呵呵一笑,把手里的烟斗一挥:"哪会呢,我是想,这对你王姐也是一件好事。你想呀,丽颖出了名,对今后的生活,一定会带来积极的影响,说不定哪个帅哥看上你王姐呢。"

王丽颖略带哭腔地说道:"可是我不想出名,就想本分地生活,在卓美公司做事。"

一连几天,王丽颖都是在恐慌中度过的。为安全起见,这几天她始终没敢回家,吃住全在单位。

这几天也是康学军最忙的时候,一拨儿接一拨儿的媒体记者慕名而来,都想采访王丽颖。康学军抓住了这个机会,一方面为王丽颖挡驾,说她外出考察了,另一方面趁机接受了众多媒体的采访,对卓美制药进行了全方位的介绍。

王丽颖在公司一连住了一周,这一周,她始终把自己锁在屋里,根本没有精力去思考公司上市的问题,而是在考虑怎样逃出那些媒体记者的包围。

为安全起见,王丽颖给朱亚军打了个电话。朱亚军在电话那头笑着说:"丽颖呀,这下你可出名了,成了台山市第一美女。"

王丽颖央求道:"你还笑,我都快愁死了,你快来吧,我不敢回家了。对了,开警车来,要穿警服啊。"

朱亚军答应了一声:"好嘞,你等着,我正在你们单位附近办事呢。"

时间不长,朱亚军果真开着警车赶了过来。

看到王丽颖一身打扮，朱亚军也有些好奇："美女，你咋这身打扮？"

王丽颖没好气地说："还不是那些报纸闹的。"

"呵呵，管它呢，走。"朱亚军说着发动了车，车子向台山城区驶去。

上车后，王丽颖放下车玻璃，摘掉了墨镜，伸了个懒腰："这几天，都快给我憋死了。老同学，你说我该咋办呢，那些记者就跟苍蝇似的，追着我不放。"

朱亚军哈哈笑道："这是好事呀，这下你可在台山出大名了，成了公众人物。"

"公众人物？那有什么好的。"王丽颖摇了摇头。

朱亚军看了一眼王丽颖："傻美女，当了公众人物多好呀，社会上那么多人宠着你，你可以尽情地享受人生。"

"可我想过平淡的生活。"

"美女，找到心中的白马王子了吗？"

一句话点到了王丽颖的痛处，她苦笑道："这些日子光顾忙工作了，哪有时间谈恋爱，你呢？"

朱亚军呵呵一笑："和你一样，每天忙工作。"

王丽颖从侧面看着朱亚军，渐渐有些痴迷了。浓眉大眼、高挺的鼻梁，棱角分明的脸上有一个淡淡的疤痕，听朱亚军介绍，那是在一次抓抢劫犯时落下的。王丽颖曾不止一次想把自己和朱亚军联系在一起，但又否定了自己。特别是上次约会，王丽颖曾试探过，但朱亚军的心里只有案子，竟然对自己的痴情无动于衷，使得她很是伤心了一阵儿。

朱亚军一边开车，一边看着王丽颖："美女，你是回家，还是……"

王丽颖试探地说："我听你的。"

朱亚军想了想："这样吧，你不是好几天没出来了吗，咱们兜兜风。"

"好嘞。"王丽颖说着，主动向朱亚军那边靠了靠，她看到朱亚军的手在变速杆上,便不自觉地把手伸了过去。朱亚军扭头看了她一眼,嘴里没说什么。

汽车在环城路上缓慢地行驶着。此时正值黄昏,夕阳下的台山城别有一番风味儿,车窗外流动的景致甚是迷人,王丽颖心中有一种说不出的感觉。如果能和朱亚军生活在一起,该多好呀,可是,不知自己有没有这个缘分。

"美女,想什么呢,还在想那些不愉快的事儿吗?"朱亚军缓缓地把车子停了下来,望着王丽颖说道。

王丽颖淡淡地说:"没想别的,就是命苦。"

朱亚军又是一笑:"说啥呢,你在咱们同学中,已经很不错了,谁像你一样,就差上中央电视台了,还说自己命苦!"

"那有什么用,最终我还是我。"停了停,她又脸色红润地说,"我这个人很现实,我不想出名,只想找个老公,过平凡的日子。朱亚军,我不骗你,我从小就特别喜欢穿制服的,像什么解放军、武警之类的,再有就是你们警察,多神气。"

朱亚军说:"你看我神气吗?"

王丽颖顿时来了精神:"你一直很神气,很多次都出现在我的梦里。"

朱亚军点了支烟:"哦。"

王丽颖继续道:"说实在的,到现在为止,咱们同学中,只有你、我、苏美娟没有结婚了。苏美娟咱比不了,他爸是市长,我也和你比不了,你是人民警察。我呢,充其量只是个民营企业的员工,随时都有可能会被辞退的。"

王丽颖这样说着,巴望朱亚军能给他一个确切的答复。

但朱亚军始终没说话。

"你抱抱我好吗,我感觉有些冷。"王丽颖可怜兮兮地说道。

朱亚军紧紧抱住了丽颖。

"你能娶我吗?"王丽颖望着朱亚军,并递上了滚烫的唇。她渴望着朱亚军把她抱得更紧,甚至深深地亲吻她,如果那样,就说明朱亚军是真的喜欢她,甚至会娶她。

但朱亚军始终没有答复。

良久，朱亚军才说："咱们回吧，我送你回家。明天我送你上班。"

"你能娶我吗？我想要你。"王丽颖把朱亚军的头扳正，看着他的眼睛，一个字一个字地说道。

"我……"正待朱亚军想拥抱王丽颖的时候，朱亚军的手机却响了，他觉得很扫兴，一看手机，顿时脸色暗淡了下来。他不好意思地看了看王丽颖："美娟的电话。"

王丽颖顿时放下了眼皮："接吧。"

"美娟吗？我和丽颖在一块呢，对，就是咱们同学，你不知道，她现在可出名了，都是你们媒体炒的，我要送她回家。什么？让丽颖接电话？"朱亚军说着把手机递给了王丽颖。

王丽颖接过电话，心里想着该对苏美娟说些什么呢，向苏美娟流露出对朱亚军的爱吗？还是……她稳了稳精神，突然略带哭腔道："美娟姐，我好几天没回家了，刚才还有人骚扰我呢，我想让朱亚军保护我。"王丽颖这样实话实说，而且把自己说得可怜兮兮的，是想让苏美娟可怜自己，就此放过朱亚军。

不料，苏美娟在电话中却说，自己正在刑警队门口等着朱亚军呢，说她父亲苏副市长想见朱亚军。

朱亚军听了这话也是一怔，他对着电话说："美娟，我这两天要送王丽颖上下班，经常有人骚扰她，等过两天没事儿了，我再去你家，好吗？"

这时，两个姑娘都不高兴了。王丽颖的脸立时沉了下来，电话里的苏美娟也哭了起来。

王丽颖想了想："朱亚军，你还是找美娟去吧，她对你挺痴情的，你不用管我。"

朱亚军想了想，合上了手机，拉起王丽颖："走，我送你回家。"

王丽颖好像明白了什么，顺从地和朱亚军上了车。

丽颖妈见女儿带着一个英俊的警察回来了，顿时心花怒放，又是递烟，又是沏茶，还要留朱亚军吃饭，忙得不亦乐乎。

朱亚军只坐了一小会儿，就推说晚上值班，离开了丽颖家。丽颖恋恋不舍地把朱亚军送到楼门："明天早上能送我吗？我还要你送。"

朱亚军想了想："这样吧，八小时之外，开警车不合适，明天咱俩骑自行车走，行吗？"

"好，拜拜。"她看着朱亚军上了车，向他挥了挥手。

市长叔叔

康学兵从东南亚回来了。

尽管他此次出差只有半个月，但在王丽颖看来却是如此漫长，她越来越发现自己好像有点儿离不开他了。

最让王丽颖感动的是康学兵回公司上班后看的第一个人是自己。当康学兵一身帅气地走进王丽颖的办公室时，王丽颖竟然产生了要去拥抱的冲动，但她最终还是止住了自己的想法，只是高兴地说道："呦，康总回来了，打扮得够精神的，您一定带回了什么好消息。"

康学兵一副春风得意的样子，呵呵笑着："此行收获颇丰，收获颇丰呀！咱们的药品在东南亚很受欢迎，特别是在新加坡，消糖丸很受欢迎，我带的100盒被抢购一空。真没想到，真没想到啊！"

看着康学兵眉飞色舞地讲着，王丽颖也有点儿抑制不住兴奋的心情："真是个好消息，看来卓美制药真的要走向世界了。董事长听后一定会很高兴的。"

"他上午在发改委开会，你是第一个听到这消息的人。对了，你这边的情况怎么样，说说看。"

王丽颖的眼睛一下子黯淡了下来："还是老样子。"

康学兵欣喜地说："在国外的时候，我每天都上网，一直关心着你，关心着卓美制药，听说李书记对你很满意呀，快说说，我听听。"

王丽颖叹了口气："咳，别提了，那些媒体把我说得神乎其神的，什么台山第一美女啦，什么天才美女助理啦，前几天，那些记者把我的手机都打爆了，还说呢。"

康学兵纳闷地说："这是件好事呀！"

王丽颖嗔怪道："连你也这样说。还好事儿呢，现在弄得我都不敢上街了。"

康学兵扶着王丽颖的胳膊："你这是在给公司做宣传呀，好了，不说这个了。"

康学兵说着拿出一个礼品包，眉目传情地看着王丽颖："这个是在从香港给你买的，不知道你喜欢不？"说着便打开了礼品盒。礼品盒里是一对劳力士牌的黄金情侣表。

"我是专门给你挑的，来，戴上看看。"康学兵拿起那块女士金表，就要给王丽颖戴。

王丽颖一看表的价钱，21万元，顿时张大了嘴巴："这么贵重呀，我可不敢要。"

康学兵笑道："又耍小孩脾气了不是。"

王丽颖躲闪着："总经理，不是我不喜欢，我真的不要，这也忒贵重了。"

一个要给，一个不要，王丽颖和康学兵就这样拉拉扯扯了起来。忽然传来了敲门声，康学兵赶忙示意王丽颖把表收起来，王丽颖拉开抽屉，把礼品包放了进去，然后正襟危坐在老板台后面，康学兵则客客气气地坐在她的对面。

进来的正是康学军，他看了看康学兵，又看了看王丽颖，笑道："你们谈论什么呢？这么热闹。"

康学兵一本正经地说道："我们正在谈论卓美公司的未来呢。董事长，我这次到东南亚去，收获忒大了。"

康学军拄着拐杖走到沙发旁坐了下来，满腹狐疑地看着康学兵和王丽颖："是吗？"

刑侦大队正在召开全体民警大会。

大队长陈卫国正在讲话："这次公开竞聘领导干部对于我们刑侦大队来说，是一件天大的好事。现在，市局的用人制度正在改革，公开竞聘，一切透明，我想你们当中，一定会有很多优秀者脱颖而出，大家都给我听好喽，谁也不能孬了！你们侦查破案是高手，竞聘也不能怂了！一定好好考，考出好的成绩来，我请你们喝酒，刑侦大队是培养人才的地方……"

会后，朱亚军被叫到了陈卫国的办公室，陈卫国递给他一支烟，问道："亚军，这次市局公开竞聘，你有什么想法呀？"

朱亚军看了一眼陈卫国，懒洋洋地说： "我才去不竞聘呢，没劲。"

陈卫国以教训的口吻和朱亚军说："傻兄弟，别冒傻气了，干啥有劲呀？你不竞聘，人家苏大记者能满意吗？你就想当一辈子中队长呀？看你那点出息。朱亚军同志，现在和原来不一样了，所有的领导岗位都要经过公开竞聘，你不竞聘，怎么能往上升啊？"

朱亚军对此并无兴致，他有点儿心不在焉地说："大队长，如果没有其他事，我走啦。"

"你敢！没事儿能叫你到我的办公室来吗？你坐下！"陈卫国喝令道。

朱亚军乖乖坐在了沙发上，嘴上仍说："这两天手里压着好几个案子呢，我得去查案子。"

陈卫国笑了笑："你是中队长，又是警院的高才生，工作能力在大队是首屈一指的，但你的眼里千万不要只盯着几个案子、几个毛贼。案子要破，毛贼也要抓，竞聘也要考好呀，这样才能对得起人家美娟呀。"

朱亚军有点搞不懂："陈大队，局里竞聘领导干部，美娟是咋知道的呢，这里面有她什么事？你们……"

陈卫国哈哈一笑："市公安局公开竞聘领导干部是要经过市委同意的，我的傻兄弟，人家美娟能不知道吗？你不为别人考虑，也得为美娟着想呀！"

这下朱亚军语塞了。

陈卫国接茬说："你想好了吗，竞聘哪个岗位？这样吧，你就选城关派出所所长，我可给你报名啦。"

朱亚军简直有点儿哭笑不得："陈大队，我还没想好呢。"

陈卫国有些着急地说:"什么,没想好?朱亚军同志,现在刑侦大队干部不缺编,城关派出所所长是最热的岗了,多少人都争着去呢。"

朱亚军拿起了自己的警帽:"谁爱去谁去,您没别的事儿,我走了。"

朱亚军回到队里,侦查员们都在议论这次竞聘的事情。见朱亚军回来了,纷纷上前问道:"队长,您竞聘哪个岗位啊?"

朱亚军把竞聘的复习资料往桌上一摔:"都一边去,该干活的干活。"

侦查员们看到朱亚军的表情有点反常,不再言语了,纷纷躲了出去。

朱亚军的手机响了起来,朱亚军一看是苏美娟的号码,懒得接,就把手机扔在了一边。不料,苏美娟的电话却执着地打了一遍又一遍。朱亚军迫不得已,这才接通了电话,不冷不热地问:"啥事儿?"

电话里传来苏美娟软绵绵的声音:"亚军,你最近咋不理我啊?人家想你了,就在你们门口呢,你出来一下好吗?"

朱亚军看了看窗外回道:"我在上班呢,晚上吧,行吗?"

苏美娟想了想,无可奈何地说:"那好吧,晚上咱俩一起吃个饭吧,我等着你。"朱亚军想了想,便答应了。

朱亚军下班走出刑侦大队大楼的时候,苏美娟早在大门外等候着了。她仍然是时尚的连衣裙,戴着太阳镜,见到朱亚军后,迫不及待地要拥抱他,被朱亚军拦住了:"哎哎哎,这是在公安局,不是在你家,注意点影响。"

苏美娟面色绯红地吐了下舌头:"人家想你嘛!"

朱亚军上了苏美娟的红马六,车子离开了刑侦大队,穿过下班的人流,一直向前开着。

苏美娟从侧面看着朱亚军深思的样子,不由得笑了起来。朱亚军看了一眼苏美娟:"有什么好笑的?"

苏美娟咯咯地笑着:"都下班了,还在想着案子,能不好笑吗?你呀,就知道工作,简直是个工作狂。"

不错，他确实在想着案子，想着卓美制药的那个盗窃案。凭着朱亚军的直觉，卓美制药的盗窃案肯定是内外勾结，不把这个内鬼挖出来，卓美公司早晚还得出事儿。朱亚军这样想着，掏出了烟。

"你又在车上抽烟。"话说出后，苏美娟感觉不妥，赶忙改口道："那就抽吧，反正也不是第一次了。"

朱亚军仍然一言不发，他收回了自己的思路，看了一眼苏美娟。

苏美娟靠边停车，扳过朱亚军的脸："看着我，我这身打扮好看吗，美不美？"

朱亚军心不在焉地答道："好看，挺美的。"

苏美娟顿时高兴了，蜻蜓点水似的亲吻了一下朱亚军："今天你想吃什么，我请你，咱们放松放松。"

"别介，还是我请客吧。"朱亚军客气地说。

"要不到我家去吧，你还没到我家去过呢，再说我爸也想见你。"苏美娟建议道。

朱亚军看了一下自己："去你家，我总不能这样去吧，我什么都没带呀。"

苏美娟看了一下朱亚军："放心吧，我早就给你准备好了。"

车在一个普通的居民小区停了下来。苏美娟把车停好，从车内拎出了大包小包，朱亚军要帮忙拿，苏美娟不让，自己拎着上了楼，还不时和上下楼的邻居打着招呼。

苏美娟气喘吁吁地上了三楼，按响了门铃。

保姆吴妈把门打开，苏美娟兴高采烈地说道："吴妈，来客人了，我爸在吗？"

"我看看，谁来啦？"苏副市长迎了出来。

朱亚军客气地问候道："苏市长好。"

苏副市长上下打量着朱亚军，显得有点兴奋："快别这么叫，小军子，我是你的老叔，快请坐，咱爷儿俩好长时间没见面了。"

朱亚军的脸顿时红了："苏叔，您好。"

苏副市长道："这还差不多，我就爱和你们这些年轻人打交道，有魄力，敢创新，又懂现代科技，是我们的榜样，我年龄虽大一点儿，可心不老呀。"

朱亚军落座后，保姆递上茶，朱亚军一边喝着茶，一边环视着室内。苏美娟住的居民楼虽然不是新楼，但面积很大，足有150平方米，是一个楼层的两个门儿打通了的那种，光客厅就有30多平方米，此外还有四个卧室和一个书房。

"来，看看老叔的字。"苏副市长拉着朱亚军来到书房。

苏副市长的书房内拉了很多的铁丝，上面挂着苏副市长写的各种尺寸的字，真草隶篆一应俱全，墙正中巨大的"廉"字，在增加室内墨香的同时，让人肃然起敬。

苏副市长又打开电脑，让朱亚军看了他的博客。虽然苏副市长用的是一个网名，但博客上的跟帖却很多，其中不乏一些学术界大师的评论。

朱亚军感叹道："苏叔，您真够前卫的，比我们这些年轻人还优秀。"

苏副市长兴奋地说道："我已经落伍啦。现在我正在奋起直追，在单位我的讲话稿从不用秘书写，全都是我自己写，自己做PPT。在家里，我也上网聊QQ，发微博。"

朱亚军真的吃惊了，没想到苏副市长这么前卫。

苏副市长说着拿起笔，蘸饱了墨，龙飞凤舞地写了一个"鹤舞"的中堂，放好笔后，拿起纸自我欣赏了一会儿，满意地挂了起来。

"苏叔，您的字就摆在家里吗？求您墨宝的人一定很多吧？"

苏副市长道："傻小子，我的字就摆在家里，谁要也不给，我可不敢和那个贪官胡长清比，你今天给人家题个店名啦，明天送一幅字啦，最终落一个千载骂名。你再看看这儿。"苏副市长打开了一个壁橱，里面是全是他的书法作品。

"书法就是书法，和贪官是两个概念。"

"小军子，这你就不懂啦，人家求你的字，不是冲着你的字来的，是冲着你手中的权来的，你稍微把握不住，就会滑进去的。"苏副市长说着把笔墨收好，在苏副市长叠起纸的时候，朱亚军发现，苏副市长拿了一只墨绿色的玉貔貅当镇纸。

他感觉有些好奇，刚想说写什么，苏美娟换了一身装束走了过来："什么事啊？看你们爷儿俩聊得这么开心。"

朱亚军赞叹道："你爸忒厉害了，不愧为副市长。"

苏副市长笑道："我这个人就不喜欢别人奉承。"

朱亚军称赞道："苏叔，我真的不是奉承您，您真的是我们的楷模。"

正在这时，苏副市长的电话响了，苏副市长立刻接通了电话："李书记吗？您好，对，我在家呢，美娟的男朋友来了。"

苏美娟赶忙使了个眼色，然后拉着朱亚军离开了书房，半道上朱亚军还听到苏副市长说要请李书记喝喜酒之类的话。

朱亚军跟着苏美娟来到她的闺房，一进门，苏美娟就把朱亚军紧紧抱住，一阵狂吻，美娟的举动把朱亚军的情绪也调动了起来，他不曾想到，幸福竟然就这样悄悄到来了，便激动地紧紧拥抱着苏美娟。

好久，好久，他才抬起头。苏美娟望着他，突然笑了。

朱亚军不解地问道："咋了？"

苏美娟拿过镜子，递给了他。朱亚军一看镜中的自己，也不好意思地笑了，原来朱亚军的前额、脸上满是苏美娟鲜红的唇印。

特殊利器

王丽颖的思想又一次与康氏兄弟发生了碰撞，正是这次碰撞，使得王丽颖对康学军的看法发生了彻底的改变。

按照康学军"明修栈道，暗度陈仓"的逻辑，就是撇开与城建公司的合作，卓美制药自己独立上市。但王丽颖明白，无论是与城建公司合作，还是卓美制药独立上市，根据目前公司上市的规则，都需要对卓美公司进行两个方面的改革：一是财务公开，二是董事会进行重组。

当王丽颖把这个问题认真提出来后，却遇到了前所未有的困难。

康学军呵呵一笑："丽颖呀，有些事情你就不要问得过多了，城建公司加盟需要慢慢地谈，董事会重组也需要时间，不是一两天的事情嘛！至于公司的账目嘛，你可以去找刘总，刘总提供的数据是最权威的。"

当王丽颖找到刘总时，刘总却说，提供公司的详细账目，需要董事长的签字，她自己没有这个权限，把王丽颖拒之门外。当王丽颖再次找到了康学军时，康学军却板起了面孔："丽颖呀，我不是给了你200万的公关费了吗，怎么连这点儿事也摆不平？直说了吧，我的想法就是卓美公司独立上市，有困难吗？"

王丽颖简直有点儿哭笑不得："董事长，有些事情不是钱能够搞定的，人家上市公司要的是完整的资料。"

康学军想了想，说道："你说的是那个上市公司经理吗？"

王丽颖苦笑着说："嗯，这小子太诡诈，不太好对付。"

康学军下定了决心："丽颖呀，只要找到病根儿了，就没有治不好的病！你约一下这个朱子奇，我去会会他。"

王丽颖悻悻地回到了办公室，她断定，在公司上市的问题上，康学军是绝对不会让步的，一是不会让城建公司加盟，因为现在康氏集团他说了算，一旦城建集团加盟卓美，组成新的公司，卓美就会有被吃掉的可能，康学军是万万不会这样做的；二是如果对现有的卓美制药进行股份制改革，康学军的权力必然受到监督，卓美公司的账目也将会向上市公司公布。康学军所谓的改革，只是想通过政府协调、人际关系以及表面的改革，使卓美公司符合上市公司的要求，独立上市，造成木已成舟的事实，到时候，就是台山市的领导也拿他无可奈何。

王丽颖拨通了上市公司业务部经理朱子奇的电话。

朱子奇是省城上市公司一个业务经理，40岁左右。打过几次交道，王丽颖对此人的评价是：业务精湛，但品行恶劣，三句话离不开性，说起话来像个无赖。但此人掌握着很大的权力，所有的公司上市都要经过他这一关。

电话响了半天，才传来朱子奇有气无力的声音："哪位？"

王丽颖甜甜地说道："朱总，我是台山的丽颖呀。"王丽颖这样称谓他，无非是想给他戴个高帽，这年头儿，谁都喜欢别人恭维自己嘛！

"知道，知道，台山第一美女嘛。"朱子奇一听，立刻来了精神。

王丽颖问他明天有没有时间，想和他再谈谈公司上市的事情。

朱子奇一听，赶忙说道："好说，好说，只要你们把材料准备齐了，我马上就从省城赶过去。"

王丽颖追问了一句："那您明天有时间吗？"

"王小姐，你能陪我吗？"朱子奇在讨价还价。

"我们董事长想和您聊聊，顺便吃个饭。"王丽颖本想发作，但经过近两年风风雨雨的王丽颖不再那么单纯了，她知道，求人办事难，有时候需要忍气吞声的。但关键的时候，还需要把康学军推到前台去。

朱子奇在电话那头不怀好意地说着："我不和他聊，我只想和美女聊，那样才刺激呢，怎么样，要不你今天到省城来，这里的一切我来安排。"

听了这话，王丽颖感觉无异于吃了一只苍蝇，自己到省城找他，那不是往火坑里跳嘛！那个朱子奇是不会放过她的。但不答应吧，这尊佛是得罪不起的，她想了想，顿时有了主意。她笑着说："朱哥，我是小地方的人，到了省城又怕不懂规矩，不如这样，明天一早，我开车把你接过来，到台山这里，一切都方便。"王丽颖准备来一个一箭双雕，把朱子奇约过来，让康学军直接与他接触，把这个球踢给康学军，这是康学兵在出差前给王丽颖出的主意。

朱子奇听后，顿时心花怒放："好，好，到时候，你这个美女可要好好陪我哟。"

王丽颖笑了笑："那当然。"

第二天中午，这个朱经理果然如约而至。

康学军在台山市最豪华的台山大厦设宴款待朱子奇。

当朱子奇在王丽颖的陪同下走进金碧辉煌的房间时，一下子被这一切镇住了，只见康学军正和刘总以及两个年轻貌美的姑娘恭候在那里呢！

"我说的呢,见康董比见省长还难,原来卓美公司真是个美人窝呀!哎,这些美女不会是从大街上请来的吧?"朱子奇打量着这两个姑娘,不阴不阳地说。

康学军:"哪能呢。朱总,您先坐下,我给您一一介绍。"

待宾主落座,康学军才逐人介绍道:"这位是敝公司财务总监刘芳菲,这位是总经理助理陶红,负责国内市场的销售,我们都叫她小桃红,这位是公关部副主任吴梅。这个呢,我就不用多介绍了,台山第一美女,王丽颖。"

王丽颖听后感觉有点好笑,卓美制药怎么一夜之间冒出了一个总经理助理和一个公关部副主任,而且这两个姑娘长得一个比一个漂亮,相比之下,王丽颖反倒逊色了许多。

朱子奇指着那个叫陶红的助理道:"我可要考考你呀。"

"朱总,您说吧。"陶红媚笑着。

"不急,不急,咱们边喝边聊。"康学军打着圆场。

朱子奇生怕这两个姑娘不是卓美制药的员工,还当真考了起来,让王丽颖都有些惊奇的是,这两个姑娘对公司的业务竟然十分了解,直说得朱子奇连连点头。

在卓美制药楼道,王丽颖问刘芳菲:"咱们公司又招员工啦?"

刘芳菲没有正面回答她,而是看了王丽颖一眼:"你是公司代言人,董事长怎么会推你进虎口呢?"

"那她们咋对公司的业务这么熟悉?"王丽颖顿时明白了几分。

刘总仰望着天花板:"姜还是老的辣,董事长就是董事长,想的就是周全,昨天晚上,董事长和我足足培训了她们一个晚上,刚才我还担心她们露馅呢,现在可以放心了。不过,不知她们现在的表现咋样,一会儿就知道了。呵呵。"刘总看了王丽颖一眼:"丽颖呀,这话又说回来了,你应该感谢董事长才对。"

第二天一早,卓美制药召开了办公会。

康学军把在省城设立办事处的想法提了出来。几个副总对此提出了不同的意见,有的主张早应该设立办事处,这样可以便于和省里领导沟通、联系,因为卓美制药马上要成为上市公司,大公司嘛,一定要气派一点，再说了，台山市距离省城 300 多公里，公司的人到省城办事，也可以有个落脚的地儿，免得去住宾馆。有的则认为，设立办事处可以，应该设在康学军家里，这样，一方面董事长在家中就可以和外界联系了，另一方面，可以减少办事处的运营成本。

但是，康学军力排众议，主张把办事处设在距离上市公司最近的紫金饭店附近。康学军有他的一番理论："为什么把办事处设在上市公司附近，我想办事处要有三个功能，一是作为卓美公司产品展示的一个窗口，二是可以作为与省里相关部门联系的桥梁和纽带，第三呢，我想大家都知道，康学兵总经理也是我国著名的糖尿病专家，我想在省会给他暂时开一间门店，然后逐步发展成为全省乃至全国治疗糖尿病的专科医院。至于我嘛，请总经理和大家放心，我会掂量自己的。我要说的是，我们要以办事处作为桥头堡，完善机构，逐步设立分支机构，在那里大展宏图。当然了，我们是不会忘记台山的，是台山的优惠政策使我们挖到第一桶金的。"

康学军精彩的演说博得了在座的热烈掌声。

康学军话锋一转："昨天晚上我和总经理沟通好了，我提议，聘请陶红为驻省会办事处的主任。"

"陶红是谁？"在座的所有人员无不感到惊奇，因为在大家的记忆里，公司的管理层根本就没有陶红这个人，于是便窃窃私语起来。

康学军见状，赶忙解释道："陶红是东城区领导的一个亲戚，学的是公共关系专业，刚刚毕业，人长得也很不错，有着很好的人脉，很适合办事处主任这个位置，大家如果没有意见，就这样决定了。丽颖，明天，我带你和陶主任去省会，物色办事处的地点。好了，散会。"说着，康学军站起身，端着水杯径直走出了会议室，把大家晾在了一旁。

康学军怎么能聘请一个妓女成为办事处的主任呢？康学兵竟然也同意了。王丽颖本打算找个借口推掉，但是最终没能说出口。因为她判断，其中必有缘故，她给康学兵发了个短信。

康学兵果然来了，王丽颖劈头就问："你了解陶红吗？你怎么能同意让她当办事处的主任呢？"

康学兵不解地问:"董事长不是说了,陶红是东城区领导的亲戚吗?难道还会有错?"

王丽颖顿时明白了,连康学兵也被蒙在了鼓里,她想把陶红的情况告诉康学兵,又担心他经受不起这个打击,只得淡淡一笑:"你就这么相信董事长的话?"

康学兵竟然没有听出王丽颖的弦外之音,他抓着头发黑着脸说:"丽颖呀,有些事情,现在和你说还不是时候,昨天晚上,我哥和我又吵了一架。"

"都说什么来着,他没有骂你吧?"因为王丽颖不止一次听康学军说过,他这个兄弟窝囊,不会来事儿。

康学兵抬起眼睛,看着天花板道:"丽颖,暂时先委屈你了,现在时机还不成熟。"康学兵的眼睛有些湿润了。

"我没什么,大不了我辞职,难道离开卓美制药,我还活不成了?"王丽颖不再说什么了。

康学兵惊讶地看着王丽颖,半晌说不出话来。

办事处

卓美制药驻省会办事处在一片鞭炮声中开张了,现场围了足有三百多人,好不热闹。

随着记者闪光灯的频繁闪烁,康学军发表了热情洋溢的演说,又在重复着那套由此走向世界的理论。

记者走了,随后办事处开始忙碌了起来。

让王丽颖感到不解的是那个陶红的突出表现,真可谓是光彩照人,出尽了风头。她像个交际花一样,专往领导堆儿里钻,特别是在酒席中,又是陪领导喝酒,又是给领导夹菜,把那些领导的眼球全都吸引住了,纷纷夸奖康学军慧眼识珠,找了个风情万种的办事处主任。

王丽颖还是第一次看到康学兵给人看病,兴奋了好一阵子。只见康学兵带着金丝边眼镜,身穿白大褂,言谈举止一副老中医的样子,为前来诊治的患者把脉,然后一一开处方。一天下来,康学兵足足看了五十多个病人。来此看病的患者依然不减,直到华灯初上,康学兵才送走最后一名病人。

康学军看时间不早了,便带着众人在办事处的简易食堂吃了顿便饭。席间,康学军端着酒杯,笑着说道:"我代表公司谢谢诸位了,办事处属于初创时期,各方面都比较简陋。但是,你们却以自己的勤奋工作体现了卓美制药的精神,我想,用不了多久,我们办事处必定成为卓美公司又一个响亮的品牌,因为你们是卓美人。"

饭后,康学军把陶红和王丽颖叫到了房间,关上门,叮嘱道:"陶红,办事处刚刚成立,做什么事情都要严谨一点,我知道你们年轻人干什么都喜欢热闹,但这里不是台山,你们又初来乍到的,平时要教育员工,在业余时间不要到外面乱跑,把精力都用在工作上,等办事处有了模样,我带着你们好好逛一逛。"

陶红点了点头。

接着康学军又对王丽颖说:"你们俩是公司的宝贵财富,丽颖呀,陶红毕竟阅历很浅,办事处的事情你要多过问一点儿,公司还在创业时期,我们还要成为上市公司,任重而道远呀,大家嘛,还要简朴一点,以后有些开支要节俭一点。"

陶红不高兴了,冷冷地说道:"康总,你不是答应朱总了吗,这里的一切由我全权处理,还说我是总经理助理呢,才几天就变了,你怎么又……"

康学军呵呵一笑:"小桃红,你就别再争了,遇事多和丽颖请示,你们都是公司的优秀人才,凡事都要以公司的利益为重,放心,小桃红,公司会让你满意的。"

"噉,我才不会听她的呢,你不是被她迷住了吧,当心我把事情说出去。"说着竟然摔门而去。

"你!"康学军刚想发作,但还是止住了,对着王丽颖说:"你一定要给我看住她,你也知道,让她来是为了协调卓美公司和上市公司的关系,一旦公司上市成功,我自有办法,但是这段时间,你千万给我把她看好了。"

王丽颖委屈地说："董事长，你看她这个样子，你让我怎么看她啊。"

康学军想了想："这样吧，这段时间，你先住在省城吧。白天展示一下公司的形象，你是形象大使嘛；特别的是晚上，千万要注意，别让她给我招惹出是非来，等办事处稳定了你再回台山，行吗？这段时间，你住在她的隔壁。"

王丽颖想了想，点了点头："好吧，我尽最大的努力，但是，您也再叮嘱一下陶主任，千万别太任性了，我也看出来了，她可不是个省油的灯。"

康学军想了想："好好，一会儿我再和她谈谈。"

王丽颖一连在省城住了十天。期间康学兵来了两次，每周的周六到办事处巡诊，当天就返回台山。

这十天，王丽颖丝毫不敢大意。她白天在展示大厅介绍卓美制药的药品，晚上则待在办事处不敢出门，因为她越发感到陶红不是一个一般的主儿。康学军给陶红规定了每天外出必须和王丽颖请假，然而在随后的日子里，陶红每天都要外出，每天都醉醺醺地回来，而且每次都是在深夜一点以后，都是豪华轿车接送。

这天晚上已经很晚了，陶红才满身酒气地回来。

王丽颖不满地说道："陶红，你怎么才回来？"

陶红打着酒嗝，媚笑道："丽颖姐，明天我带你出去玩吧，真够刺激，比台山好玩多啦。"说着，陶红点了一支烟，冲着王丽颖笑道："丽颖姐，我这样漂亮吗？"

看着陶红妖冶的打扮，王丽颖轻蔑地一笑，随口说道："挺好的。不过，陶红，董事长走的时候说过，让我们少到外边去。你也知道，我们到这里是创业的，不是来享受的，以后请你自重。"

陶红呸了一口："创业，见他妈的鬼去吧。康学军算什么东西，不过是个土财主、老色鬼。"

王丽颖见陶红大吵大闹，怕惊动了别人，一把把桃红拽进了屋。

陶红进了屋，又打了个酒嗝，喋喋不休道："当初，他在床上是咋和老娘说的,就是让我来享受的,他倒好,把我玩儿完了,又把我介绍给朱子奇,还派你来看着我。告诉你吧,朱子奇早就看出来了,我倒要让他看看,康学军最终怎么收场,他就是一个大流氓、大混蛋,还什么优秀企业家呢,我呸!我就要大手大脚,看他不给钱,到时候有人会收拾他的。"

王丽颖全明白了,卓美制药将来会毁掉,毁掉的原因不是由于市场不行,而是遇到了一个不知天高地厚的家伙。想到这儿,她不禁黯然神伤。

陶红见王丽颖沉默不语,便笑着贴了过来:"丽颖姐,你和那个瘸子上过床吗?"

王丽颖义正词严地说道:"陶红,不许你玷污我,我是清白的。"

陶红瞪着被涂成熊猫一样的眼睛,狠狠地说:"清白,呵呵,你要是清白,董事长怎么会跟我说和你上过床呢?还是你主动的。"

"你无耻,婊子,流氓,你滚!"王丽颖打了陶红一记耳光。

陶红非但不恼火,反而笑了:"丽颖姐,朱总说了,不管你和董事长上过床没有,但是只要和他上床,你会要什么有什么的,今天我都看出来了,人家那才是大老板呢,总比你搂着那个瘸子好。"

"啊!"王丽颖大哭起来,抄起床上的枕头向陶红砸去:"不要脸!"

陶红见王丽颖疯了一样追打自己,赶快跑进了屋,把门反锁了起来。

博 弈

夜深了,康学兵端着茶杯来到董事长的门前,他想了想敲响了门,他知道今天康学军肯定在屋里,自己憋了一肚子的话,一定要向哥哥说,否则他寝食难安。

康学军在屋里问:"谁呀?"

康学兵说:"董事长,是我,学兵。"

康学军打开了门,他正在打电话:"嗯嗯,薛市长,我们一定会认真考虑的,尽快给您一个答复,您放心,我一直在为您考虑呢,噢噢,好好,是是,行,您放心吧,我一定照办。"康学军挂断了电话,关好门。

康学兵问:"哥,薛市长找你是啥事呀?还神神秘秘的。"

康学军想了想,呵呵一笑:"没啥事,无非是公司上市的事情。"接着康学军看了看康学兵,话题一转:"这些事儿你就不用管啦,学兵呀,以后只有咱哥儿俩的时候,你就别叫董事长了。怎么,有什么心事儿吗,还不休息?"

"你不是也没休息吗?"康学兵随口说道。

"来,点一盘,放松放松,顺便咱哥儿俩商量点事儿。"康学军来到条案旁,打开了装有围棋子的草篓。

待康学兵坐定,康学军征询着康学兵的意见:"你执黑还是执白?"康学兵点了支烟:"老规矩,今天我要单数。"

康学军抓了一把黑棋子撒在了棋盘上,结果是康学兵执黑先行。康学军则开始倒腾着茶,过了一会儿,倒腾好了,给康学兵倒了一杯。

康学军点燃了烟斗:"学兵呀,我看当初我的决策是正确的,办事处经营得不错,照这个路子走下去,用不了多长时间,我们就会在省会站住脚的。"

康学兵下了一个棋子:"嗯,开局很好,很有前途。"

康学军用欣赏的目光看了康学兵好一会儿,才说:"说一说,你还有什么新想法。"

"我想下一步咱们应该把规模扩大,毕竟是省会城市,总比台山的影响要大,咱们可以这样设想:把总部还设在台山,因为这里的人力资源成本还是比较低的;然后把省会的办事处做大做强,再建一个糖尿病研究所和一家私立医院,这样就形成了卓美公司三位一体的战略格局,如果我们在东南亚的市场进展顺利的话,我想,卓美公司一定会成为在全国有影响力的企业。"康学兵激动了起来。

康学军深思道:"很好,这个设想很好,可学兵你想过没有,这样可需要大笔的资金呀。"

"这也正是咱们急需考虑的问题呀,哥,我不知道您对城建公司加盟的事情考虑得咋样了?"说着他直勾勾地看着康学军,希望能从他的脸上找到答案。

康学军听了这话立刻不悦了,他手里拿着棋子,想了好半天才说:"学兵呀,其实呢,这些天我就琢磨着和城建公司合作的事情,你想呀,城建公司把市委的李书记和苏副市长搬出来了,还有发改委那个主任邓小鬼,他们为的是什么?无非是逼咱哥儿俩就范嘛!刚才你不是也听到了吗,他为的是自己的政绩,咱哥儿俩为的是什么?为的是钱。薛市长他们有了政绩,官自然会越做越大,说不定哪天就调走了呢,谁来管咱哥俩呢?再来一个新的,一切都还得从头再来,跟政府打交道,就要像这玩围棋一样,要有谋略,这样才能不被他们吃掉。这方面你还嫩了点儿,书生气太重。"他下了一手棋,提走了康学兵的一片黑棋子,笑道:"呵呵,看你,下棋也心不在焉。"

康学兵没有言语,他在琢磨康学军刚才的话。从刚才康学军接电话的话语中他已经听出,康学军和那个薛市长一定有什么交易;但从康学军淡定的态度中,他也看出康学军的老练与智慧。平心而论,在这方面,自己与康学军相比是有一定差距的,康学军刚才说的也有些道理。

又有人敲门。

这么晚了谁在敲门?哥儿俩向房门看去,康学兵看了一眼哥哥,然后站起身,打开了门。

康珊珊和石永祥风风火火地走了进来。石永祥刚出差回来,手里还拎着拉杆箱,他见到康学军和康学兵后,讨好地一笑:"董事长、总经理,你们老哥儿俩还没休息呢?"

康学军不冷不热地说:"我和总经理正在讨论工作,你们俩有事吗?"

康珊珊先是拿起了条案上的茶杯,连喝了好几大口,然后咯咯笑着:"老爸、老叔,这次永祥到云南的收获特别大,得到了大笔订单不说,他知道你喜好围棋,还专门给您定做了一副云子,快拿出来,让老爸和老叔看看。"

石永祥赶忙打开拉杆箱，从里面取出了一副围棋子，交给了康学军。康学军打开后，看了看："嗯，不错。"

石永祥又拿出了一本古书："总经理，我给您找了本滇药的秘方，对您的研究肯定会有好处的。"

康学兵拿过书认真地翻看着，头也不抬地说："谢谢啦。"

康学军道："天不早了，你和永祥休息去吧，我和你叔还要商量点事儿。"

康珊珊看了看表："我从机场接永祥回来的时候，路上堵了车，一下堵了两个小时，要不我俩早就回来了。呦，都快十二点了，您和我叔也快休息吧，明天还要上班呢！"

康学军又是呵呵一笑，摆了摆手："呵呵，我们哥儿俩下完这盘棋就睡。"

看到康珊珊和石永祥走了，康学军重新坐在了围棋前："学兵呀，与政府打交道，需要的是智慧。"

康学兵问："那你不打算和城建公司合作啦？"

"眼下是肯定要和他们合作的，毕竟胳膊拧不过大腿嘛，但是这需要时间。其实呢，你还不知道吧，为什么我要对王丽颖委以重任？那是给政府看的，没想到，李书记还真他妈的认真了，报纸、电台、电视台一个劲儿地宣传，结果呢，王丽颖出名了，卓美公司也出名了，我要的就是这个效果，懂吗？"

听了这些，康学兵不由得暗自敬佩哥哥的老谋深算，他心里想，自己的小九九能斗过他吗？如果斗不过康学军，自己只能落得给他打工的下场。

"你不是准备在省城开研究所和医院吗？这样吧，从明天开始，你就开始着手准备，省会那边，我再帮你找找关系，先把项目启动起来，公司这边我盯着。"康学军见康学兵没有言语，便深深吸了一口烟斗，吐出一缕青烟："学兵呀，跟着哥哥干，你不会吃亏的，我知道你有自己的抱负，但是都什么时代了，你只要按照哥哥说的去做，会有好日子过的。另外呢，这段时间，你把自己的病治一治，你是中医，连自己的病都治不好，传出去让大家笑话。我也看出来了，你对丽颖挺上心的，这个女孩挺不错的，你们俩虽然年龄差得多了点儿，只要她乐意，哥帮你操办，然后我让她负责办事处和医院的工作，这下你满意了吧？"

康学兵有些激动了："哥，我说的不是这个。"

康学军不放心地看了一眼弟弟："那你说的是……"

康学兵看着哥哥的脸说道："哥，你想过企业的将来没有？卓美公司之所以能有今天，一方面是咱们打拼出来的，另一方面，也是台山市培育的结果。可咱们赚到钱后，那些钱都哪去了，您心里最明白，昨天嫂子给我打电话了，她在向我借钱，当时我哭的心思都有了，您不能都一个人挥霍了呀，您让我嫂子咋想，让珊珊咋想呢？"

沉默半晌，康学军才说一句话："我不想和你多说了，有些事情我也是被逼无奈的，你放心，我会对得起你嫂子的。"

康学兵笑道："什么叫被逼无奈，我看你就是在毁灭公司，自毁形象，哥哥，你知道现在公司上下都在怎么说你吗？"

康学军把棋子丢进草篓："够了，用不着你给我上课。你不愿干，可以回省城去，我不需要你在这里给我指手画脚。"

康学兵气呼呼地端起水杯摔门而去。

康学军气呼呼地把棋子扔在了地上："你滚，滚！"

黑白分明的围棋子在地板上滚动着。

飞来横祸

福无双至，祸不单行。

让大家意料不到的是，一连串的事情接踵而来，把卓美制药搞得岌岌可危。

康学军本想把陶红派到省城，利用陶红的美色稳住朱子奇，让卓美公司顺利独自上市，待陶红的使命完成之后，再把她打发掉。但让康学军始料未及的是，卓美制药在省城的办事处开张不到两个月，陶红不仅自己摊上了大事儿，而且也让卓美公司名声扫地。

这天，康学军正在与台山市希望小学的领导商谈赞助的事情，卓美制药是这所希望小学重要的赞助单位。他刚刚与希望小学的领导签了捐助20台电脑的协议，门卫便通报，说省城来了几个警察，指名道姓要见董事长。

康学军诧异地打量着几个警察，为首的警察拿出工作证，自我介绍道："我是省治安总队的，这是我的工作证，你们公司有没有一个叫陶红的？"

康学军心里一怔，赶忙说："有，她是我们公司在省城办事处的主任，怎么啦？"

为首的警察说："昨天晚上，我们在扫黄打非行动中，在紫金娱乐城抓获了一个叫陶红的女青年，另外，我们发现陶红有吸毒嫌疑，并在办事处陶红办公室发现了毒品，所以请你们协助调查。"

康学军顿时惊呆了，他不敢相信这是真的，差点儿晕了过去，好久才说："败类，败类呀。"

康学军立刻让王丽颖把康学兵十万火急地叫回公司。

当康学兵风风火火地赶回公司，康学军还在大骂陶红："混蛋，什么东西，把卓美制药的脸都给丢尽了。"

其实在康学兵回来的路上，王丽颖就已经把陶红出事儿的消息告诉了他。看到康学军急得抓耳挠腮的样子后，他不禁一阵冷笑："董事长，当初我就说，用这个人要慎重一点，现在倒好，露脸了吧。"

康学军难堪地说："你就少说两句风凉话吧，当务之急是马上到省城把这件事情摆平了，别让媒体知道了，一旦上了网，那就全完了。这样吧，你和丽颖马上去省城处理这件事，千万别把这件事情闹大了，否则后果不堪设想。"康学军激动地用拐杖戳着地面，发出"砰砰"的响声。

康学兵看了一眼康学军："董事长，难道我们就真的没有别的办法了吗？"

康学军一拍脑门："你不说我还差点把他忘了，你俩等一下。"说着他拿起电话，走进了里屋，不一会儿就出来了："这样吧，你和丽颖先去,我已经和那边联系好了,警察一会儿把封条揭了,你们把那头的事情处理好了再回来,实在不行就先停业整顿,这件事千万不能发酵。"

当康学兵和王丽颖赶到办事处的时候,老远就看到办事处周围聚集着很多人,旁边还有警察在维持秩序。

康学兵的车在距离办事处很远的地方停了下来,王丽颖想下车,但被康学兵拦住了:"你下去不方便,老老实实待在车上。"说着独自下了车,径直向办事处走来。

人群中不知谁认出了康学兵,喊道:"卓美制药的医生来喽!这是怎么回事儿呀,昨天还好好的呢,怎么一夜之间就被封了?"

"怕是被盗了吧?"

"卓美公司的药是真的还是假的?怕是卖假药的吧!"

正在这时,来了几个警察,上前和康学兵耳语了几句,警察把封条揭走了,看热闹的人群见警察走了,也慢慢散去了。

王丽颖这才下了车,走进办事处。

办事处里已经空无一人,出奇的静。王丽颖一屁股坐在了展示大厅的椅子上,看着墙上有自己形象的宣传画感到好笑。

办事处的营业员小王蔫头耷脑地回来了,见到康学兵后,惊魂未定地讲述了昨天晚上发生的一切:"昨天晚上是我值夜班,到了12点多,来了一帮警察,我一看那阵势可害怕了。我开了门,见警察押着披头散发的陶主任进了屋,后面还跟着一条警犬,他们一直到了15楼的办公室,不一会儿,就从陶主任的屋里搜出了一大包东西,听说那是毒品,然后警察把我也给带走了,把店给封了。我被警察带到刑警队后,审了半夜,刚给放回来。总经理,您说陶主任这是咋了,干吗还藏着毒品?"

康学兵简单地安慰了小王几句,让她上楼休息去了。

见小王走了,康学兵看了一会儿王丽颖,半晌才说道:"如果是你,该怎么收拾这个烂摊子?"

王丽颖想了想,站起身,整了整自己的头发,然后穿好白大衣,开始整理货架上的药品。

康学兵也拿起了一件白大衣，穿好后，坚定地说："咱们重打鼓另开张。"他拿出了听诊器，准备开始看病。

王丽颖整理了一下衣服，笑着打开了办事处的大门。不多时，三三两两的人走了进来，到了下午，办事处才恢复如初。

第二天下午，康珊珊正和石永祥在自己的房间里缠绵着，康学军打来电话，让石永祥到董事长办公室去一趟，石永祥去了时间不长便回来了。康珊珊见石永祥的脸色不对，赶忙追问情况。石永祥支支吾吾了半天才说："董事长把我给辞退了。"

康珊珊一听当时就急了，哭着去找康学军。正巧康学兵也在场，两个人正坐在沙发上生闷气。

康珊珊闯进屋，二话不说，便质问为什么辞退石永祥，辞退石永祥为什么不和自己商量。

康学军听后顿时火了："辞退员工是公司管理层的事情，我又不是三岁的孩子，还用得着和你商量吗，你有什么资格指责我？"

"那你辞退石永祥总得有原因呀，永祥毕竟是卓美的老员工了，又是部门经理，怎么能说辞退就辞退。"康珊珊仍有些愤愤不平。

康学军从抽屉里拿出一摞照片，猛地甩给了康珊珊："这就是原因，你自己看吧。"

康珊珊从地上拿起照片，一张张看了起来，照片的背景是南方的一个乡镇，不仅有别墅，还有宝马车，在一张照片上还有一个风姿绰约的女子怀抱着一个婴儿。

"这是怎么回事？"康珊珊仍有些不解。

康学兵走了过来，拍着康珊珊的肩膀说："孩子，咱们全被骗了，石永祥背着公司冒领公关费，盗窃公司药品，你再看看，照片上的别墅、宝马车，都是用咱公司的钱置办的。他父母在老家逢人就讲，儿子是一家公司的大老板，资产几个亿。还有就是石永祥去年就结婚了，照片上的女人就是他的妻子，叫刘雪娥，那个孩子也是石永祥的。"

听了叔叔的一席话，康珊珊的表情一下子僵住了，半晌才说："不可能，不可能，我了解永祥，他不是那样的人，你们在冤枉永祥!"

康学军一下火了:"我冤枉他?这些事是秃头上的虱子都明摆着了,还怎么不可能?珊珊呀,咱们应该感谢你叔才对,要不,咱们还被蒙在鼓里呢。"

"一家人不说两家话。"康学兵旁敲侧击说。

"真没想到,真没想到呀,我们一帮人倒成了给石永祥打工的了,公司养了这么一个贼。"康学军用拐杖杵着地板,气得咬牙切齿。

"我要杀了他,杀了他!"康珊珊听后如同五雷轰顶,顿时丧失了理智,冲出了房间。

康学军和康学兵见状,生怕珊珊出事,赶忙追了出去。

康珊珊一口气跑到自己的房间,却不见石永祥的身影。她满楼道地喊"石永祥,你出来,我要杀了你,石永祥,你出来!"

楼道里空荡荡的,早已没了石永祥的影子。

康珊珊回到屋内,隔着窗子向楼下看去,只见石永祥慌慌张张地跑出了公司的大门,上了一辆出租车。原来,刚才康学军他们在屋里所说的一切全被门外的石永祥听到了。

康珊珊想冲出去找石永祥拼命,被康学兵死死抱住了:"珊珊,你放心,石永祥跑不了的,我已经报警了。"

康珊珊瘫在了地上,大哭了起来:"叔,我该怎么办,我该怎么办呀!我怀了他的孩子,怀了他的孩子,我该怎么办呀。呜呜。"

"唉。"康学军听后,用拐杖指着康珊珊,半天说不出话来,缓了半晌,才说:"你,你就不怕别人笑话……"

"笑话就笑话,我不活了。"说着康珊珊情绪又激动了起来,尽管被康学兵紧紧抱着,仍一蹦老高。

夜半时分,康学军单独驾驶着他那辆奔驰600在公路上疾驰,昨天晚上,娜娜给他打来电话,说今天是自己20岁的生日,已经请好了几个同学,准备搞一次聚会。康学军推说自己有事儿,回不了省城,结果娜娜在电话那头就哭了,说要一直等着他,如果康学军天亮不回来,娜娜就把自己和康学军的不雅视频传到网上去。

康学军一听就毛了，他知道娜娜是个什么事情都能做出来的女孩儿，如果她真那样做了，自己这辈子可就真的完了，于是他连夜赶回去处理这件事。

康学军这样想着，不禁加快了速度，眼看就要上高速公路了。上了高速，三百公里的距离，两个小时就能到省城。他在搜肠刮肚地想着，怎样才能让娜娜既死心塌地地跟着自己，又不弄出绯闻。

正在这时，对面一辆大卡车呼啸而来，大灯如闪电一般刺了过来，他一激灵，本能地一打方向盘，想躲过大货车，大货车却直冲着他的奔驰车而来，"砰"的一声，大货车从奔驰车的顶部轧了过去……

谁是肇事者

夜深了，市公安局会议室里正在召开紧急会议，气氛显得异常紧张。

李向南正在讲话："刚才市委李书记打来电话，他对这起交通事故非常关注。今天把大家叫来，就是要认真梳理一下卓美制药近来的一些情况，搞清这起交通事故的真相。刑侦支队的陈卫国先说。"

陈卫国清了清嗓子，开始了汇报，室内灯光随之关掉，投影仪播放出一些相关的画面。

"从2013年到现在，涉及卓美制药的案件一共有四起。第一起案件是财务室的失火案件，2013年4月8日凌晨2时30分，卓美制药财务室发生了火灾，幸运的是被巡视的保安及时发现，火灾烧毁了卓美制药财务部的两台电脑和部分账目。这是火灾现场，这是被烧毁的电脑……卓美制药没有报案，只是在内部进行了处理，辞退了当时的会计侯阿妹。

第二起案件是发生在原卓美制药的会计侯阿妹家中的盗窃案。2013年6月3日，青龙小区30号楼203室的侯阿妹家发生盗窃案，事主的母亲开始说丢失了一个价值几万元的貔貅和一台笔记本电脑。

这是案发现场，这是事主所说的放貔貅的地点，这是门锁……经过现场勘查，我们认为是技术开锁，但随后侯阿妹矢口否认，说没丢东西。这两起案件都涉及卓美制药原来的会计侯阿妹。据侯阿妹的丈夫李生讲，侯阿妹目前已经失踪了，我们正在全力查找。

第三起是卓美制药仓库被盗案件。2014年5月28日，我们接到卓美制药保卫部报案，称卓美制药仓库发生盗窃案，我们经过缜密侦查，破获了以胡志强为首的盗窃团伙，收缴赃款赃物共计50万元。这是卓美制药的仓库，这是犯罪嫌疑人存放赃物的地点，这是犯罪嫌疑人胡志强、李伟国。

通过对这三起案件的分析，我们感觉，卓美制药管理层内部存在着一定的矛盾。特别是通过对卓美制药仓库被盗案件的嫌疑人胡志强、李伟国审查，他们供出是受市场部经理石永祥指使的。卓美制药的总经理康学兵也暗中派人对石永祥进行了调查，证实石永祥侵占了卓美制药的大笔资金。昨天我们接到卓美公司总经理康学兵的报警，说石永祥已经畏罪潜逃了。这个人就是石永祥，今年30岁，湖北省仙桃市人，2013年10月到卓美制药，先当业务员，因工作业绩突出，被提拔成为部门经理，此人比较精明，一方面与董事长康学军的女儿康珊珊打得火热，另一方面侵占了卓美公司的大量钱财，石永祥用这些钱在老家买房买车，并且娶妻生子，这让康学军大为恼火，昨天罢免了他，现在石永祥已经不知去向。"

李向南道："简直是金玉其外、败絮其中呀，没想到卓美制药的内部竟然会乱成这个样子。交通大队的韩常在，说说你那里的情况。"

交通大队的韩大队长说道："2014年8月20日22时20分，我队接到指挥中心的出警指令，在省道175.5公里处发生了交通事故，我带着事故科的民警马上赶到现场。经过调查，康学军驾驶的奔驰车与一辆大货车发生正面相撞。小车基本报废，康学军受重伤，抽血检验表明，康学军属于酒后驾车。这辆大货车在发生交通事故后逃逸，有目击者反映，那辆大货车的车牌尾号是"567"。我们经过查证，我市车牌尾号是"567"的大货车一共19辆，目前我们正在逐一进行排查。"

韩大队长汇报完案件，投影仪关闭，屋内顿时灯光大亮。

李向南不无担心地说："这些大老板呀，仗着有几个臭钱，酒后开车，真是让人气愤。但说到底，他们还是为台山市做出了一定贡献。我想，肇事逃逸一定有原因，从现在开始，我们要抽调精干力量，组成专案组，全力侦破此案。"

石永祥的背叛和康学军的车祸使康珊珊遭到了巨大的精神打击，整天精神恍惚、寻死觅活的。

王丽颖自然承担起了照顾康学军和康珊珊的双重任务，每天奔波于医院和公司之间。经过半个月的救治，康学军仍没有脱离生命危险。据医生介绍，他现在已经成为了植物人，每天只能待在床上，大小便失禁，随时都可能发生意外。为了照顾康学军，公司雇着护工，看到康学军的妻子张亚妮对护工的样子，王丽颖十分不爽。

这天，王丽颖刚把自己煲好的汤倒在餐盒里，准备用汤匙喂康学军。张亚妮劈手夺过了餐盒，喊道："护工，护工！"两个护工赶忙跑进了病房。

"你们俩不好好干活，死哪儿去了！"张亚妮把气都撒在了护工的身上。

王丽颖知道，张亚妮是由于心里焦急才变得如此暴躁的，便柔声细气地说："张姐，我来吧。"说着托起康学军的头，一边给康学军喂着汤，一边安慰着张亚妮："张姐，董事长一定会好起来的。"

张亚妮擦了擦着眼泪，看着王丽颖："这半个多月，你既忙公司的事情，又照顾我们一家，也难为你了，你看看，都瘦了这么多。"

王丽颖不好意思地一笑："只要董事长能好，我们再累点儿，也是应该的。"

张亚妮看了看病床上的康学军，眼泪又下来了："三年了，他在家的时间总共不到一个月，本打算让他来台山市赚点钱，谁会想到竟出了这样的事情，珊珊又疯疯癫癫的，这可如何是好呢。唉。"

王丽颖安慰道："张姐，董事长一定会醒过来的，国外有很多例子，都是通过亲人的呼唤使患者苏醒的。"

张亚妮欣喜道:"是吗?"便呼唤起康学军来:"学军,你醒醒,你看看我呀,我是你的亚妮呀,学军,学军……"

张亚妮呼唤了一阵儿康学军的名字,自己就哭了,哭得那样伤心。

侦破这起重大案件的任务自然落在了朱亚军的身上,经过对车牌尾号是"567"的大货车的调查,很快有了结果,青龙市的19辆尾号为"567"的大货车都没有问题,朱亚军扩大了侦查范围,在台山市周边的县市展开了调查,结果没出几天,线索出现了。

据相邻的临城市警方的通报,在康学军出事的前一天晚上当地丢失了一辆福田牌农用大货车,车牌尾号是"01567"。朱亚军一听有情况,马不停蹄地赶到了临城市公安局。

据丢车的事主讲,那辆大货车主要用于在临城市和台山市之间搞运输,司机是外雇的。那天晚上,司机送完货后,顺便把车开回了家,放在了居民小区的外面,准备第二天拉货,结果第二天早上发现车丢了。

朱亚军又调取了高速公路台山收费站所有的监控录像,经过近两天的排查,他发现在康学军出事儿的当天,这辆大货车一共在台山市收费站出入了三次。

这辆大货车肯定有问题,朱亚军紧紧围绕着这辆大货车进行了调查。这辆大货车的司机四十多岁,长得五大三粗的,大货车丢失的前后,都有人能够证实他在家中,并没有外出。这个司机有半年没有到台山市拉活儿,监控的影像资料尽管有点模糊,但也证实了,出入台山市收费站的司机确实是一个不到三十岁的年轻人,而不是这个大货车司机。

种种迹象表明,康学军很有可能是被人暗算的。那么这个驾车人究竟是谁呢?为什么能把康学军的时间算得如此准确呢?朱亚军陷入了深思。

第二天一早,朱亚军来到了卓美制药公司,刚进大门,就发现气氛不对劲儿,昔日熙熙攘攘的办公大楼已经冷冷清清、门可罗雀。

由于朱亚军不止一次来过卓美公司,接待大厅的员工都认识他。

他刚走进一楼大厅，负责接待的女秘书赶忙迎了上来："朱警官，您是来找王助理吗？"

"不，我找康总经理。"朱亚军打量了一下四周。

女秘书说："好，我马上给您联系。"

当朱亚军出现在康学兵的办公室的时候，康学兵正坐在沙发上唉声叹气。大概由于过度的悲哀，康学兵的头发乱糟糟的，好像几天没有休息似的，看到朱亚军后，他大眼眶睖地看着朱亚军："你找我？"

朱亚军安慰了一下康学兵："实在不好意思，家里出了这么大的事儿，我还来麻烦你。"

康学兵强打精神，给朱亚军倒了杯开水，然后说道："没事儿的，你说吧。"

朱亚军问道："我想知道8月20号，卓美制药都有谁知道康学军的具体行踪。"

康学兵回忆说："那天吃饭的时候，公司这边有我，房地产开发部的张海东，还有规划局那边的两个科长。那天晚上，我们吃完饭后，差不多是晚上十点了，董事长说有急事要赶回省城去，我和张海东都劝他，刚喝完酒，最好第二天再走，或者让司机送一趟，可我哥执意要走，说明天一早有事，怕给耽误了，就没再硬拦，没想到我哥他会……"

"董事长没有专职司机吗？"朱亚军问。

康学兵点了支烟："有呀，但是最近一段时间，董事长的司机家里有点事儿，在家休息呢。如果我哥的司机在，也不会出这样的事。"

朱亚军冷冰冰地问："那天晚上，你和张海东是怎么走的？"

康学兵低着头说："我见我哥开车走了，我要开车送张海东，张海东说他打车走，我就自己开车回的公司。"

朱亚军点了点头："康总经理，我们怀疑康学军这次车祸不是偶然的，因为撞董事长奔驰车的大货车是临城市的一辆被盗车，所以……"

"啊？！"康学兵顿时大吃一惊，"这么说我哥是被人谋害的？你们一定要抓住凶手,将凶手绳之以法。"说着康学兵一把抓住了朱亚军,露出了一副可怜巴巴的样子。

凤凰涅槃的传说

康学兵上火了,嘴上全都是水泡。

自从康学军成为植物人后,卓美公司一直处于动荡之中,公司的管理层人心浮动,康学兵也被哥哥的伤搞得六神无主,无暇顾及公司的事情,王丽颖把主要精力放在了照顾张亚妮和康珊珊上,而两个副总见到卓美制药成了这个样子,也开始盘算起了自己的小九九,在康学军出事儿后不久就先后请了病假休息。市场部损失尤为惨重,由于重要客户大部分都是石永祥单独联系的,石永祥毁坏了电脑硬盘,资料也都不翼而飞。在生产方面,几个分厂由于资金严重不足,无法进货,生产陷入了危机。最让康学兵恼火的是,银行方面看到康学军已无清醒可能,便开始催要贷款,他感觉偌大的卓美公司有些摇摇欲坠,昔日门庭若市的公司大院已经开始冷冷清清了。

最让康学兵难堪的是,公司一笔120万的巨款竟然也找不到了,那是刘芳菲让康珊珊去存的一笔业务经费,结果康珊珊把这笔巨款存到了自己的账户上,由于康珊珊疯疯癫癫的,早已忘了银行的密码,气得康学兵和刘芳菲长吁短叹,难不成昔日红红火火的卓美制药就这样完蛋了?

康学兵把自己关在屋里,已经连续两天没有出来了,而且拔了电话线关掉手机,每天在沙发上呆呆地发愣。这两天,康学兵想了很多很多,从与哥哥康学军一道开始创业到一块儿来台山发展,从挖到的第一桶金到卓美大厦的封顶,无不倾注了他和康学军的心血。诚然,在对企业的管理方面,他是对康学军有看法,看不惯他的家长作风,看不惯他用辛辛苦苦挣来的钱去包二奶、养情人,但毕竟血浓于水,是亲兄弟,自己终究会原谅他的。康学兵都想好了,大不了自己不待在台山了,带着王丽颖回省城去,自己靠行医卖药也能养活王丽颖,但他万万没有想到,有人会向康学军下此黑手。

康学兵已经一天多没吃东西了,像死人一样躺在床上,偶尔睁一下眼睛,流露出绝望的神色。

此时最急的莫过于王丽颖,她知道卓美公司恐怕难逃这一劫,唯一的希望就是康学兵了。虽然康学兵平时懦弱了一点,有时还犹豫不决,但在这个节骨眼上,唯一能拢住卓美公司两千多名员工的心的只有康学兵了。于是她在照看康学军和康珊珊的同时,一刻也没有停止和康学兵的联系。刚开始的时候,康学兵还接她的电话,到了后来,康学兵的手机就关机了,最后竟然连座机也拨不通了,莫不是康学兵也出了问题?

夜深了,王丽颖从医院跑回了公司,心急如焚地来到康学兵办公室前,拼命砸门,但里面没有一点声音。

王丽颖跪在地上哭了,楼道里没有一个人,只有冷清的灯光,她感到万分恐惧,不知道自己今后该怎么办。

王丽颖喊了大半天,楼道里也没人言语,又打电话,还是关机的声音,她断定康学兵可能出事了,王丽颖擦了擦眼泪,斗胆找来螺丝刀,把康学兵的门锁撬开,然后跌跌撞撞地冲了进去。

王丽颖在床上找到了已经昏睡多时的康学兵。

王丽颖大声哭了起来,疯了一样摇动着康学兵:"总经理,康哥,你醒醒,醒醒呀!你看看呀,我是丽颖。"

康学兵醒了过来,看了王丽颖一眼,喃喃地说:"丽颖,我对不起你,你走吧,让我再睡一会儿。"

王丽颖哭喊道:"康哥,你不能这样呀,你不为公司着想,也得为我着想呀,学兵,咱们去医院。"她说着扶起康学兵要去医院,但扶了几次,康学兵都倒在了床上,王丽颖又试着抱他但没有抱动,便要背他。

结果王丽颖背着康学兵刚走了几步,两个人便一下栽倒了。

康学兵这时也渐渐醒了,从地上慢慢爬起,颤巍巍地说:"丽颖,你走吧,我怕是不行了,我,我对不起你。"

王丽颖狠狠地打了康学兵一记耳光:"康学兵,你个混蛋,你要真心爱我，就和我去医院。"

一记耳光顿时打醒了康学兵，他难过地一笑："为了你，为了卓美，咱们走，去医院。"说着他踉踉跄跄地站起来，和王丽颖相互搀扶着走出了房间。王丽颖怕康学兵再次栽倒了，赶忙背起了他，艰难地向电梯口挪去。

当康学兵醒来的时候，已经是第二天早上了。

经过一晚上的输液治疗，康学兵顿时有了精神，但他不知道自己昨天是怎么来的医院，由于没有了眼镜，他看四周一片模糊，忙问护士是怎么回事儿，女护士说："你一个大老爷们儿也真是的，都饿虚脱了，还让你媳妇把你背进了医院，也不知道害臊。"女护士说着向一旁努了努嘴。

康学兵伸着脖子看了好一会儿，才看清此时趴在床头熟睡的王丽颖。他又向前挪了挪身子，才看清王丽颖熟睡的模样。由于连日来的操劳，王丽颖已经瘦了一圈儿，头发也有些凌乱，脸色苍白，大概是昨天晚上磕碰的原因，额头上还青一块紫一块的，特别是嘴角还残留着血痂。看到王丽颖的惨样，康学兵哭出了声。

康学兵的哭声惊动了王丽颖，她醒后拢了拢头发，对着康学兵粲然一笑："你醒啦！"

康学兵抽噎着："丽颖，都是我不好。"

王丽颖看了看表："没事儿，对了，你该吃早点了，我这就去买。"说着，她又看了康学兵一眼："先别下地啊，我马上就回来。"说着就出去了。

过了一会儿，王丽颖拎回了一个塑料袋，里面有油条、包子，最后她端出餐盒，里面是小米粥："这是正宗的台山小米熬的，趁热乎，赶快吃吧。"

康学兵感激地看着王丽颖，不知说什么是好，好久才说："咱俩一块吃吧。"

"我刚吃过了，这是专门给你买的。"说着她给康学兵剥了个鸡蛋，递给他，看着他吃。

由于已无大碍，吃过早点后，王丽颖就张罗着给康学兵办了出院手续，然后开着车，把他拉到了顺泽园的别墅。

康学兵一瘸一拐地来到卧室，感激地看着王丽颖，他想亲吻她，王丽颖机敏地躲过了，冲他呵呵一笑："医生说，你静养几天，就会恢复元气的，再说了你是中医，知道如何调理自己。对了，昨天晚上我开的是你的车，这样吧，你的车好，我先开两天，行吗？"

康学兵愣愣地看着王丽颖，有些不放心地说："好，好，一会儿你还来吗？"

王丽颖笑了笑："对了，昨天晚上，你的眼镜片摔坏了，我一会儿就给你配去。"

康学兵分明看到了王丽颖额头上的一块青斑，那是昨天晚上王丽颖背自己时磕碰的。看着王丽颖出了门，康学兵的泪水不由得又掉下来了。

傍晚时分，王丽颖又来了，不仅给康学兵送来了饭菜，还给他带来了刚刚配好的眼镜，王丽颖说道："试试，和原来的一样不？"

康学兵戴上了眼镜，眼前顿时一亮，因为他看到王丽颖好像换了个人似的。

王丽颖给康学兵拿出了饭菜，康学兵惊奇地打量着王丽颖，欲言又止。

王丽颖笑了笑说："你赶快吃饭吧，晚上好好休息一下，明天就没事儿了。"

康学兵认真地看着王丽颖，感到心中愧对王丽颖，他翕动了一下鼻子："丽颖，求你一件事儿好吗？"

王丽颖一怔："啥事儿？"

康学兵想了半天，低着头喃喃地说："能和我多待一会儿吗？我……我感觉很郁闷。"康学兵此时不敢看王丽颖的眼睛，他在想，一旦王丽颖拒绝了他，他也许真的会崩溃的，因为他已经心力交瘁了。

王丽颖犹豫了一下，答应了，紧挨着康学兵坐了下来。

陡然，康学兵伏在王丽颖的肩上哭了起来，哭得声泪俱下："丽颖，我听朱警官讲，董事长有可能是被别人谋杀的。"

王丽颖听了这话，顿时感觉一怔，她不相信天底下竟会有这样的事情。她摸了一下康学兵的额头又试了试自己的额头："你不是说胡话吧？"

康学兵哭着说："真的，千真万确，朱警官就是这么说的，是我害死了我哥。"

王丽颖有点不解地问："怎么是你害死的董事长呢？"

康学兵悔恨地说："那天如果我再劝几句，我哥也就不会走了，别人也不会害他了。"

看着康学兵伤感的样子，王丽颖也被感染了，但她更担心康学兵再度陷入痛苦中，天天老想着这件事儿，就算不崩溃他也可能得精神病啊！必须想个什么办法，让他尽快摆脱这种痛苦，她用脸紧贴着康学兵的脸，略带哭腔地说："公司到了今天这种地步，不怪你，你不应该这样责备自己，谁想到董事长会出事呀！"停了停，王丽颖又说："其实很早以前，我就在网上看到，很多的民营企业一开始很辉煌，但到一定程度后，便开始走下坡路了，因为他们独断专行、我行我素惯了，接受不了现代企业制度下的管理方式。说实在话，现在都到了互联网时代了，卓美制药到今天这种地步，也是必然。"

"你在幸灾乐祸。"康学兵直视着王丽颖，猛地推开了她，不解地摇了摇头，"你不是这样的，我不能没有你，不能没有卓美制药，那是我的梦想，我的梦想。"

王丽颖捋了一下垂下的头发，摸着康学兵的脸，说道："我知道，你离不开卓美制药，可你每天这个样子能救得了卓美吗？现在董事长住院了，可总经理还在呀，如果你再一天到晚浑浑噩噩的，卓美就可能真的没救了，这次可是垮在你的手里。"

康学兵抬起了头，目光显得极度痛苦，转而祈求般望着王丽颖："你能帮我吗？"

"能！"王丽颖坚定地说，她给康学兵倒了杯开水，自己也接了杯水，喝了口，缓缓道："按说卓美制药是你们康氏兄弟的，我可以不管，但我也是卓美制药的一名员工，任何一个卓美的员工都不希望自己公司垮下去，现在他们需要的是主心骨，而不是丧气话。说实在的，这两天，我也一直在琢磨公司内部的一些事情……"

康学兵静静地听着王丽颖的话，因为从自己与王丽颖那次在"乡巴佬"餐厅的谈话起，他就感觉到卓美制药是离不开王丽颖的，不知是偶然的巧合，还是王丽颖的预言变成了现实，但不管怎样，王丽颖刚才的一席话让康学兵看到了希望，在他的眼里，王丽颖的形象霎时变得高大起来，而且愈来愈高大。

王丽颖小啜了一口水："其实，这对于卓美来说未尝不是一件好事。"

"是件好事？"康学兵惊愕地睁大了眼睛。

王丽颖一下笑了："干吗这么看着我，你以前不是经常说新卓美吗？"

"新卓美，新卓美。"康学兵在心里重复着王丽颖的话，陡然，他的眼睛一亮，心里顿时开朗起来，他简直不敢相信，在王丽颖美丽的外表下，也有一颗如此聪颖慧气的心，是王丽颖在不断开启自己的智慧之门，注入新奇的力量，是王丽颖在自己饱受折磨的时刻，为他打开了一扇窗，让他看到了无限的光明，如果能和这样的姑娘相守一辈子，那是自己的福分。可如今卓美到了这种地步，不知道自己有没有这个福分。他抬起眼睛，重新审视着王丽颖。

"你还记得凤凰涅槃的典故吗？"王丽颖闪烁着明亮的大眼睛，温情地说。

康学兵疑惑地看着王丽颖："浴火重生？"

王丽颖肯定地说："对，浴火重生。"

四目相对，康学兵不顾一切地抓住了王丽颖的双手，像是抓到了救命的稻草，激动得说不出话来。

看到康学兵重新鼓起了信心，王丽颖反倒扑哧一下乐了，她从康学兵的怀里抽出自己的手，又将了一下垂下的头发，笑道："只要你有信心，我想卓美公司一定会迅速走出低谷，重新崛起。"

康学兵一下子搂住了王丽颖，眼里噙满了泪水："我一切都听你的，只是不想让你将来跟着我遭罪。"

王丽颖从康学兵的怀中挣脱开来，扳正了他的肩膀："不许乱来，听我慢慢跟你说。"

康学兵立刻放下了手，坐正了身子，认真听着王丽颖对当前卓美公司所面临形势的分析以及今后的对策。

就这样，王丽颖和康学兵相对而坐，长谈了大半夜，讲得康学兵信心倍增。

代理董事长

台山市第一医院康学军的病房。

夜深了，两个女人忙碌着，王丽颖正在给康学军披着被子，张亚妮在病床前仍高一声低一声地呼唤着康学军的名字。

康学兵推门走了进来，这几天，康学兵每天晚上都来医院看望康学军，一来探视一下康学军的伤情，二来安慰嫂子张亚妮。毕竟事情已经发生了，要勇敢面对。今天他来却是经过认真考虑的，他是想和张亚妮摊牌了。

王丽颖发现后，刚要说话，康学兵示意她先不要说话。

康学兵进门后，见到张亚妮苍白的脸色，禁不住流下了眼泪，他稳定了一下自己的情绪，轻轻咳了一声："嫂子。"

张亚妮一看是康学兵，示意他坐下，然后关切地看着康学兵，慢慢说道："学兵，你看你，这两天瘦得都没有人样儿了，这什么时候是个头呀！"

康学兵看了看昏迷中的康学军，又看了看张亚妮："嫂子，我哥今天的情况怎么样？"

张亚妮摇了摇头："刚才听医生讲，你哥这次恐怕很难挺过去了，他们也没有更好的办法。"她说着又哭出了声。

看着张亚妮日渐憔悴的面容，康学兵感慨道："嫂子，你也要注意身体呀，我哥已经这样了，如果您再……"

张亚妮看了看康学兵，又看了看王丽颖，不好意思地说道："现在有什么办法呢，公司的事情也难为你们了，谁让咱们家摊上这事了呢!"

"嫂子,我……"康学兵想要开口,但还是犹豫了一下。

张亚妮转过脸看着康学兵:"学兵,有什么难言之隐,说出来吧,我能挺得住。"

康学兵鼓足勇气,终于说出了心中的话:"其实光我哥这件事儿也没什么,可是现在公司确实遇到了前所未有的难题啊!"

张亚妮问道:"什么难题,能和嫂子说说吗?"

康学兵对王丽颖说:"丽颖,你先出去一下,有些事情我想和嫂子商量一下。"

王丽颖轻声退出了病房。

康学兵整理了一下自己的思绪,说道:"现在公司的资金链发生了问题。昨天我让刘芳菲查了一下账,石永祥这小子一年来从公司明着就划走了120多万,再加上他经手的1000来万元药品的货款还没有到账,这对我们公司来说已经是很大一笔资金了。前些日子,我哥又启动了生物制剂车间和住宅开发项目,市政府在催促咱们马上开工,现在咱们的资金有些吃紧了呀!"

张亚妮也感到有些意外:"前些日子,我听珊珊说,公司不是好好的吗?又是上电视、又是上报纸的,怎么突然之间就没钱了?"

康学兵看了看康学军,对张亚妮说道:"嫂子,不瞒您说,昨天我让刘芳菲认真地清了一下账,公司每年的产值是2个亿,利润只有7000万,扣除上缴国家的税收和员工的工资,已经所剩无几了,我哥每年从公司拿走500多万,再加上各种各样的开支,公司的账上实际已经没钱了。"

听了这话,张亚妮睁大眼睛纳闷地问:"你哥每年拿走500万?不对呀,他从来没说起这事儿呀,他拿这些钱干什么去了?你把刘芳菲给我找来,我就纳闷了,他是不是拿这些钱贴野女人去了?"

康学兵不好意思地说:"嫂子,您对我哥是最了解的。"

张亚妮的脸红了,她看着康学兵道:"学兵,其实我对你哥最担心的也是这一点。"

康学兵看了一下哥哥,叹了口气,又摇了摇头:"嫂子,这是我在公司楼道捡到的，幸亏没有被被人看到。"康学兵说着从兜里拿出一个MP4，打开放音键，然后给张亚妮戴上耳机。

耳机里立刻传出了康学军和一个女人淫荡的声音。张亚妮越听越来气，一下子拔掉了耳机，哭了出来："这个不要脸的东西，挨千刀的，背着我去养二奶，让他去死吧。"

见张亚妮动了气，康学兵安慰着张亚妮："嫂子，我哥都这样了，您也要想开一点。"

张亚妮呜呜哭着，半晌才抬起头来："学兵，那你说，咱们该咋办好呢？"

康学兵想了想："嫂子，事已至此，为了不使公司破产，有些事情我想和您商量一下。"

张亚妮停止了抽泣，镇定了下来："你说吧，你想咋办？"

"我哥他一天两天也恢复不了健康，可公司不能没有当家人呀！"康学兵沉吟了好久，才说出这句话，话说完后，他细细地观察着张亚妮的反应。

"学兵，你别说了，对于公司，我虽说不太懂，可毕竟这么多年了，我也略知一二。"张亚妮看了看沉睡中的康学军，鼻子一酸，流下了泪水，她自语道："我的命咋就这么苦。"想了想，她又面带难色看着康学兵："难道就没有别的办法了？"

康学兵叹了口气："办法我都想遍了，开始的时候，我想向几个朋友借钱，但人家一看咱们眼下这种形势，谁还敢借给咱们钱呢？我又以生物制药的名义向银行贷款，可银行说，没有董事长的签名，人家是不承认的。"

张亚妮点了点头，又想了想："你是想……"

康学兵不自然地笑了笑："嫂子，你别多心，我想你如果同意，我想暂时代替哥哥行使董事长的权力，等我哥的伤好了，我就把董事长的权力交还给他。"

沉默，足有一刻钟的时间。

"这个……"张亚妮沉吟了半晌，才说，"学兵，你容我好好考虑考虑，这个事情太重大了，你说呢？"

康学兵想了想:"嫂子,您要尽快给我答复,这些日子,公司简直乱成了一锅粥,职工们意见很大,已经没心思干活了。"

张亚妮低着头说道:"我也早听丽颖说起了,你也知道,我在为珊珊考虑。我就珊珊这么一个女儿,她要是有个三长两短,可让我怎么过呀。"说着张亚妮潸然泪下。

"好,嫂子我等着你的消息。"康学兵掏出一张银行卡,递到张亚妮手里,"嫂子,这是100万,您收好了,要给我哥请最好的医生,用最好的药,做最好的护理,这两天我有些忙不过来了,怕你急着用钱。"

张亚妮将信将疑地收起了银行卡。

康学兵长出了一口气,站起身走到床前看了看沉睡中的康学军,又安慰了张亚妮几句,准备离开。

张亚妮把王丽颖叫了进来:"你走的时候,顺便把王丽颖捎走吧,免得她一会儿还打车。"

王丽颖也安慰了张亚妮几句,然后一声不响地和康学兵离开了病房。

卓美制药公司会议室里正在召开高层会议,各部门和分公司的负责人均被紧急召了回来。

康学兵坐在了董事长的位置上,一旁是张亚妮,另一侧则是王丽颖。

张亚妮首先清了清嗓子,说道:"各位经理,感谢这么多年来各位对学军的支持,我代表董事长谢谢你们了。"说着她站起身,给大家深深鞠了个躬:"我想大家都知道了,半个月前,董事长发生了交通事故,目前他还在医院里,现在公司出现了困难,公司不能没有做主的。昨天,我和学兵商量了一下,决定由他出任卓美制药的代理董事长,我希望大家继续支持他的工作,帮助公司渡过难关。我说完了,学兵,我要回医院。"

康学兵赶忙站起身,扶着张亚妮走出会议室,然后和她乘电梯来到楼下,让司机把张亚妮送走。

在后来的会议上,康学兵宣布王丽颖出任卓美制药的常务副总经理,从总公司精简了30多人,充实到市场部。

最后,康学兵说:"下面我还要说三件事情。第一是生物制剂车间暨卓美房地产开发公司正式揭牌的事情,王总要尽快落实,争取在一周之内搞定,要把市里的相关领导都请到,同时要在台山市的媒体上广泛宣传,做到报纸有字、电台有声、电视有影、网络有重点报道。王总,有困难吗?"

王丽颖站起身:"我马上协调有关部门,尽快落实。"

康学兵接着说:"第二件事情就是财务公开,刘总要尽快对前两年的所有账目进行全面盘点,让每一名员工都清楚公司的所有开支,给公司员工一个交代。"

刘芳菲也站起身:"我这就去办。"

"第三件事情就是,公司将对各部门实行绩效考核,加大奖励力度,对于为公司做出突出贡献的,我要奖励汽车和楼房,完不成任务的,您老先生给我走人,我这里不养闲人。"

康学兵的一席话立刻赢得了在座各位高层的一致喝彩。

康学兵带着王丽颖走进了宽大的董事长办公室,他首先把桌上的台历翻了几页,找到了今天的日子,然后看了看王丽颖,兴奋地说道:"从今天开始,卓美制药将进入一个全新的时代。"

按照张亚妮提供的密码,康学兵很快打开了电脑,找到了卓美制药的核心文件,看着打开的一个个文件,康学兵抑制不住心中的狂喜,和王丽颖对视了一下,然后轻轻刮了一下王丽颖的鼻子:"你搬到我原来的房间办公,可以吗?"

王丽颖想了想:"这个不太好吧,别让人家说闲话,再说,现在公司的人心还没有安定下来。"

康学兵的兴奋劲儿还没有过,扳过王丽颖的脸,认真地看着她俏丽的面孔:"你就别推辞了,我离不开你,我的高参。"

王丽颖不再言语了,她知道,康学兵已经走出了昔日的低谷,正像那只浴火重生的凤凰,准备展翅高飞。于是她轻轻一笑,算是默许了。

王丽颖找来了刘芳菲,让她把近两年所有账目都调了过来,因为通过和康学兵交谈得知，康学兵对公司的账目掌握得并不十分详细，所有的账目都是康学军和刘芳菲说了算，这两年卓美公司究竟赚了多少钱，对于康学兵来说是一个未知数。

刘芳菲看了王丽颖一眼，讨好地说："王总，这些小事儿您还是别亲自操劳了，做账这活儿是很枯燥的。"

王丽颖翻动着账目，头也不抬地说："你也知道，新董事长刚上任，对公司账目了解得还不全，让咱们帮他整理一份最权威的数据，他有用。"

"这个您能做吗？要不我来吧。"刘芳菲小心翼翼地问。

王丽颖抬眼看了一眼惴惴不安的刘芳菲："刘总，您忘了啦，我可是有高级会计证的呀。"

刘芳菲听后立刻露出难堪的神色，进而苦笑道："对，您是高级会计师，那您先忙。"说着有些不悦地出去了。

看着刘芳菲走出房间的样子，王丽颖心中充满了疑惑。

王丽颖足足用了一周的时间，终于整理出了一份卓美公司两年来的收支账目明细表，结果让康学兵大吃一惊，连同康珊珊私自存的那一百二十万，卓美制药目前仍有近五百万的账目对不上。随后王丽颖又对公司两年来报销的情况进行了清理，又筛出了五百万签字有问题的发票和白条。也就是说，这两年，卓美公司有一千多万的现金白白流失了。

王丽颖看着这一摞摞的糊涂账，感叹道："如果卓美制药按照这个模式办下去，不垮才怪。"

当康学兵把账目摔给刘芳菲时，刘芳菲早已预料到这种结果了，她痛哭流涕地说："对不起董事长，当初老董事长曾和我交代过，有些开支没必要让您知道，说您是抓业务的，财务的事情您不懂，这真的不怪我呀，是老董事长不让我和您说呀！"

康学兵拍着桌子咆哮道："我不懂，你就来蒙我吗？！我不懂，你们就可以胡来吗？！这样吧，这个财务总监你就别干了，自己找地方去吧。"

听了这话，刘芳菲一下子跪在地上大哭起来，进而哀求道："董事长，我错了，给我一次机会吧，我一定吸取教训，一切听您安排，您让我咋干我就咋干。"

康学兵睁大了眼睛："哦，我让你咋干你就咋干，你的财务总监就是这么做的？"

刘芳菲抬起头，不解地看着康学兵："不对吗，现在哪个单位的会计不是这样做的？"

康学兵本打算对刘芳菲大发雷霆的，看到她眼泪兮兮的样子，便不再言语了，他挥挥手："你先去吧！"

刘芳菲从地上爬起，给康学兵鞠了一个躬，转身跑了出去。

不管是刘芳菲把责任都推给了康学军，还是另有隐情，反正康学军现在已经说不出话来了。康学兵知道，刘芳菲是康学军的情人，卓美制药在台山建厂不久，她就和丈夫离婚，从省城追随康学军到了台山。在卓美制药，刘芳菲一直是康学军的心腹和耳目，虽然因为康珊珊的存在，刘芳菲表面上与康学军保持着距离，但其实公司的所有重大决定，都是康学军事先和刘芳菲商量好了，才让康学兵知道的。康学兵还知道，刘芳菲对康学军确实怀有深厚的情感，特别是当她听说康学军出了事，差一点儿晕倒在地上，足以说明刘芳菲对康学军情真意切。但是让康学兵感到难堪的是，康学军把真心话都告诉了自己的情人，却对自己一奶同胞的弟弟放心不下，甚至做了假账，生怕他知道真相，这样一想，他就不再为康学军的车祸难过了。

康学兵把王丽颖叫到了自己办公室，商量对策。面对这么大一笔流失的资产，王丽颖一时也没了主意，她不好意思地一笑："我也不知道咋办，你自己决定吧！"

康学兵苦笑道："我估计，这个刘芳菲说不定是第二个石永祥，也是个吃里爬外的主儿。唉！我他妈的多愚蠢哪，当了三年总经理，被别人玩得团团转，真的成了给他们打工的了。"康学兵苦恼地拍了一下大腿。

"但愿你今后别这样。"王丽颖有点担心地说。

"我要是这样，不得好死。"康学兵向王丽颖发着毒誓。

王丽颖向前探了探身子："我提一个建议行吗？"

康学兵认真地说:"你说吧,我百分之百听你的。"

王丽颖冲康学兵诡秘一笑:"那我可要说了啊,你可千万要坐稳了,别把你吓着。"

康学兵笑道:"还神秘兮兮的呢,你说吧,我听着呢。"

王丽颖认真地说:"我们可以委托一家会计师事务所帮咱们做账,这样不仅可以有效避免财务黑洞的出现,还能对咱们的账目进行有效监督,这是一举两得的好事儿,目前很多企业都是这样做的。"

康学兵暗自寻思道:"这倒是个不错的主意。"

王丽颖瞟了一眼康学兵:"可是这样一来,你这个董事长花钱就不那么方便了。"

康学兵想了想,下定了决心:"好,就这样定了,只要有你在我身边,我什么都不怕。"停了一下,他又说:"不过,我也有一个请求,你无论如何也要答应我。"

王丽颖问:"啥事儿,你说。"

"我想让你兼任公司的财务总监。"康学兵轻轻拍了一下王丽颖的屁股。

王丽颖嗔怪地看了康学兵一眼:"不行。"

康学兵的脸顿时红了:"你也知道,我对会计不懂呀,你就帮帮我,多费费心嘛。"说着站起身要来拥抱王丽颖。

王丽颖忽然想起了什么:"对了,董事长,以后上班时请你注意一下自己的形象,别老用这种眼神看着我,不但让我受不了,别人也受不了。"

康学兵顿时摸不着头脑,涨红着脸问道:"咋啦?"

王丽颖不好意思地说:"咱们公司毕竟是上千人的大公司,上班的时间必须得讲规矩。"

康学兵立刻不悦了:"那你让我咋样?"

"上班时间,就得老老实实、规规矩矩的,要有老板的样子,你如果再对我动手动脚的,我就还搬到楼下去,从此再也不理你了。"

"这……"看到王丽颖芳颜转怒的样子,康学兵一时语塞了。

剪彩仪式

朱亚军和苏美娟来到一个幽静的酒吧门前。

虽然是后半夜了,但酒吧门前仍然有很多车,几个保安在停车场来回巡视着。朱亚军把车停好后,径直走了进去,苏美娟下了车看了看,只见五彩的霓虹灯下,歪歪扭扭地写着"黑猫酒吧"几个字。

酒吧里的灯光十分昏暗,只有几对情侣在幽暗的桌旁窃窃私语。

朱亚军和苏美娟在一个角落里坐了下来。他们要了酒、果汁、爆米花、蔬菜沙拉和水果拼盘。酒水上来之后,朱亚军开始一杯接一杯地喝酒。苏美娟也要喝酒,被朱亚军拦住了:"一会儿你开车。"说着把钥匙交到苏美娟手里。

苏美娟没说话,她坐在朱亚军的旁边,殷勤地为朱亚军倒着啤酒。朱亚军说:"今天怨我,猴急猴急的。"苏美娟夹起一块蔬菜沙拉放进了朱亚军的嘴里。苏美娟说:"好吃吗?"

朱亚军一边嚼着,一边说道:"好吃。"

苏美娟又夹了一块更大的香蕉,然后说:"你知道台山最近的头条新闻吗?"

朱亚军问道:"什么新闻?"

苏美娟吃了一口水果:"卓美制药的董事长康学军酒后发生交通事故变成植物人,总经理康学兵摇身一变成了董事长。"

朱亚军笑了笑:"这有什么新鲜的,天下之大,无奇不有。"

苏美娟说:"有人说康学兵是幕后黑手。"

朱亚军笑了:"有依据吗?原来你们记者都是这样搞新闻呀,把道听途说当作事实。"朱亚军讥讽道。

苏美娟解释道:"这不是我一个人的看法,好多人都感觉蹊跷。这背后肯定有文章,对了,王丽颖不是当上副总了嘛,你让她从侧面帮我打听打听。"

"凡事要讲证据,别瞎猜。"朱亚军还想说些什么,大厅的门忽然开了，歌厅里的一帮红男绿女走了出来，有的在打情骂俏，还有的面带醉意。

陡然，一个女子的身影从朱亚军面前走过，尽管她精心打扮，但朱亚军还是能看出，此人正是侯阿妹。

此时侯阿妹穿着袒胸露背的衣服，正跟一个中年男人勾肩搭背有说有笑地走过朱亚军面前，扭着水蛇腰走出酒吧。

朱亚军按了按苏美娟的胳膊："你先等一下，别乱动，我出去一趟。"

苏美娟早已看到了朱亚军目光的变化，生怕他出事，便一把拉住了朱亚军："我不让你去，你别乱管闲事。"

朱亚军挣脱了苏美娟，跟着侯阿妹走出了酒吧。

酒吧前的停车场，侯阿妹正挎着中年男人的胳膊有说有笑地要上一辆出租车。突然，从黑暗处闯出两个穿黑衣的男人，把侯阿妹和那个中年男人围在了当中，中年男人蹿进了轿车，催促着司机开车。

司机猛地一加油门，出租车发出一声怪叫蹿了出去，黑衣男人紧追了几步，见没有追上，悻悻地停住脚步，直奔侯阿妹而来。

侯阿妹"妈呀"一声向酒吧跑来，几乎和朱亚军撞了个满怀。朱亚军拉着侯阿妹要走，黑衣人一下拦住了他俩的去路。

朱亚军立刻摆出格斗的架势，对方也不含糊，挥拳向朱亚军打来，朱亚军用胳膊挡过打来的拳头，另一只手向对方头部打去，他出拳又快又狠，黑衣人顿时倒在地上，另一个黑衣人见同伴吃了亏，挥刀向朱亚军砍来。

朱亚军躲过砍刀，不料那个倒在地上的黑衣人顺手抄起一块砖头，向朱亚军砸来，朱亚军的额头顿时出了血，他踉跄了一下，赶忙拉着侯阿妹退回到酒吧的门里。结果刚进门，他便晕倒了。

正在这时，几辆警车飞驰而来，原来苏美娟在屋里看到朱亚军同时和两个黑衣人打在一起，怕他吃亏，赶快报了警。

两个黑衣人见状，赶忙逃跑了。

苏美娟从来没见过这种阵势，她见朱亚军受了伤，立刻抱着朱亚军大喊大叫起来。

苏美娟的哭声惊动了警察，几名警察向这边跑来，当她看到血从朱亚军的手指缝直往下淌时，赶忙问："亚军，你咋了？"

朱亚军捂着额头急促地说："甭管我，赶快去找侯阿妹，快去呀！"说着挣扎着站起身和那几个警察开始四处寻找，找了半天，最后在女厕所找到了抖如筛糠的侯阿妹，警察把她带回了公安局。

王丽颖做梦也没有想到，自己精心设计的剪彩仪式会搞成了一场闹剧，她沮丧到了极点。

会议材料早在两天前就已经准备好了，为了把奠基仪式搞得万无一失，王丽颖早上六点就到了工地着手准备。不一会儿工地上就聚集起了施工的工人，搭彩虹门的搭彩虹门，挂横幅的挂横幅，好不热闹。到了八点，主席台搭建好了，音响也调试完毕，王丽颖走进了领导休息室，简单地化一下妆，王丽颖的妆刚化到一半，就接到了市委办公厅电话，说市委李书记有紧急会议，不能参加庆典仪式了。她不敢怠慢，赶忙把这个消息向康学兵做了汇报。随后，王丽颖挂断电话，慢慢梳理着剪彩仪式的每一个细节，因为她明白，任何细小的疏忽都会产生无法挽回的影响，这毕竟是她担任副总以来做的第一件大事。

八点三十分，康学兵来了，今天他穿了一身考究的西装，依然是文质彬彬的样子。他详细查看了一遍现场，向王丽颖询问了剪彩仪式的大体情况，便来到大门前，等候着各位领导。不一会儿，十来辆官员的车便陆续进了现场，康学兵笑容可掬地上前和他们一一握手，然后带着他们四下参观，还不时讲解着什么。

王丽颖今天穿了红色的上衣，黑色西装裙，再加上白皙的面孔，显得风姿绰约了许多。尽管已经做了充分的准备，昨天晚上她还练习了好几遍，但今天当她拿起红色的文件夹，竟然还是有一丝慌乱，因为她毕竟是第一次主持这么大的仪式，更何况面对的是那么多的市级高官。她看了看远处飘扬的彩旗，稳了稳神，说道："各位领导，各位来宾，在这金秋送爽的大好时节，我们举行卓美制药生物车间开工剪彩暨卓美房地产公司挂牌仪式，我代表卓美制药的全体员工对各位领导的莅临表示热烈欢迎和衷心感谢……"

接着王丽颖一一介绍了来宾。康学兵致了热情洋溢的欢迎词。最后由苏副市长等领导来到奠基石前，用缠着红绸子的铁锹象征性地挖了几锹土。

苏副市长等人离开工地后，紧接着，新闻发布会便在卓美房地产公司的会议室召开了。

按照康学兵的安排，这个新闻发布会，一来是向全市推介卓美制药的产品，二来是向全台山各界展示一下卓美制药的新的领导班子。

新闻发布会仍然由王丽颖主持，康学兵在会上简要介绍了卓美制药的发展现状和前景规划，然后面对记者谈起了自己的宏伟规划。按照康学兵的设想，用不了两年的时间，卓美集团将会打造成集生物制药、房地产开发、旅游服务为一体的集团企业，成为台山市乃至全省的一流民营企业，并且成为台山市第一家上市公司。

康学兵口若悬河地讲了20多分钟后，开始回答记者提出的问题。"请问董事长，听说你和卓美制药原来的董事长康学军是亲兄弟。你能不能透露一下康学军最近的情况？"提问的是台山晚报的女记者。

为了应对记者的提问，王丽颖早已做了充分的准备，但这些材料大多是针对卓美制药新一届领导人和卓美小区的房屋结构、价格和配套设施等方面的，为此她还专门制作了彩色印刷的宣传折页，并提前发给了大家，因为她已经事先和苏美娟打听过了，记者的提问大多是针对企业改革和关注民生方面的，估计不会出现刁钻古怪的问题。即使这样，王丽颖还是把康学军这次交通事故以及卓美制药领导层发生变化的情况作了充分的考虑，并且给康学兵准备了一份详尽的应对记者的方案。

康学兵清了清嗓子："不错，我和卓美制药的原董事长康学军是亲兄弟，各位记者朋友可能都听说了，我哥哥康学军于2014年8月20日在回省城的路上发生了意外，到目前还在医院住院治疗，董事会出于长远的考虑，决定由我暂时代任董事长。大家都知道，卓美制药是康学军董事长和我共同创立的，三年来，在台山市领导的亲切关心下，卓美公司不断发展壮大，为台山市的经济建设和社会发展做出了一定贡献，卓美制药将继续发扬这种精神，更加积极地参加台山市的各项建设，尽我们的微薄之力，同时也希望媒体的朋友一如既往地支持卓美制药。"

正在这时，会议室的门突然被推开了，一个披头散发的姑娘高声喊叫着闯进了会场："我是董事长，我是卓美集团的董事长。"

王丽颖定睛一看，表情一下子僵硬了。

原来进来的这个姑娘正是康珊珊。

在座的记者顿时纷纷把镜头对准了康珊珊，一时间，闪光灯闪成了一片。

康珊珊踉踉跄跄地来到了主席台前，一屁股坐在椅子上，拿起桌上的水果就吃，甚至拿起了话筒大喊大叫起来，直搞得记者摸不着头脑，纷纷议论着："这人是谁呀？这么大的胆子。"

"八成是个神经病吧，你没看那眼睛，死鱼一样的。"

康学兵顿时感到了难堪，他一面安抚着康珊珊，一面向王丽颖示意。

王丽颖赶忙找来几名工作人员，连拉带哄地把康珊珊弄出了会议室，会议室这才恢复了平静。

"请问董事长，刚才那位小姐是谁，为什么自称是董事长呢？"发问的还是刚才那个记者。

康学兵说道："各位记者朋友可能有所不知，刚才那位小姐是康珊珊，原董事长康学军的女儿，也就是我的侄女，自打我哥哥发生交通事故后，珊珊受到了强烈的刺激，唉，珊珊对我哥哥的感情太深了。"康学兵说着，摘下眼镜，用纸巾擦拭着泪水。

"对，她就是康珊珊，台山大街上跑着的那辆大黄蜂跑车就是她的。原来可神气了，没想到现在精神不正常了。"一个女记者补充道。

"这是怎么回事儿呢？"众记者顿时议论纷纷。

康学兵还想把记者的话题转回到卓美公司上来，但看到记者都在议论康珊珊，已经没有了回转的可能，发布会只得草草收场。

王丽颖感觉今天的事情太难堪了，待记者们走后，她便阴沉着脸来到董事长办公室，当她走进门，看到的是康学兵一张异常痛苦的脸。此时他正狠狠地吸着香烟，见到王丽颖进屋后，既没打招呼，也没有询问记者们的情况，只是继续吸着香烟。

王丽颖有些惶恐地站在那里，她不知道此时该说什么好。

康学兵捻灭烟，慢慢站起，目光中透出一丝茫然，他从后面抱住了王丽颖："丽颖，我不知道这会造成怎样的影响。"

王丽颖没有挣脱，而是静静地说："多亏你随机应变，如果让记者知道了石永祥的事情，那真的会对公司产生不利的影响。"

康学兵不无担心地说："记者们真的会这么做吗？"

王丽颖说："现在的记者精明得很，对一些道听途说的事情相当敏感，特别是对领导和公众人物，总是刨根问底儿，非整出点什么绯闻不可，我想他们是不会善罢甘休的。"

"那怎么办呢？"康学兵顿时没了主意。

王丽颖想了想："虽然我刚才给了他们每人一个大礼包，但是想堵住他们的嘴，难呀，现在唯一的办法就是让珊珊回到省城。"

康学兵想了想："我得到医院去一趟，看来珊珊是疯了。你和我一块儿去吧。"

"那稍等我一下，我去换一下衣服。"王丽颖说完，快速回到自己的房间，换下了刚才艳丽的衣服。

当王丽颖和康学兵来到医院的病房楼前，她犹豫了："我还是不进去了吧，你一个人去说吧，这样可以避免张亚妮的猜疑。"

康学兵想了想，整理了一下服装，走进了康学军的病房。

康学兵走进康学军的病房，见张亚妮还在高一声低一声地喊着康学军的名字。看到张亚妮的样子，康学兵的心中也不免有些酸楚，他拉过一把椅子坐在了康学军的床前。

张亚妮扭过头，看了看康学兵，看他面带难色，询问道："学兵，又遇到难事儿啦？"

康学兵点了点头，他点了一支烟若有所思地说："是呀，不当家不知道当家的难处。对了，嫂子，珊珊在哪里呢？"

张亚妮忽然醒悟到："你不说我还真给忘了，这两天，她疯疯癫癫的，不知道跑到哪里去了。"

康学兵没好气地说："她今天到公司去了，把新闻发布会给搅了。"

张亚妮也感到很惊讶："啊？你说说，这是怎么回事？"

康学兵有些生气地说："今天公司举行剪彩仪式，珊珊跑到记者招待会上，大吵大闹，非说她是董事长，结果把好端端的招待会给搅黄了。"

张亚妮苦笑了两下："这孩子真是的，怎么这么不懂事呀。学兵，看在你哥哥和我的面子上，原谅她吧。"

康学兵阴沉着脸说："看着吧，也许明天台山的媒体上该出现卓美集团的负面报道了，这些记者是不会善罢甘休的。"

张亚妮惊奇地问："有这么严重吗？"

康学兵点了点头："嫂子，今天我是想和你商量一下，为了这个公司，我想把珊珊送回省城，你看行吗？"

"在公司还有人能照顾她，到了省城，谁来照顾她呢？"张亚妮忧心忡忡地说。

"这个我已经想好了，我在省城有个朋友，是搞精神卫生的，我想，暂时把珊珊送到那里去，等珊珊把病治好了，再回公司上班。嫂子只管放心，珊珊在公司的股份不会变，一切费用由公司负责。"

"学兵，你是说把珊珊送到疯人院去？"张亚妮听后感觉有些骇然。

"不是疯人院，是精神卫生防治所。"康学兵纠正着。

张亚妮听后有些不高兴了："还不一样吗？我早听说了，好人到了那里也能弄出病来的。学兵呀，亏你想出这么个主意。"

康学兵不好意思地笑了笑："我也是在为珊珊考虑嘛，最近几天，公司刚刚有点起色，万一她再惹出事来，会对公司不利呀。"

张亚妮盯着康学兵："学兵，不管咋考虑，你也不能把珊珊送到疯人院里去呀！你这是在赶我们娘儿俩走吗？"

康学兵无奈地说道："嫂子，那你说咋办呢？反正珊珊在公司是不能待了，说不定明天一早她又到公司去闹，这样一来，整个公司就没法办公了。"

张亚妮想了想:"说的也是,这样吧,我再琢磨一下。"

"想好了,尽快给我打电话,我好跟那边联系。"康学兵起身告辞了。

山鸡变凤凰

康学军经过两个月的治疗,最终没能抢救过来,他死了。

人走茶凉,此话一点不假,尽管康学军在担任卓美制药董事长期间,每天公司车水马龙、高朋满座、风风光光的,无论是省里的还是台山市的官员和形形色色的人物无不高看一眼,但康学军死了,来参加遗体告别仪式的人却很少,这一点让王丽颖感觉很不舒服。

重案队审讯室。

朱亚军审视着侯阿妹,好像第一次看到她似的。朱亚军在"黑猫酒吧"把侯阿妹救下后,发现侯阿妹有很大的毒瘾,便马上把她送到戒毒所进行治疗。经过一个多月的治疗,侯阿妹的面色有了很大的改善,已经重新出现了女性的光泽。

侯阿妹则一脸不在乎的样子:"有什么好看的,没见过美女吗?"

朱亚军轻轻一笑,他喝了一口水,说道:"上至帝王将相,下到平民百姓,谁都喜欢美女,但是外在的美只能说明她五官长得和谐,身材长得匀称,如果这个美女道德观发生了问题,还能称得上美女吗?"

侯阿妹说道:"不许你侮辱我。"

朱亚军严肃地说道:"侯阿妹,咱们言归正传,还记得咱们第一次见面时我问你的话吗?"

侯阿妹想了想:"记得,你问起了貔貅的事情和笔记本电脑。"

朱亚军问:"你现在告诉我,那只貔貅是玉的还是玻璃的?"

侯阿妹冷冷地答道:"是玉的,价值十万块。"

朱亚军说:"据我所知,你和李生的工资加起来每月不过六千块钱，要攒钱买一只价值十万的貔貅，我想是不可能的吧。"

侯阿妹想了想，说道："你是在问那只貔貅的来历吧？我现在就可以告诉你，那只貔貅是别人送的。"

朱亚军追问道："谁送的？"

侯阿妹轻蔑地一笑："康学军那个老不死的。"

朱亚军说："说说事情的经过。"

侯阿妹洋洋得意地说："很简单，那天我陪康学军睡了一觉，他一高兴，就送了我一只貔貅。"

朱亚军问："能告诉我一些细节吗？"

侯阿妹红着脸说："我拒绝回答，因为这与本案无关，是我的隐私。"

朱亚军坚持说："这与本案有关，你必须回答。"

侯阿妹顿时慌乱了起来："我要见律师，我要见律师！"

朱亚军说道："我们会满足你的，但是现在摆在你面前的只有一条路，就是不要抱有侥幸心理，把你知道的全说出来，这样才能把那些犯罪分子抓住，才能避免你再被别人追杀。"

沉默了十多分钟后，侯阿妹抬起了头，昔日那双勾人魂魄的大眼上挂满了泪花。

侯阿妹今年27岁，老家在距离台山市200公里的白城县的山区，高中毕业后，没能考上大学，不到20岁她便到台山来闯天下。这天，侯阿妹又来到了台山公园，她足足在公园里玩了一天，傍晚时分才高兴地离去。当她刚走出不远，便感觉到有人在尾随着自己，她快那人也快，她慢那人也慢，终于到了一个僻静的胡同，那个人扑了过来。侯阿妹"啊"的一声惊叫了起来。

正在这时，胡同里拐过一个骑自行车的小伙子。他听到了侯阿妹的叫喊声后，赶忙下了车，冲着那个男子说道："你干什么！"

那个男的大概喝了不少酒，摇晃着身子，口齿不清地说："这是我们家里的事儿，你别管。"

侯阿妹喊道："我不是他家的人，救命呀！"

那醉鬼突然拔出了一把尖刀，冲着小伙子刺了过来，小伙子本能地躲开了尖刀，两个男人打在了一起。这时胡同又过来几个人，那男的向小伙子的胳膊划了一刀，然后狠狠地跑了。

小伙子想去追，却被侯阿妹拦住了。随后，侯阿妹搀着小伙子来到附近的医院进行包扎。这时侯阿妹才知道，小伙子叫李生，是东城区环卫所的，很快，侯阿妹和李生坠入了爱河，一年后两个人走进了婚姻殿堂。可是婚后不久，侯阿妹便渐渐对李生产生了意见，李生每天白天在外面工作，回来后也不陪自己，倒是对麻将很感兴趣，每天晚上都玩得很晚，他不多的工资也全成了牌桌上的赌资，这令她郁闷至极。最让侯阿妹气愤的是，只要李生输了钱，回来后一定会拿她撒气，不是嫌饭菜做得不可口，就是嫌她不会管家。李生动不动就说她是山里人，不懂得生活。两个人时常争吵。

有一天，侯阿妹精心打扮了一番，对李生说："你别动不动就说我是山里人，山里人也是有尊严的。"说完后头也不回地要出门。

李生一把拉住了她，说："你去哪儿？"

侯阿妹头也不回地说："我去找工作。"

侯阿妹通过电视台的广告，找到了刚开始在台山市开拓市场的卓美制药。结果一面试，侯阿妹便被康学军看中了，成为筹建处的一名职员。筹建处主要的工作就是公关，说白了就是协调各个方面的关系，为了公关，康学军对侯阿妹进行了精心培训，教她如何施展自己的魅力去吸引别人。

不知是侯阿妹有天赋，还是康学军培训有方。没出一个月，侯阿妹便脱胎换骨似的成了公关的主力。也正是在一次酒后，康学军把她强暴了。当康学军一瘸一拐地从侯阿妹身上爬起的时候，侯阿妹感到了这个男人的可恶，她哭泣着说道："你把我弄成这样，今后我还咋见人？"康学军捏着侯阿妹的脸蛋说道："阿妹啊，你也知道，卓美公司刚刚来台山，还没有立稳脚跟，很多的事情还需要你的配合。这样吧，我给你十万块钱，把自己打扮一下，今后你主要的工作就是公关，帮助公司尽快打开局面，换句话说，就是让他们上钩，你将是卓美公司第一大功臣。行吗？"说着康学军直勾勾地看着侯阿妹。

侯阿妹想到了李生，想到了老家贫困的生活。这毕竟是十万块钱呀，再说了，康学军满意了，自己还可以加薪，如果不行就敲他一笔。于是侯阿妹立刻摆出了一副媚态，那双眼睛流露出万种风情："公关可以，但不能白干。"

卓美公司在台山初创的时期，侯阿妹成了康学军一把特殊的利器，康学军每天带着她出入于各种娱乐场所，一会儿把她打扮成女大学生，一会儿把她装扮成风骚的歌厅小姐，让侯阿妹陪着那些大老板唱歌跳舞，甚至把她当成礼品，送到他们的床上。

当然做这一切，侯阿妹都是小心翼翼的，生怕被丈夫发现。然而没有不透风的墙，在一次侯阿妹酒后回家的时候，李生在她的挎包里发现了黄金项链和避孕套，顿时勃然大怒，对侯阿妹大打出手。李生断定，自己的绿帽子戴定了，便每天变着法儿地折磨侯阿妹，从此侯阿妹不敢回家了。

听了侯阿妹的讲述，朱亚军感到了悲哀，更感到可气，是康学军彻底改变了侯阿妹的一生。

朱亚军盯着侯阿妹的眼睛："那些人都是谁？"

"我不敢说，说了，他们会杀死我的。"侯阿妹显得惊恐万分。

朱亚军又问："那天晚上在黑猫酒吧和你在一块儿的那个男人是谁？"

"不认识，真的。"侯阿妹扬了扬眉毛，喃喃地说，"我现在不敢回家，有人在追杀我。可我也要生活呀，再说我已经沾上粉了，又没有钱，就来那个地方想傍一个男人，没想到，头一次到这个酒吧，就被那两个男人追杀。"

朱亚军问："那两个追杀你的人是谁？"

侯阿妹几乎把头埋到了自己的胸里，有气无力地说："应该是石永祥派来的，这两个人开始就绑架了我，把我关在地下室里，后来我撒了个谎，从他们俩手里跑了出来，没想到又被他们追杀。"

朱亚军感觉侯阿妹的话顺理成章，开始追问下一个问题："说说你和石永祥的关系吧。"

侯阿妹低着头，长长的睫毛掩盖着她的一双杏眼："我和石永祥的关系很正常呀。"

朱亚军看着侯阿妹："不见得吧。"

"真的，石永祥是有女朋友的，她的女朋友是康珊珊。"侯阿妹辩解着。

"这些我们都知道，我说的是你和石永祥的关系，还用我们给你找人对质吗？"

侯阿妹的眼睛一下黯淡了下来："我和石永祥是有你们所说的那种不正当男女关系，可是那是我们双方自愿的啊，难道这也犯法？石永祥说康珊珊不懂得情调，光会耍小姐的脾气，这样我们俩才在一起的。"

朱亚军满腹狐疑地问道："这事儿没那么简单吧？你们在一起的时候，一般都在什么地方？"

"野地里，石永祥说那样有情趣。"侯阿妹大言不惭地说。

听了这话，朱亚军的鼻子险些没气歪，他看了一眼女警小赵，小赵的脸也变得通红，尽管朱亚军还没有这方面的经历，但他断定，侯阿妹肯定有住所，因为在公司里有康珊珊，侯阿妹又不敢把石永祥带回家。

朱亚军一拍桌子："侯阿妹，你应该明白，没有证据，我们是不会凭空这么问你的。"

侯阿妹这次像泄了气的皮球一样，慢吞吞地说："以前在南关租过一个两居室，只不过有两个月没去过了。"

"你最后一次见到康学兵是什么时间？"朱亚军话锋一转，两眼直逼侯阿妹。

侯阿妹听了这话顿时一愣，但很快就镇定了下来："我和康学兵没有关系呀，警察同志，该说的我全说了，你不能让我编瞎话吧。"

"还记得那天在酒馆里你和康学兵说的话吗？还让我给你放当时的录音吗？"朱亚军提醒道。

侯阿妹听后一哆嗦，深深低下了头："那天我和康学兵是说着玩呢，没别的意思，就是想敲他点儿钱。"

朱亚军问："真的没有U盘吗？"

"没有……不，有。"侯阿妹一下子瘫在了椅子上。

玉貔貅

按照侯阿妹的交代，朱亚军带着民警来到了南关的一个破烂不堪的居民区，院子里到处是积水，垃圾站边，一堆苍蝇嗡嗡乱飞。

朱亚军在派出所社区民警的带领下，沿着楼道一直到了顶层，敲了敲门，屋里好久也没人搭话。据房东介绍，租房的确实是一男一女，朱亚军把石永祥和侯阿妹的照片让房东辨认，房东看了看，肯定地说："就是这两个人。"

朱亚军试着打开了房门。

房子是那种传统的两居室，一个居室内的双人床上堆满了卓美公司的药品，另外一个房间大概是石永祥和侯阿妹居住的卧室，床上凌乱不堪，被褥还没叠好，朱亚军翻动着被子，只见被子里面放了许多乳罩以及避孕套什么的，看样子房间还不止一两个人待过。

这简直就是一个淫窝，朱亚军看着社区民警，有点生气地说道："我都不知道你们这些社区民警每天都在干些什么？这些人居然在这里窝了这么长时间。"

那个社区民警被说得不好意思了，半晌才说："朱队长，都传言，您要来我们这儿当所长，是真的吗？"

朱亚军笑了："我要当了所长，首先让你写检查，你看看，这都成了什么地方了，你说说，你还配当社区民警吗？"

社区民警不再言语了。

朱亚军带着民警认真查看着房间，不放过任何蛛丝马迹。这房子显然已经好久没人住了，因为地板上布满了灰尘。从搜查的结果判断，这房子住过的不只是石永祥和侯阿妹，而且至少还有三个男人同时住过，因为茶几上堆满了酒瓶子和方便面的盒子，还有满满一烟灰缸烟灰，特别是床底下的几双袜子还散发着酸臭味。

"队长，你看。"一名刑警从床底下拖出一个旅行箱，然后小心翼翼地打开。里面除了几件男人的衣物外，一个墨绿色的玉貔貅映入了朱亚军的眼帘，他轻轻拿起貔貅，认真地看了一会儿，心想：这只貔貅自己好像在什么地方看到过。

民警对拉杆箱再次进行了检查，又有重大发现，在一件男式衣服的衣兜里，发现了一个暂住证，照片正是那个开大货车的人，叫李强，今年30岁，湖北仙桃人。

据这个楼的居民们讲，石永祥和侯阿妹在这里已经住了两年了，可最近一段时间，石永祥没有来，那个姑娘来过一两趟，前些日子，有两个外地的小伙子经常来这里，每天晚上都带着两个妖艳的女人在楼上瞎折腾，最近几天这两个小伙子也没影儿了。

经过民警的再三提醒，一个居民回忆到，在一个礼拜前，那个石永祥戴着大墨镜回来过一趟，然后带着拉杆箱急匆匆地走了，由于石永祥以前经常带着拉杆箱出入这栋楼，所以大家也没太在意。

朱亚军拿出了那个大货车司机的照片，虽然小伙子已经撞得头破血流，但居民还是一眼认出了他，这个小伙子就是经常来这儿住的那个人。

朱亚军听后，心中一怔，看来这个小伙子和康学军出车祸有着直接的关系。

回到警队，大队长陈卫国正在队里等他。

陈卫国见朱亚军带着侦查员回来了，赶忙站起身："亚军，结果怎么样？"

朱亚军喝了一口水，然后说道："陈大队，你猜怎么着？这个石永祥还真他妈不是东西，我们在他和侯阿妹长期姘居的房子里，还发现了另外两个年轻人的情况，根据我当初的感觉和走访调查的情况判断，这两个人很可能就是绑架和追杀侯阿妹的那两个人，这两个小子都是外地人。"

陈卫国听了这话顿时来了精神："那就赶快追查这两个人的下落，我看这很可能是揭开康学军谋杀案和卓美制药一系列案件的重要线索。"

朱亚军把大货车司机的照片拿了出来："可是已经死了一个，就是这个人。"

陈卫国拿起照片认真端详着。

朱亚军继续说道:"根据居民的反映,这两个年轻人前两天还在居民区出现过,而且还带着女人回来住过,我判断,石永祥也没有离开台山,这两个人有可能就在某个角落,他们发现我们在追查大货车,便杀了同伙。还有,我们在石永祥和侯阿妹姘居的房间里,还找到了这个。"

陈卫国拿起那只玉貔貅,端详了好一会儿,忽然道:"这又是怎么回事儿呢?"

朱亚军说:"您还记得去年有一次,我到沿河小区出警的时候,事主出尔反尔的事儿吗?"

陈卫国说:"知道呀。"

朱亚军说:"那个事主就是侯阿妹,当时她谎称那只貔貅是玻璃的,收拾房间的时候弄碎了扔了,其实呢,就是这只玉貔貅,我刚才到有关部门鉴定了一下,你猜这只貔貅价值多少钱?20万元!"

陈卫国点了点头:"哦!"

朱亚军补充道:"另外,我也咨询过,当今买貔貅送礼的,一般都送两只,因为在古代貔貅是财运和官运的代表,雄性主官运,雌性主财运。所以,我想从侯阿妹的那只貔貅分析,应该还有和它类似的一只貔貅。"

陈卫国有些不解了:"这么复杂啊?你小子可以呀!"

正在这时,刑警小张和女警小赵回来了。陈卫国见到两个人后,笑了一下:"你们俩今天的收获怎样?"

小张说:"报告大队长,按照中队长的安排,我们今天查询了石永祥8月22日的通话记录,8月22日,石永祥的手机一共与三个人联系过。最晚两次通话的时间都是晚上的10点05分,一个是打进的,一个是打出的,通话时间都只有10秒钟。"

"两个电话的时间紧挨着,都是10秒钟,还有什么情况?"朱亚军满腹狐疑。

小张继续说道:"这六个电话,一个号码是打给卓美公司康珊珊的,石永祥与她联系了两次;一个号码是卓美公司房地产公司副经理张海东的，石永祥与他联系过一次；还有一个号码是神州行的，不知道机主姓名，石永祥和他联系了三次。"

朱亚军猛地想起，张海东是和康学兵一块儿把康学军送走后，打车离开的酒店。想到这里，他与陈卫国交换了一下眼色："小张、小赵，下一步重点查一下这个张海东。"

陈卫国也满意地点了点头，而后他话锋一转："亚军，告诉你一个好消息。你一定会高兴的。"

朱亚军惊奇地问："啥好消息？"

陈卫国故意做出深沉的样子，笑而不答。

"快，快，上烟。"侦查员赶快提醒道。

朱亚军赶忙拿出自己的烟，给陈卫国递上。不料，陈卫国哈哈一笑，把烟扔到了一边："你每天就抽这个呀。"说着他从衣兜里掏出一盒中华烟，分给朱亚军和几个侦查员各一支，然后道："你们几个一边儿去，我和亚军说点事儿。"侦查员知趣地走了。

见侦查员都走了，陈卫国这才自己点燃烟，慢条斯理地说："亚军，你来我这儿几年了？"

"五年了。"

陈卫国吐出了一个大大的烟圈："哦，今后咱们可要精诚合作呀。"

朱亚军不解地问道："陈大队，您说错了吧，您是我的领导，怎么能说跟我合作呢？"

陈卫国这才切入正题："告诉你一个小道消息啊，我刚从政治处回来，局里对你的考核已经结束了，你很快就要到城关派出所报到了。"

听了这个消息，朱亚军顿时感到一阵兴奋，激动地说："陈大队，不管我到哪里，我都是您的下属，我真的要谢谢您。"

"怎么谢我呀？我可是力荐你的，为了你的事情，我可是没少跑腿呀。"

朱亚军答道："请您吃一顿。"

陈卫国呵呵一笑："拉倒吧，我还不知道你？到时候带几个弟兄去，把我灌晕了，最终你请客，我去结账。"

朱亚军嬉皮笑脸地说道:"哪儿能呢,不就那么一次吗?"

陈卫国以长者的姿态教训着朱亚军:"到了新单位,你给我把尾巴夹紧了,做事儿悠着点儿,要学会当官,千万别风风火火的。记住,当所长不比当队长,要学会用智谋,得靠这儿。"说着他指了指自己的脑袋。

朱亚军谦虚地答应着:"哎!"

陈卫国继续说道:"对了,把手头的案子先放一放吧,明天移交给别人,你赶紧准备一下,你走也就是这一两天的事儿。"

北方的冬天到了,虽然有些寒意,却被卓美集团成立的喜庆的氛围冲淡了不少。

经过苏副市长牵线搭桥,台山市最大的民营公司卓美制药和台山市最大的国营企业城建公司终于重新坐在了谈判桌前。

由于市政府的积极协调,这次谈判双方的领导都十分重视,并都组成了强大的班子。卓美制药方面的谈判代表是副总经理王丽颖,城建公司的谈判代表是刚刚扶正的原来的王副总经理。经过一周紧锣密鼓的谈判,双方终于达成了协议,城建公司出资两亿人民币加盟卓美制药并组成卓美集团,占有卓美公司百分之四十五的股份,并委派一名副总经理担任卓美集团的总经理。王丽颖则屈居卓美集团的常务副总经理。卓美集团扩展为集中医制药、科研、医院、房地产和旅游产品开发为一体的台山市最大的企业。改组后的卓美集团由市发改委协调省有关部门,继续积极做好上市前的准备工作。

台山市的政坛也发生了一次级别不小的地震,震源位于市公安局。

陈卫国、朱亚军等人在李向南局长的带领下走进了台山市委李书记的办公室,详细汇报了卓美制药的一些情况。

李书记听完情况汇报后,认真地看了市公安局提供的音像资料,当他完整地看完资料,顿时拍案大怒:"真没想到,在台山竟然会有这样的事情,原来的'台山速度'竟然是这样产生的,罪过呀。"

李书记的眼睛直逼李向南:"证据可靠吗?"

李向南斩钉截铁地说:"我拿我的脑袋担保。"

李书记拿起了内线电话,对市纪委的领导说:"这是公安局提供的情况，请你们立刻展开调查，这件事情无论涉及谁，都要一查到底，绝不姑息，我们绝对不能单纯为了经济就牺牲了法律，让这些人为所欲为，否则我们将成为历史罪人。"

很快，台山市纪委根据台山市公安局提供的线索，对向卓美制药索贿的台山市发改委主任邓万春、开发区副主任李毅刚等五名高官进行"双规"并由检察院立案调查。康学兵也被检察院通知去接受调查，但随即就被放了回来，康学兵对这一切全都不知晓，是康学军和刘芳菲背着康学兵干的。

也许早有一种预感，当朱亚军出现在张海东面前的时候，张海东丝毫不感到意外。他冷冷地说："全公司的人都知道，平日里我和石永祥经常接触，你们想知道什么，我会把我知道的全告诉你们。其实，我也经常和你们接触，前不久，我还和东城分局的史局长一块儿吃饭呢！"

朱亚军心中不禁一阵冷笑。在找张海东之前，朱亚军先找过王丽颖聊了这个人，看来王丽颖说得一点儿没错，这是个喜欢夸夸其谈、哗众取宠的年轻人。

朱亚军认真地看着张海东，这是一个长相很不错的小伙子，白净脸儿，中等个儿，浑身上下透出一种精明强干，但朱亚军从他那飘忽不定的眼神中，看出了这种精明强干背后隐藏着的一种不安。

朱亚军说道："告诉你吧，东城的史副局长去世快一年了。你还认识谁，你还认识台山市局的李向南局长吧！"

张海东见自己的谎话被识破，丝毫不感到脸红，眼珠儿一转，很快恢复了常态，自我解嘲道："瞧我，这两天太忙，记混了。"

朱亚军不想再听张海东啰唆，便单刀直入地问："你最后一次和石永祥联系是什么时间？"

张海东迟疑了一下，然后缓缓道："最后一次联系，是8月中旬的一天晚上，我正在家睡觉呢，石永祥给我打电话说要回湖北了，我问他是咋回事儿，石永祥告诉我说董事长对他起疑心了，把他辞退了。我说，你是卓美公司的元老了，咋说辞退就辞退了呢，等明天我给你讲讲情。他说不用了，已经在回湖北的路上了。"

朱亚军冷笑了一声："不见得吧，8月22日晚上，你在台山大厦吃完饭是几点？"

张海东说："那天康董、康总和我陪规划局的领导吃完饭，也就晚上十点多吧，我们把客人和康董送走后，我就回家了。"

"你是怎么回的家？"朱亚军追问着。

"打出租车呀，怎么你怀疑我？那天我喝了大半斤酒，怎么可能开车呢！"

朱亚军突然问："你给谁打电话了吗？"

张海东见实在瞒不住了，汗顿时下来了："您不说，我还差点忘了，我给石永祥打了个电话，告诉他康董刚从台山大厦出来，准备回省城。"

朱亚军问："你为什么要打这个电话？"

张海东想了想："其实，不瞒您说，石永祥前些日子一直给我打电话，要我告诉他董事长什么时间回省城，他打算到康董的家里去负荆请罪，要与老家那个媳妇离婚，然后和康珊珊结婚，他不嫌弃康珊珊疯了，康珊珊毕竟怀着他的孩子，我当时想，大概是石永祥良心发现了，要改邪归正，所以只要我知道了康董回省城的时间，我就会告诉他。"

说完，张海东突然跪了下来："我有罪呀，是我帮助石永祥这个王八蛋害了董事长呀。你等着，我给你把他抓来。"说着他跑了出去。

朱亚军顿时一愣，当他要喊张海东时，张海东已经跑下了楼，到了院里，开着自己的车冲出了院子。

荣　誉

临时租住的房屋里，石永祥正在和老乡收拾着东西，准备返回老家湖北。

这些日子，石永祥老是做噩梦，不是梦见自己被康学军用拐杖打死了，就是被康珊珊抱着孩子的哭声吓醒，要么被自己的老乡出卖了，让警察给抓走了。巨大的恐惧感袭上心头，他隐隐地感到了即将降临在自己身上的厄运……

自打从卓美公司狼狈跑出来后，石永祥就没睡过一个安生觉，他是一个异常精明的人，知道公司是回不去了，老家也不能回去，因为回老家就等于往警察的口袋里钻，一旦卓美公司报了警，警察很快就会找上门来。

他回到了原来与侯阿妹姘居的楼房待了几天。后来感到这样也不保险，虽然侯阿妹失踪了，但万一哪天被警察抓住咋办，她可有这房间的钥匙呀，想到这儿，他有些后怕。

对，越危险的地方就越安全，思来想去，石永祥想到了张海东，从以前与张海东的交往中，他得知，张海东来卓美公司的真正目的是为了王丽颖，而王丽颖却和康学兵打得火热，根本没有把张海东放在眼里，张海东对此早就嫉妒得牙根直痒，让张海东帮帮忙，他肯定不会出卖自己的。

石永祥给张海东打了个电话，说自己实在太爱康珊珊了，想让张海东帮助找一处房子，等康珊珊生完孩子，再慢慢做康学军的工作，湖北的家他可以不要，但他不想离开康珊珊，因为所有的一切都是康珊珊给的，说不定哪天康学军想通了呢。再不行，就去省城康学军的家中去，求他放过自己。

石永祥的一席话打动了张海东，他不仅帮助石永祥联系了一套房子，还把康学军每次回省城的时间告诉了石永祥，希望康学军能不计前嫌放过石永祥。可没过两天，石永祥得知康珊珊疯了，感到所有的希望都像肥皂泡一样破灭了。

石永祥要杀人了，他从老家把两个老乡找了过来。上次把他们找来是为了寻找侯阿妹，索要存单的密码。当侯阿妹从他们俩手里逃脱后，石永祥气得把他们臭骂一顿，一分钱都没给他们，而这次他却许诺了重金。石永祥把他们安排在自己和侯阿妹原来姘居的房子里，一方面让他俩等待时机，杀死康学军，另一方面守株待兔等着侯阿妹。

他盘算着，等干完两件事情后，就远走高飞。第一件事是杀死康学军，石永祥感觉这一切都是康学军造成的，一定要杀了他，出一出心中的恶气。他和两个老乡密谋了好几天，也没想到合适的办法，投毒、暗杀，都被他一一否定了，最终想到了车祸，因为康学军每个月回省城的时间几乎是固定的，石永祥经过几次观察，看好了高速路的出口是最好的地点，在那里把康学军撞死，警方顶多会认为是一次交通事故。

为了不引起警方的怀疑，他们先在临城市的一个农村盗窃了大货车，然后算计着康学军回省城的时间。当8月22日晚上，张海东那个傻瓜打来电话，告诉他康学军回省城的消息后，石永祥打电话让那个老乡开着盗窃来的大货车把康学军撞死，但令石永祥没有想到的是康学军竟然没有死。

找侯阿妹是石永祥要办的第二件事。因为在她手上有一个五百万的存单，那是这两年他和侯阿妹盗卖药品得来的钱，他曾经许诺过，将来用这笔钱给侯阿妹开一家美容店。存单虽然在自己手里，密码却掌握在侯阿妹的手里，他指派两个老乡费了九牛二虎之力，才在一个酒吧找到了侯阿妹的行踪，可他们刚要动手，侯阿妹却被警察救走了。

当两个老乡把这个消息告诉他时，石永祥又出了一身冷汗。他拿出了十万块钱，想把两个老乡打发掉，让他们回老家。没想到两个老乡却说："当初不是说好的吗，每人五十万，怎么才这么点儿钱？"石永祥哭了半天穷，两个老乡也不依不饶。石永祥再一次动了杀人之心，他知道瘦弱的自己是对付不了这两个亡命徒的，便心生一计，采取分而治之的办法。谎称自己在临城市的办事处还有一笔钱，让其中一个老乡去取，当那个人走到红河镇时，在吃饭的时候，石永祥把老乡灌醉并推下了几十米的悬崖，然后他连夜回到了台山市，拿出五十万元，对另一个老乡说，那个老乡拿了五十万元已经走了，咱俩也收拾一下东西，明天一早一块儿回湖北老家。

当石永祥刚把东西收拾好，便听到了脚步声，他刚一抬头，发现朱亚军和小张正站在他的面前。

"石永祥，跟我们走一趟！"朱亚军大声喝令。

石永祥一看大势已去，便低下了头，伸出了双手。小张拿出手铐就要给石永祥戴上，那个老乡见到石永祥被抓，顿时急了，猛地抽出一把匕首向小张刺来。朱亚军一看顿时急了，一下扑了过去，并挥拳向那人打去。

"砰"的一声枪响，那人应声倒地，但匕首还是刺进了朱亚军的心脏。

苏美娟正开车在自家小区附近慢慢悠悠地行驶着，此时她抑制不住兴奋的心情。

昨天苏美娟刚刚和朱亚军领了结婚证，当她拿到那大红的结婚证后，开始的时候还兴奋了好一阵子，抱着朱亚军一阵狂吻，但一想自己已经为人妻了，心中就有一种说不出的感觉，不知是喜还是忧。

昨天她和朱亚军领完结婚证后，缠着父亲带着她到朱亚军家里去了一趟，见了自己的婆婆。由于两个老人以前就认识，就没那么多客套，只是商量了一下，什么时间尽快把两个孩子的婚事办了。至于两个孩子究竟住在哪头，苏副市长的意思是，暂时先让美娟和朱亚军住在他那儿，等有合适的房子再买。

就在昨天，苏美娟在自己的婆家吃了第一顿饭，当朱亚军和自己把饭菜一一端上时，她看到慈祥的婆婆笑得那么开心。婆婆笑着对苏副市长说："真没想到呀，市长的女儿竟做了朱家的儿媳妇。"当婆婆把祖传的手镯戴到自己的手腕上时，美娟感动得泪水都下来了。

就在昨天，苏美娟真正感受到了朱亚军作为一个警察的胸怀。当老爸解释清自己的貔貅镇纸真正的来历后，朱亚军真诚地向老爸道了歉，承认不该怀疑市长，认认真真地向老爸敬了个礼。然后当着老爸的面，把自己抱起，尽情地旋转，那一刻苏美娟兴奋到了极点。

也就在昨天晚上，老爸告诉她，公安局的李向南给他打了电话，很快就要对朱亚军进行任命。

想着一连串儿的喜事美事，苏美娟怎能不高兴？今天她美滋滋地特地提前回来一会儿，还买了许多好吃的，并让老爸早点回来，晚上认认真真庆贺一下，然后留朱亚军住一个晚上。

当苏美娟见到几辆警车和一辆救护车呼啸着向居民区方向驶去后，顿时一激灵，职业的本能告诉她，一定出大事了，她一边加快了速度追赶着警车，一边用电话通知电视台的记者马上赶来。

当苏美娟的马六追上车队的时候，她才发现，在楼门口已经停了十多辆警车，下来很多荷枪实弹的防暴警察，紧接着下车的是表情严肃的李向南局长。

楼门口的警戒线外挤满了人。

苏美娟看了看表，回头看见摄像师来了，赶忙带着摄像师向前挤去，但被防暴警察拦住了。苏美娟喊着："李叔叔，我是美娟！"

李向南看到了苏美娟后一怔，命令道："赶快把她给我弄走。"两名女警立刻跑了过来，一前一后把苏美娟向外推。

救护人员从楼上抬下了一名警察，送上了救护车，救护车尖叫着冲出了居民区。

紧接着，几个防暴警察连拖带拉把石永祥押了出来，装上了囚车。

李向南在楼门口向苏美娟这边看了一眼，向几个警察比画着什么，几个警察立刻向她这边跑来。

几个老大妈还在七嘴八舌地议论着："你说，咱们这里怎么会藏着杀人犯呢，可真是的。"

"多可惜呀，听说，死的是个年轻的警察，还没结婚哪！啧啧！"

"听说是咱市长的姑爷，真可惜啊。"

听了这话，苏美娟的头一下大了，重重地倒在了地上，采访话筒摔在地上，发出了清脆的响声。

下雪了，漫天的大雪淹没了台山市，远处的山和近处的建筑都变得模糊起来。

台山市殡仪馆前，哀乐阵阵。

两名持枪的警察列立在两旁，中间是朱亚军的遗像。

台山市公安局在这里举行朱亚军遗体告别仪式。

一列列威武的警察，身着清一色的警服，警察们肃立着，一起敬礼。后面是朱亚军的母亲和同学，人们怀着无比悲痛的心情聚集在追悼会上，台山市公安局局长李向南站在队伍的最前列。

康学兵和王丽颖带着卓美集团的几百名员工赶到了追悼会现场，背后巨大的挽联上写着"民营企业的卫士，台山人民的儿子"。

王丽颖的手里捏着一张 500 万元的支票，这是她提议并经过董事会全体通过的一项特殊的捐赠，准备捐献给台山市公安局，捐给那些她熟悉又不熟悉的人们，尽管她知道，此时已经无法挽回朱亚军的生命，但她仍然要这样做。此时，王丽颖的脑海里还在像放幻灯片一样闪现着与朱亚军交往的每一个细节以及朱亚军的每一个眼神。

王丽颖的心在流泪、流血，她一直在纳闷，不明白朱亚军的内心追求，平常的时候看似普通，一旦遇见了危险，他们就变了样子，变得让人捉摸不透了，变得如此不要命了。王丽颖抬眼望去，看到了朱亚军遗像前那些警察凝重的表情，她仿佛明白了生活在台山市的安宁背后的特殊人群的内心追求。

人们在肃穆中静静地默哀，送别朱亚军。

突然，穿着婚纱的苏美娟发疯一般地跑进了人群，她一边跑，一边拼命地喊着朱亚军的名字，苏副市长和看护她的几个女警追了过来，想拉住她，但很快被苏美娟挣脱了。

苏美娟一个趔趄摔倒了，但她又爬了起来，跑到了朱亚军的遗像前，抱着朱亚军的遗像痛哭起来："亚军，亚军，你看看我，我是你的美娟呀，怎么你就这样走了……老公、老公，你快醒醒啊，跟我回家吧！回家吧！"苏美娟早已泣不成声。

一个女警把身上的大衣披在了瑟瑟发抖的苏美娟的身上。

现场所有人都悲痛万分，有的已经开始啜泣。

苏副市长抱着自己的女儿，一个劲儿地安慰着："美娟，咱们不哭，不哭。"但他自己已经是老泪纵横了。

李向南翕动了一下鼻翼，走到了苏副市长的面前，愧疚地说："苏市长，我有责任呀，没有照顾好朱亚军同志。"

苏副市长一边搂着苏美娟，一边紧紧拉着李向南的手，沉重地说："做公安工作就会有牺牲，朱亚军同志是个好同志，他做了他应该做的，我想台山市的人民是不会忘记他的。作为一名父亲，我为有这样的姑爷感到骄傲；作为一名市长，我代表台山市150万人民谢谢他。我们要全面建成小康社会，现在台山市的改革正在进一步深化，社会上总有一些消极的东西还在影响着我们的改革，危害着我们的和谐稳定，你们作为人民警察，就要铲除掉这些社会的毒瘤，让台山的老百姓真正过上和谐、稳定的生活……"

苏美娟静静地靠在父亲的臂弯里，冥冥中仿佛听到了李向南任命朱亚军为台山市城关派出所所长的声音，仿佛看到了一列列警察在向前走动，向着太阳升起的地方走去……